Giovanni Guareschi · Genosse Don Camillo

Giovanni Guareschi

GENOSSE DON CAMILLO

NAUMANN & GÖBEL

Aus dem Italienischen übersetzt von Fritz Flüeler
Titel des italienischen Originals:
„Mondo piccolo: Il compagno Don Camillo“

Sonderausgabe der Naumann & Göbel
Verlagsgesellschaft, Köln

Schutzumschlag: Rincón Partners
Gesamtherstellung: Freiburger Graphische Betriebe
Printed in West Germany

ISBN 3-625-20053-8

Gebrauchsanweisung

Dieser der Zeit nach letzte Teil meiner Trilogie „Kleine Welt – Don Camillo“ erschien in Fortsetzungen in den letzten vierzehn Nummern des „Candido“, Jahrgang 1959, des Mailänder Wochenblattes, das von mir 1945 gegründet worden war und das in den äußerst wichtigen italienischen politischen Wahlen 1948 eine anerkannte propagandistische Bedeutung hatte, indem es kraftvoll zur Niederlage der kommunistischen Partei beitrug.

Den „Candido“ gibt es nicht mehr. Er ist im Oktober 1962 gestorben, vor allem wegen der völligen Gleichgültigkeit, welche die Italiener des *Wirtschaftswunders* und der *Öffnung nach links* für alles haben, das von weitem nach Antikommunismus riecht.

Die heutige Generation der Italiener ist die der Frechschlauen, der Kriegsdienstverweigerer, der Antinationalisten, der Vernegerten, und ist aufgewachsen in der Schule der politischen Korruption, des neorealistischen Kinos und der sozial-sexuellen Linksliteratur. Es ist viel mehr eine Degeneration als eine Generation.

Wie schön war das bettelhafte Italien des Jahres 1945!

Wir kehrten von dem langen Hunger der Lager zurück und fanden Italien als einen Trümmerhaufen vor.

Aber über den Bergen von Schutt, unter denen die Knochen unserer unschuldigen Toten faulten, wehte der frische und saubere Wind der Hoffnung.

Welcher Unterschied zwischen dem *ärmlichen Italien* des Jahres 1945 und dem *erbärmlichen Milliardär-Italien* vom Jahre 1963!

Zwischen den Wolkenkratzern des Wirtschaftswunders bläst ein warmer und staubiger Wind, der nach Aas, Geschlecht und Kloake riecht.

Im Milliardär-Italien des „süßen Lebens" ist jede Hoffnung auf eine bessere Welt gestorben. Es ist ein Italien, das zwischen Teufel und Weihwasser eine entsetzliche Kreuzung herzustellen versucht; in dem eine große Schar junger Priester der Linken (die dem Don Camillo gewiß nicht ähneln) sich rüstet, im Namen Christi die roten Fahnen Lenins und des Antichrists zu segnen.

„Candido" konnte im roten Milliardär-Italien nicht mehr leben, und – tatsächlich – er starb.

Die Geschichte, die 1959 in meiner Zeitung

erschien – noch lebendig, insofern ihre Gestalten recht lebendig geblieben sind – ist heute zeitfremd. Und ihre gutartige Polemik gegen den Kommunismus kann heute nur hingenommen werden, wenn man den Inhalt in die Zeit hineinstellt, da sie geboren wurde.

Hier könnte der Leser entgegnen: „Wenn deine Geschichte unzeitgemäß ist, weil die Leute in bezug auf den Kommunismus die Meinung gewechselt haben, warum ließest du deine Geschichte nicht ruhig im Grabe des ‚Candido‘?"

Ich antworte: „Weil es noch eine unansehnliche Minderheit gibt, die in bezug auf den Kommunismus und die UdSSR die Meinung nicht gewechselt hat und der ich Rechnung tragen muß."

Deswegen möchte ich diese meine Geschichte den amerikanischen Soldaten widmen, die in Korea gestorben sind – den letzten heldenhaften Verteidigern des belagerten Abendlandes –, den Gefallenen Koreas, den Überlebenden und ihren Lieben, denn auch sie können die Meinung nicht gewechselt haben.

Und ich widme sie auch den italienischen Soldaten, die in Rußland kämpfend gestorben sind, und den dreiundsechzigtausend, die als Gefangene in die Hände der Russen fielen, in den entsetzlichen sowjetischen Lagern verschwanden und deren Los heute noch unbekannt ist. Ihnen ist besonders das elfte Kapitel, „Drei Weizenpflänzchen“ betitelt, gewidmet.

Sodann ist meine Geschichte den dreihundert emilianischen Priestern gewidmet, die von den Kommunisten in den blutigen Tagen der „Befreiung“ ermordet wurden, dem verstorbenen Papst Pius XII., der gegen den Kommunismus und seine Komplizen die Exkommunikation geschleudert hat, sowie dem Primas Ungarns, dem ungezähmten Kardinal Mindszenty, und der heldenhaften Märtyrerkirche. Ihnen ist vor allem das neunte Kapitel gewidmet, betitelt: „Geheimagent Christi“.

Das letzte Kapitel, „Ende einer kleinen Geschichte, die nie endet“, aber möchte ich dem verstorbenen Papst Johannes XXIII. widmen. Und das (man verzeihe mir die Schwäche) nicht nur aus Gründen, die alle kennen, sondern auch aus einem ganz persönlichen Grund.

Im Juni 1963 erschien unter den Nachrufen, die den Zeitungen von Persönlichkeiten der ganzen Welt zugingen, jener des Herrn Vincent Auriol, Sozialist, der Präsident der Französischen Republik gewesen ist, während der Papst als Kardinal Roncalli Apostolischer Nuntius in Paris war. In diesem Nachruf sagt Herr Auriol wörtlich: „Eines Tages, am 1. Januar 1952, sandte er mir – indem er mich an meine

Diskussion mit dem Bürgermeister und dem Pfarrer meiner Gemeinde erinnerte – als Neujahrsgeschenk das Buch von Guareschi, ‚Die kleine Welt des Don Camillo', mit folgender Widmung: ‚Herrn Vincent Auriol, Präsident der Französischen Republik, zu seiner Zerstreuung und als geistiges Vergnügen. Unterzeichnet: J. Roncalli, Apostolischer Nuntius.'"

Der Don Camillo des Jahres 1959 ist genau der gleiche Don Camillo des Jahres 1952, und ich habe diese Geschichte veröffentlichen wollen – obwohl sie zeitfremd ist – zur *Zerstreuung* und (verzeiht die Überheblichkeit) zum *geistigen Vergnügen* der wenigen Freunde, die mir in dieser verwirrten Welt geblieben sind.

Roncolo-Verdi, 16. August 1963 · Der Verfasser

Das Goldfieber

Die Bombe platzte am Montag gegen Mittag, als die Zeitungen eintrafen.

Einer vom Dorf hatte beim Sport-Toto den Treffer gemacht und zehn Millionen Lire gewonnen. Die Zeitungen nannten einen gewissen Pepito Sbezzeguti, aber im Dorf gab es keinen Pepito und keinen Sbezzeguti.

Der Steuereinnehmer, der vom aufgeregten Volk bestürmt wurde, breitete die Arme aus:

„Am Samstag war Markt, und ich habe Formulare an Fremde verkauft. Es wird einer von denen sein. Sicher kommt er zum Vorschein."

Hingegen kam weniger als nichts zum Vorschein, und das Volk quälte sich weiter, weil es fühlte, daß Pepito Sbezzeguti ein Name war, der falsch tönte. Der Sbezzeguti ging noch an: Es mochte unter den Fremden einen Sbezzeguti geben. Aber einen Pepito – nein.

Wenn einer Pepito heißt, dann kann er sich an keinem Dorfmarkt, wo man Heu, Vieh und Käse handelt, beteiligen.

„Für mich ist das ein vorgetäuschter Name", sagte im Verlauf einer langen Unterhaltung der Mühlenwirt, „und wenn jemand einen solchen

Namen verwendet, dann bedeutet das, daß er kein Fremder, sondern einer vom Dorfe ist, der nicht erkannt sein will."

Es handelte sich um eine recht ungenaue Schlußfolgerung, aber sie wurde als die schlüssigste Logik aufgenommen, und die Leute, die sich nicht mehr um die Fremden bekümmerten, lenkten alle ihre Aufmerksamkeit auf die Einheimischen.

Und die Nachforschungen wurden mit so wildem Eifer betrieben, als ob es nicht darum ginge, den Gewinner einer Lotterie, sondern einen Verbrecher zu finden.

Ohne wilden Eifer, aber mit sichtlicher Teilnahme beschäftigte sich auch Don Camillo mit der Angelegenheit. Und weil ihn dünkte, daß Christus seine Tätigkeit als Spürhund nicht mit übertriebenem Wohlwollen bemerkte, rechtfertigte sich Don Camillo:

„Jesus, nicht aus ungesunder Neugier tue ich das, sondern aus Pflichtgefühl. Weil jedermann, der von der göttlichen Vorsehung eine große Wohltat erhalten hat, diese jedoch geheimhält, es verdient, der Verachtung des Nächsten ausgeliefert zu werden."

„Don Camillo", antwortete Christus, „festgestellt und nicht nur zugegeben, daß die göttliche Vorsehung sich mit dem Sport-Toto abgibt, habe ich den Eindruck, daß die göttliche Vorsehung keine Reklame braucht. Zudem ist es die Sache an sich, die zählt. Und die Sache ist in allen wesentlichen Einzelheiten bekannt: Jemand hat beim Spiel eine große Summe gewonnen. Warum mühst du dich ab, herauszubringen, wer dieser Glückliche ist? Nimm dich lieber jener Menschen an, die vom Glück nicht begünstigt sind, Don Camillo!"

Don Camillo hatte jedoch einen Nagel mitten im Gehirn, und das Rätsel Pepito reizte ihn immer mehr.

Endlich erhellte ein Blitz die Finsternis.

Don Camillo hätte am liebsten die große Glocke geläutet, als er den Schlüssel zu diesem Namen entdeckte. Er vermochte der Versuchung, sich ans Seil der großen „Gertrude" zu klammern, zu widerstehen, doch widerstand er nicht einer anderen Versuchung – jener nämlich, den Mantel anzuziehen und einen Rundgang durchs Dorf zu machen.

Als er nach wenigen Augenblicken vor der Werkstatt Peppones angekommen war, vermochte er auch nicht der Versuchung zu widerstehen, allda stehenzubleiben und den Kopf hineinzustrecken, um den Bürgermeister zu begrüßen:

„Guten Tag, Genosse Pepito!"

Peppone hörte mit Hämmern auf und schaute ihn mit entgeisterten Augen an:

„Was wollt Ihr sagen, Hochwürden?“

„Nichts! Pepito ist schließlich nichts anderes als eine Verkleinerung von Peppone. Und dann erweist es sich auch als seltsamer Zufall, daß Sbezzeguti, wenn man den Namen auseinandernimmt und neu zusammensetzt, befremdlicherweise den Namen Giuseppe Bottazzi ähnelt, der dir gehört.“

Peppone fing wieder ruhig zu hämmern an.

„Geht und erzählt das der Redaktion der Rätselzeitung“, sagte er. „Hier macht man keine Rätsel, hier arbeitet man.“

Don Camillo schüttelte den Kopf:

„Mir tut es aufrichtig leid, daß du nicht der Pepito bist, der die zehn Millionen gewonnen hat.“

„Auch mir tut es leid“, brummte Peppone. „Sonst könnte ich Euch jetzt zwei oder drei abgeben, um Euch zu veranlassen, wieder heimzugehen.“

„Sorge dich nicht darum, Peppone, Gefälligkeiten sind bei mir gratis“, entgegnete Don Camillo im Gehen.

Zwei Stunden später wußte das Dorf genau, was ein Anagramm ist, und es gab kein Haus, wo der arme Pepito Sbezzeguti nicht erbarmungslos auseinandergenommen wurde, weil man sehen wollte, ob er tatsächlich den Genossen Giuseppe Bottazzi im Bauche hatte.

Am gleichen Abend war im Volkshaus eine außerordentliche Versammlung des Generalstabs der Roten.

„Präsident", erklärte Smilzo, als er das Wort ergriff, „die Reaktionäre haben ihre verleumderische Propaganda wieder hundertprozentig aufgenommen. Das Dorf ist in Aufruhr. Sie klagen dich an, du wärest derjenige, der die zehn Millionen gewonnen hat. Da muß man mit Energie auftreten und die Ehrabschneider an die Mauer nageln."

Peppone spreizte die Arme: „Sagen, daß jemand zehn Millionen beim Sport-Toto gewonnen hat, ist keine Verleumdung", antwortete er. „Man verleumdet eine Person, indem man sie anklagt, sie habe eine unehrliche Tat begangen. Beim Sport-Toto gewinnen ist keine unehrliche Sache."

„Präsident", erwiderte Smilzo. „Eine politische Verleumdung ist es auch, wenn man den Gegner einer ehrlichen Handlung bezichtigt. Bringt eine Anklage der Partei Schaden, dann hat man sie als Verleumdung zu betrachten."

„Die Leute lachen uns hinter unserem Rükken aus", fügte Brusco bei. „Das muß aufhören!"

„Ein Manifest muß her!" rief Bigio. „Ein Manifest!"

Peppone hob die Schultern: „Gut, morgen werden wir daran denken."

Der Smilzo zog ein Blatt aus seiner Tasche: „Um dir keine Mühe zu machen, haben wir es schon vorbereitet. Wenn es dir paßt, lassen wir es sofort drucken und schlagen es morgen an."

Der Smilzo las mit lauter Stimme:

Der Unterzeichnete, Giuseppe Bottazzi, erklärt, daß er nichts gemein hat mit Pepito Sbezzeguti, Gewinner von zehn Millionen im Sport-Toto. Es ist unnütz, daß die Reaktionäre mich zu verleumden suchen, indem sie mich mit dem obengenannten Neumillionär identifizieren. Neu ist hier nur ihr Faschismus. Giuseppe Bottazzi

Peppone schüttelte den Kopf.

„Schön und gut. Aber bevor ich nichts Gedrucktes sehe, antworte ich nicht mit Gedrucktem."

Smilzo war nicht einverstanden:

„Präsident, mir scheint es dumm zu sein zu warten, daß mir einer einen Schrotschuß verpaßt, um ihm den Schrotschuß zurückzugeben. Regel ist, eine kleine Sekunde vor dem andern zu schießen."

„Die Regel ist, jedem einen Fußtritt in den Hintern zu versetzen, der sich mit meinen persönlichen Angelegenheiten beschäftigt", erwiderte Peppone. „Ich habe keine Verteidiger nötig. Ich bin fähig, mich aufs beste selbst zu verteidigen."

Smilzo zuckte die Achseln: „Wenn du es so ansiehst", brummte er, „dann gibt es nichts mehr zu sagen."

„Ich sehe es so an!" schrie Peppone und schmetterte eine Faust auf den Tisch. „Jeder für sich und die Partei für alle!"

Der Generalstab ging nicht sehr überzeugt auseinander.

„Sich vorwerfen zu lassen, man habe zehn Millionen gewonnen, ist für mich ein Zeichen der Schwäche", bemerkte unterwegs der Smilzo, „dies um so mehr, als die Sache durch ein Anagramm kompliziert wird."

„Hoffen wir das Beste", seufzte der Bigio.

Dem Geschwätz folgte das Gedruckte: Die Zeitung der Grundbesitzer veröffentlichte eine Notiz mit dem Titel: „Kratze den Peppone und du findest den Pepito." Das Dorf lachte sich den Buckel voll, weil die Notiz von einem geschrieben war, der sein Handwerk verstand.

Darauf versammelte sich der Generalstab im Volkshaus und sagte kurz und bündig, daß ein energisches Dazwischentreten nötig sei.

„Gut", antwortete Peppone, „laßt das Manifest drucken und schlagt es an."

Smilzo stürzte in die Druckerei, und eine

Stunde später erhielt Don Camillo aus den Händen Barchinis, des Druckereibesitzers, den allerersten Abzug.

„Das ist ein böser Schlag für die Zeitung", bemerkte Don Camillo betrübt. „Wenn er die Millionen gewonnen hätte, würde er sich hüten, etwas Derartiges drucken zu lassen. Außer er habe den Gewinn schon einkassiert oder einkassieren lassen."

„Er hat sich nie von hier fortbegeben", versicherte ihm Barchini. „Er wird vom ganzen Dorfe überwacht."

Es war schon spät, und Don Camillo ging zu Bett.

Aber nachts um drei Uhr kam man, ihn zu wecken. Es war Peppone.

Peppone kam vom Gemüsegarten her, und als er im Hausgang war, spähte er erst eine Weile durch die halboffene Türe. Er war äußerst erregt.

„Ich hoffe, niemand hat mich gesehen", sagte er schließlich. „Mir scheint, ich werde dauernd beschattet."

Don Camillo betrachtete ihn besorgt.

„Bist du nicht zufällig verrückt geworden?"

„Nein. Ich habe auch keine Angst, daß ich es werde."

Er setzte sich und wischte sich den Schweiß ab.

„Rede ich mit dem Priester oder mit dem Dorfblatt?" wollte er dann wissen.

„Das hängt von dem ab, was du mir sagen wirst."

„Ich bin da, um mit dem Priester zu sprechen."

„Der Priester hört dich an", sagte Don Camillo ernst.

Peppone drehte ein Weilchen den Hut zwischen den Händen, schließlich beichtete er: „Hochwürden, ich habe eine große Lüge gesagt. Pepito Sbezzeguti – das bin ich."

Don Camillo hörte die Bombe krachen, und für einige Minuten stockte ihm der Atem.

„Dann bist du also derjenige, der beim Sport-Toto die zehn Millionen gewonnen hat", rief er aus, nachdem er seine fünf Sinne wieder beieinander hatte. „Warum hast du es nicht gleich gesagt?"

„Nicht einmal jetzt habe ich es gesagt, weil ich mit dem Priester spreche. Ihr müßt Euch nur mit der Lüge beschäftigen."

Aber den Don Camillo beschäftigten die zehn Millionen, und nachdem er Peppone mit Verachtung gemustert hatte, fuhr er ihn mit glühenden Worten an:

„Schande! Ein Genosse, ein Proletarier, der zehn Millionen gewinnt! Überlaßt den bürgerlichen Kapitalisten solche Schweinereien! Ein braver Kommunist muß sein Geld im Schweiße seines Angesichts verdienen."

Peppone schnaubte:

„Hochwürden, mir ist's nicht ums Scherzen. Es wird doch kein Verbrechen sein, beim Toto mitzumachen!"

„Ich scherze nicht und sage nicht, daß es ein Verbrechen sei, beim Sport-Toto zu gewinnen. Ich behaupte nur, daß ein braver Kommunist nicht beim Sport-Toto spielt."

„Dummes Zeug! Alle spielen!"

„Schlimm. Besonders schlimm in deinem Fall, weil du ein Chef bist, einer von denen, die den Kampf des Proletariats anführen sollen. Das Sport-Toto ist eine der listigsten Waffen, die das kapitalistische Bürgertum erfunden hat, um sich gegen das Proletariat zu verteidigen. Eine ungemein wirkungsvolle Waffe, die überdies das Bürgertum nichts kostet! Im Gegenteil: sie bringt ihm großen Verdienst. Ein guter Kommunist unterstützt das Sport-Toto nicht, er bekämpft es wie wild."

Peppone schüttelte zornig den Kopf.

„Rege dich nicht auf, Genosse!" fuhr Don Camillo fort. „Alles, was dazu dient, dem Arbeiter vorzutäuschen, er könne sich den Wohlstand mit Mitteln erwerben, die nicht der proletarischen Revolution entstammen, ist dem Wohlstand des Volkes zuwider und der Sache der Feinde des Volkes nützlich. Indem du das Sport-Toto begünstigst, verrätst du die Sache des Volkes!"

Peppone hob die Arme und ballte die Fäuste:

„Hochwürden", schrie er, „hören wir auf, die Dinge stets mit der Politik zu vermengen!"

„Genosse! Ist die Revolution proletarisch?" Peppone stampfte vor Wut mit den Füßen. „Ich verstehe dich, Genosse", schloß Don Camillo lächelnd, „im Grunde hast du recht. Besser heute zehn Millionen als morgen die proletarische Revolution."

Don Camillo schürte das Feuer; nach einigen Minuten wandte er sich wieder an Peppone.

„Bist du bloß gekommen, um mir zu sagen, daß du zehn Millionen gewonnen hast?"

Peppone schwitzte. „Wie fange ich es an, sie einzukassieren, ohne daß jemand etwas merkt?"

„Du gehst selber hin."

„Das kann ich nicht, man überwacht mich. Und dann kann ich überhaupt nicht mehr selber gehen. Morgen kommt die Erklärung heraus."

„Schicke jemanden, der dein Vertrauen hat."

„Ich habe zu keinem Vertrauen."

Don Camillo schüttelte den Kopf: „Ich weiß nicht, was ich sagen soll."

Peppone hielt ihm einen Umschlag vor die Nase: „Gehen Sie das Geld holen, Hochwürden!"

Peppone stand auf und ging hinaus. Don Camillo blieb und betrachtete den Umschlag.

Don Camillo reiste noch am gleichen Morgen, und nach drei Tagen war er zurück. Als er eintraf, war es spät am Abend, und bevor er seine Wohnung aufsuchte, begab er sich zum Hauptaltar, um mit Christus zu reden.

Er hatte ein Köfferchen bei sich, das er auf die Balustrade vor dem Altar setzte. Er öffnete es. „Jesus", sagte er mit gestrenger Stimme, „dies sind zehn Bündel von hundert Noten zu je zehntausend Lire. Total zehn Millionen für Peppone. Ich erlaube mir, Euch die einfache Bemerkung zu machen, daß dieser Gottlose keinen Preis dieser Art verdient."

„Sag es denen vom Sport-Toto", riet ihm Christus.

Don Camillo ging mit seinem Köfferchen hinaus, und als er im ersten Stock des Pfarrhauses war, schaltete er dreimal das Licht ein und aus, wie es mit Peppone vereinbart worden war.

Peppone, der auf der Lauer lag, antwortete,

indem er zweimal das Licht seines Schlafzimmers andrehte und löschte.

Zwei Stunden später langte er im Pfarrhaus an, bis zu den Augen im Mantel versteckt. Er trat vom Gemüsegarten her ein und verriegelte die Türe.

„Also?" fragte er Don Camillo, der in der Stube wartete.

Don Camillo begnügte sich, ihm ein Zeichen zu geben. Er deutete auf den Koffer, der auf dem Tische stand.

Peppone näherte sich und öffnete mit zitternden Händen das Köfferchen. Als er die Banknotenbündel erblickte, bedeckte sich seine Stirne mit Schweiß.

„Zehn Millionen?" flüsterte er.

„Zehn Millionen; du kannst sie zählen."

„Nein, nein!" Er betrachtete immerzu die Notenbündel.

„Gewiß", seufzte Don Camillo, „zehn Millionen sind eine sehr schöne Beute, heute wenigstens. Aber was sind sie morgen wert? Eine besorgniserregende Notiz genügt, um den Wert des Geldes zu zerstören und aus diesen Millionen einen Haufen Papier zu machen."

„Man müßte sie sofort anlegen", sagte Peppone mit ein wenig Furcht. „Mit zehn Millionen läßt sich ein hübscher Grundbesitz erwerben. Boden bleibt Boden . . ."

„„Der Boden den Bauern', sagt der Kommunismus; nicht ‚der Boden den Schmieden'. Sie nehmen dir alles weg. Der Kommunismus ist zum Siegen bestimmt. Die Welt geht nach links, lieber Genosse."

Peppone fuhr fort, die Banknoten anzustarren.

„Gold", sagte er, „Gold muß man jetzt kaufen. Das kann man verbergen."

„Und dann, wenn du es verborgen hast, was machst du damit? Wenn der Kommunismus kommt, wird alles rationiert und verstaatlicht, und das Gold mußt du lassen, wo es ist, weil du nichts kaufen kannst."

„Und es ins Ausland schicken?"

„O weh! Wie irgendein Kapitalist! Überdies müßte man es nach Amerika bringen, weil Europa ohne Zweifel ganz kommunistisch wird. Und dann wird auch Amerika, weil es allein geblieben ist, vor der Sowjetunion kapitulieren müssen."

„Amerika ist stark", sagte Peppone. „Nach Amerika kommen sie nie."

„Das weiß man nicht: Die Zukunft liegt in den Händen Rußlands, Genosse."

Peppone seufzte, dann setzte er sich.

„Mir dreht sich der Kopf, Hochwürden. Zehn Millionen!"

„Nimm die Ware und trage sie heim. Aber

schicke mir den Koffer zurück. Der gehört mir."

Peppone stand auf: „Nein, Hochwürden! Bitte, behaltet alles. Wir werden morgen darüber reden. Jetzt verstehe ich gar nichts mehr."

Peppone ging. Don Camillo nahm den Koffer, stieg zum ersten Stock empor und warf sich aufs Bett.

Er war todmüde, jedoch gelang es ihm nicht, viel zu schlafen, weil man ihn um zwei Uhr morgens weckte und er hinuntergehen mußte. Es war der völlig vermummte Peppone mit seiner Frau.

„Hochwürden", erklärte Peppone, „versucht mich zu begreifen . . . Meine Frau möchte gern wissen, wie zehn Millionen aussehen."

Don Camillo holte den Koffer und stellte ihn wieder auf den Tisch.

Kaum erblickte Peppones Frau die Banknoten, wurde sie bleich. Don Camillo wartete geduldig, bis der Augenschein vollzogen war. Dann schloß er den Koffer und begleitete Peppone und seine Frau zur Türe.

Er kehrte ins Bett zurück, doch um drei Uhr morgens mußte er wieder hinunter.

Und wieder hatte er Peppone vor sich.

„He? Ist die Pilgerfahrt noch nicht zu Ende?"

Peppone schlug die Arme auseinander.

„Hochwürden, ich bin gekommen, um den Koffer mitzunehmen."

„Jetzt? Nicht im Traum! Ich habe ihn schon auf dem Estrich versteckt. Sei versichert, daß ich nicht hinaufsteigen werde, um ihn herunterzuholen. Komm morgen! Ich bin müde und mir ist kalt. Hast du vielleicht kein Vertrauen?"

„Darum geht es nicht, Hochwürden. Setzt den Fall, daß – sagen wir – Euch irgendein Unfall passiert ... Was tue ich, um zu beweisen, daß dieses Geld mir gehört?"

„Geh ruhig zu Bett. Der Koffer ist versiegelt, und dein Name ist draufgeschrieben. Ich denke an alles."

„Ich verstehe, Hochwürden. Immerhin ist es besser, wenn ich die Moneten in meinem Hause habe."

Don Camillo merkte aus der Stimme einen Unterton heraus, der ihm nicht gefiel. Und da änderte er unversehens auch seine Tonart.

„Von welchen Moneten sprichst du?" fragte er.

„Von meinen! Von jenen, die Ihr für mich in Rom einkassiert habt."

„Du bist verrückt, Peppone. Du träumst. Nie habe ich dir gehöriges Geld einkassiert."

„Der Zettel gehörte mir", schnaubte Peppone, „ich bin Pepito Sbezzeguti."

„Aber auf allen Mauern steht ja gedruckt, daß du es nicht bist! Deine Erklärung!"

„Ich bin's! Pepito Sbezzeguti ist das Anagramm von Giuseppe Bottazzi."

„Stimmt nicht! Pepito Sbezzeguti ist das Anagramm von Giuseppe Bottezzi. Du nennst dich Bott*a*zzi, nicht Bottezzi. Mein Onkel heißt Giuseppe Bottezzi; für ihn habe ich den Zettel eingelöst."

Peppone schrieb mit zitternder Hand Pepito Sbezzeguti auf den Rand der Zeitung, die auf dem Tisch lag; dann schrieb er seinen Namen und verglich.

„Verflucht!" schrie er, „ich habe ein e an Stelle des a gesetzt! Aber das Geld gehört mir!"

Don Camillo ging ruhig die Treppe hinauf, um ins Bett zurückzukehren, und Peppone folgte ihm, wobei er ständig wiederholte, daß die Millionen ihm gehörten.

„Rege dich nicht auf, Genosse", mahnte ihn Don Camillo, betrat sein Zimmer und legte sich zu Bett. „Ich werde die zehn Millionen gewiß nicht essen. Ich werde sie für deine Sache verbrauchen, für die Sache des Volkes, indem ich sie an die Armen verteile."

„Zum Teufel die Armen", schrie Peppone außer sich.

„Reaktionäres Schwein", rief Don Camillo

aus, indem er es sich zwischen den Decken bequem machte. „Geh hinaus und laß mich schlafen!"

„Gebt mir mein Geld, oder ich bringe Euch um wie einen Hund", heulte Peppone.

„Nimm deine Schweinerei und mach, daß du fortkommst!" murrte Don Camillo, ohne sich umzuwenden.

Der Koffer stand allda auf der Kommode. Peppone ergriff ihn und versteckte ihn unter dem Mantel; dann verschwand er.

Don Camillo hörte, wie die Haustüre zuschlug; er seufzte.

„Herr", sagte er streng, „warum ihn gewinnen lassen, was sein Untergang ist? Der Ärmste verdiente keine solche Strafe!"

„Zuerst wirfst du mir vor, daß er keinen Preis dieser Art verdient; jetzt wirfst du mir vor, daß dieses Geld eine ungerechte Strafe ist. Klar, ich errate deine Gedanken nie, Don Camillo", antwortete Christus.

„Jesus, ich rede nicht mit Euch, ich rede mit dem Sport-Toto", erklärte Don Camillo und schlief endlich ein.

Die Erpressung

Herr", sagte Don Camillo, während er vor dem Altar stand, „er hat es zu arg getrieben, und ich werde ihn erledigen."

„Don Camillo", erwiderte der gekreuzigte Christus, „auch jener, der mich ans Kreuz schlug, hat es zu arg getrieben, aber ich habe ihm verziehen."

„Der Euch ans Kreuz schlug, wußte nicht, was er tat. Peppone wußte es genau, und seine Hinterlist kann keinen Anspruch auf Mitleid machen."

„Don Camillo", erkundigte sich Christus lächelnd, „findest du nicht, daß du in bezug auf Peppone besonders streng bist, seit er Senator geworden ist?"

Don Camillo, der sich von den Worten Christi grausam getroffen fühlte, konnte seine Verbitterung nicht verbergen.

„Herr", rief er aus, „Ihr würdet nicht so reden, wenn Ihr mich wirklich kenntet!"

„Ich kenne dich", versicherte Christus mit einem Seufzer.

Don Camillo besaß die Gabe der Bescheidenheit.

Er bekreuzigte sich, wobei er eine Verbeugung andeutete, und glitt hinaus.

Draußen jedoch erwartete ihn eine neue Bitternis, weil irgendein Unseliger eben, ausgerechnet neben der Türe des Pfarrhauses, ein Exemplar des Plakates angeschlagen hatte, jenes Plakates, das der Grund seiner Wut war und das eine mindestens zwei Jahre alte Geschichte an die Oberfläche spülte.

An einem trüben Winterabend, während Don Camillo zu Bett gehen wollte, hatte jemand an die Türe des Pfarrhauses geklopft. Es handelte sich um Peppone, doch hatte man Mühe, ihn zu erkennen, so durcheinander war er.

Don Camillo brachte ihn zum Sitzen und schob ihm ein Glas Wein hin, das der arme Kerl in einem einzigen Zug hinunterstürzte. Aber es waren noch zwei weitere Gläser nötig, um seine Zunge zu lösen.

Endlich keuchte Peppone: „Ich ertrag' es nicht mehr!“ Peppone zog unter dem Mantel ein Paket hervor, das in Zeitungspapier gewickelt war, und legte es auf den Tisch.

„Seit ich dieses Zeug im Hause habe“, sagte er traurig, „kann ich nicht mehr schlafen.“

Es handelte sich um die famosen zehn Millionen vom Sport-Toto, und Don Camillo erwiderte: „Bring das Geld auf eine Bank.“

Peppone verzog sein Gesicht.

„Ihr sagt es nicht im Ernst! Ein kommunistischer Bürgermeister, der plötzlich zehn Millionen, deren Herkunft er nicht nachweisen kann, auf sein Konto einzahlt!"

„Wechsle sie in Gold um und vergrab es irgendwo!"

„Das bringt nichts ein."

Don Camillo war sehr müde, aber seine Geduld war noch nicht erschöpft.

„Genosse", sagte er gelassen, „sehen wir zu, daß wir's erledigen: Was willst du von mir?"

Peppone rückte mit seinem Anliegen heraus: „Hochwürden, jener berühmte Kommendatore, der das ihm anvertraute Geld so gut verwaltet ..."

„Ich kenne ihn nicht", unterbrach ihn Don Camillo.

„Ihr müßt ihn kennen. Er gehört zu euch. Einer, der sich der Priester als Mittelsmänner bedient und sie sich dadurch verpflichtet, daß er Kirchen, Klöster, Bruderschaften und dergleichen beschenkt."

„Ich weiß, wer es ist, doch habe ich mit ihm nie in Verbindung gestanden."

„Hochwürden, Ihr könnt mit ihm in Verbindung treten, wann Ihr wollt. Der Pfarrer von Torricella ist einer seiner Agenten."

Don Camillo schüttelte betrübt den Kopf:

„Genosse", sagte er, „Gott hat dir einen Finger hingestreckt; warum willst du die ganze Hand an dich reißen?"

„Hochwürden, Gott hat mit der Sache nichts zu tun. Das Glück hat mir geholfen, und jetzt muß ich ein Kapital zum Zinsen bringen."

„Dann ist alles einfach. Geh zum Pfarrer von Torricella und laß dich dem Kommendatore vorstellen!"

„Das ist nicht möglich. Ich bin allzu bekannt. Wenn mich jemand sähe, wie ich um das Pfarrhaus von Torricella streiche oder um den Palast des Kommendatore, wäre ich erledigt. Stellen wir uns vor: Die Kommunisten, die die Klerikalen finanzieren! Wenn ich die Moneten gebe und dabei ungenannt bleibe, handelt es sich um eine reine Wirtschaftsfrage. Wenn ich sie als bekannter Kommunist gebe, wird eine politische Frage daraus."

Der Sache mit dem famosen Kommendatore, der ihm anvertrautes Geld mit fünfzig und sechzig Prozent verzinste und Klöster, Kirchen, Kapellen, Bruderschaften usw. beschenkte, hatte Don Camillo immer mißtraut. Anderseits war der Pfarrer von Torricella ein alter Ehrenmann, und wenn seine Pfarrei ein Kino, einen Spielplatz und ein Schwimmbad besaß, so daß er imstande war, allen Teufeleien, die von den Roten organisiert wurden, um die Jungen einzufangen, die Waage zu halten, so war dies dem famosen Kommendatore zu verdanken.

Don Camillo verlor seine Ruhe nicht. „Ich will nichts damit zu tun haben“, schloß er. „Morgen abend zu dieser Stunde wird der Pfarrer von Torricella hier im Hause sein. Ich werde euch allein lassen, und ihr könnt euch verständigen.“

Am folgenden Abend traf Peppone in der Stube Don Camillos den Pfarrer von Torricella. Don Camillo ließ sie allein.

Hernach wurde von der ganzen Angelegenheit nicht mehr gesprochen, aber ein Jahr später wurde Peppone zum Senator gewählt, und ein kleiner Satan fing an, um Don Camillo herumzustreichen, ihn an der Kutte zu zupfen und ihn Tag und Nacht aufzureizen.

„Peppone ist der ärgste der Undankbaren“, lispelte das Teufelchen in Don Camillos Ohr. „Du hast dich ihm gegenüber so redlich aufgeführt, als du gingst, um die zehn Millionen für ihn einzuziehen, und was hat der Lump aus Dankbarkeit getan? Kaum war er zum Senator gewählt, hat er auf dem Platz eine haarsträubende Rede gehalten!“

Jawohl, Don Camillo hatte diese Rede gehört. Eine Rede voll Aufgeblasenheit, Anmaßung und mit spöttischen Anspielungen auf

„einen gewissen Pfarrer, der sich irrsinnig ins Zeug gelegt hatte, um den Sieg des Volkes zu verhindern, indem er alberne Beweisgründe gebrauchte, und der, wenn er fähig wäre, die Glocken zu läuten, höchstens das Amt eines Glöckners bewältigen könnte."

Lange hatte der kleine Satanas Don Camillo gestichelt: „Warum erzählst du den Leuten nicht die Geschichte vom geheimen Multimillionär und Genossen Peppone?"

Don Camillo hatte ein Jahr lang gekämpft, um sich vom kleinen Satanas zu befreien, und als er ihn endlich abgeschüttelt hatte, tauchte unversehens das Plakat Peppones auf.

In jenen Tagen war der schändliche Betrug des famosen Kommendatore ans Licht gekommen. Es gab einen riesigen Skandal, und auf seinem Höhepunkt hatte der unselige Senator Peppone das Dorf mit einem Plakat tapezieren lassen, das sich mit wütender Heftigkeit auf die „Schacherpriester" stürzte, „die, um Geld zu erraffen, nicht gezögert hatten, Komplizen eines Betrügers zu werden und die armen, naiven Gläubigen täuschten und sie ihrer erschwitzten Ersparnisse beraubten."

Eine schauerliche Sache!

Gegenüber soviel Unverschämtheit hatte Don Camillo beschlossen, die Bombe zum Platzen zu bringen.

Peppone kehrte ziemlich oft ins Dörfchen zurück, war dort aber nicht mehr der frühere Peppone, sondern eine bis zu den Augen von Würde geschwollene Persönlichkeit, die mit einer dicken Mappe voll wichtigster Akten reiste und die besorgte Miene jener zur Schau trug, auf deren Schultern das Gewicht einer enormen Verantwortung lastet.

Er grüßte die Leute mit Zurückhaltung und flößte den armen Genossen eine schreckliche Scheu ein.

„Ich werde in Rom darüber berichten." „Ich werde mich in Rom darüber erkundigen", schloß er bedeutsam, wenn ihm irgendein Problem vorgesetzt worden war.

Er trug dunkle Anzüge, Doppelreiher, einen Hut wie Bürger von hoher Stellung und zeigte sich nie ohne Krawatte in der Öffentlichkeit.

In dem berühmten Plakat kamen faustdicke Rechtschreibefehler vor, aber da es der Mensch ist, der den Stil macht, erschien den Lesern alles so unumstößlich, daß jedes spöttische Lächeln erstickte.

Don Camillo lauerte Peppone auf und faßte ihn, als er um elf Uhr nachts nach Hause kam.

„Verzeihung", sagte Don Camillo, während Peppone sich mit dem Schloß der Haustüre abmühte, „entweder irre ich mich, oder Ihr seid auch einer der armen naiven Gläubigen, die von skrupellosen Priestern, Komplizen des Betrügers, ausgeplündert wurden?"

Peppone mußte ihn hineinlassen, und Don Camillo ging sofort zum Angriff über.

„Genosse Senator, jetzt ist die Reihe an mir. Ich werde dafür sorgen, daß ganz Italien hinter deinem Rücken grinst. Ich werde die ganze Geschichte erzählen: Wort für Wort. Deine Wähler sollen erfahren, wie der Genosse Senator, mit einem Priester als Mittelsmann, die Partei hintergangen und den Fiskus bemogelt hat, nachdem er zehn Millionen beim Sport-Toto gewonnen hatte. Und wie er nochmals die Partei bemogelt und den Fiskus hintergangen hat, als er die zehn Millionen dem famosen Kommendatore anvertraute und ihm so half, die Sache jener, die ihr als Feinde des Volkes bezeichnet, zu unterstützen."

Der Senator wölbte die Brust:

„Ich werde Sie wegen übler Nachrede verklagen! Sie können nichts beweisen."

„Ich werde alles beweisen. Dein Name figuriert im Kundenverzeichnis des Kommendatore. Die Zinsen wurden dir durch Schecks bezahlt, und ich kenne die Nummern der Schecks und die Beträge."

Peppone trocknete sich die schweißbedeckte Stirne.

„Sie werden nie eine solche Lumperei vollbringen", sagte er.

Don Camillo setzte sich ruhig hin und zündete seinen halben Toskano an.

„Es ist keine Lumperei", erklärte er. „Es ist die richtige Antwort auf dein Plakat."

Peppone platzte beinahe vor Wut; er riß sich die Jacke vom Leib, warf sie auf das Sofa und löste die Krawatte. Dann setzte er sich Don Camillo gegenüber.

„Es ist eine unnütze Bosheit", brüllte er, „ich habe das Kapital verloren ..."

„Aber du hast zwei Jahre lang riesige Zinsen eingesackt und beinahe gleichgezogen."

Peppone fühlte sich in der Schlinge. Da er von der Verzweiflung überwältigt war, sagte er eine Dummheit: „Hochwürden, genügen Ihnen drei Millionen?"

Don Camillo machte ein böses Gesicht: „Genosse Senator, einen solchen Vorschlag hättet Ihr mir nie machen dürfen. Das werdet Ihr noch büßen."

Er zog eine Zeitung aus der Tasche, entfaltete sie und wies auf einen kurzen Artikel.

„Wie Ihr seht, Senator, bin ich im Bilde: Ich weiß, daß Ihr die wichtige Aufgabe habt, die zehn Aktivisten, ausgewählt in ganz Italien, zu bestimmen, die Ihr selbst auf einer Reise nach der Sowjetunion begleiten werdet. Ich werde

Euch nicht in Eurer Arbeit stören. Die Ernte wird erst eingebracht, wenn Ihr in Rußland seid. Die Verwirrung, in die Eure Chefs geraten werden, wird das Vergnügen vermehren."

Peppone hatte nicht einmal mehr die Kraft zu reden. Seit zu vielen Jahren kannte er Don Camillo; er begriff, daß ihn diesmal nichts aufhalten konnte. Der robuste Mann war zu einem Waschlappen geworden.

Dieser Anblick erweckte Don Camillos Erbarmen. „Genosse", sagte er, „du bist erledigt. Es sei denn ..."

Peppone hob den Kopf:

„Es sei denn ...?" rief er voller Spannung.

Don Camillo erklärte ihm mit äußerster Ruhe, zu welchem Preis er davonkommen würde, und Peppone lauschte ihm mit offenem Mund. Dann, als Don Camillo zu reden aufgehört hatte, sagte er: „Hochwürden, Sie spaßen!"

„Nein! Und ich sage dir: Entweder schluckst du diese Suppe, oder du springst zum Fenster hinaus."

Peppone sprang auf die Füße. „Sie sind verrückt!" brüllte er, „reif für die Zwangsjacke!"

„Gerade darum, Genosse, mußt du es zehnmal überlegen, ehe du mit Nein antwortest. Verrückte sind gefährlich. Ich warte bis morgen abend."

Zwei Tage später empfing der alte Bischof Don Camillo in privater Audienz und hörte ihm mit größter Geduld zu, ohne ihn zu unterbrechen.

„Ist das alles?“ fragte er am Schluß.

„Alles, Exzellenz.“

„Sehr gut, mein Sohn. Ich glaube, daß du nach vierzehn Tagen Ruhe in einem stillen Kurhaus des Apennins diese Krise überwinden könntest.“

Don Camillo schüttelte den Kopf:

„Exzellenz“, sagte er, „ich habe im Ernst gesprochen. Es ist eine einzigartige Gelegenheit. Es wird eine sehr nützliche Erfahrung sein: Vierzehn Tage in Tuchfühlung mit der Crème de la crème unserer Aktivisten und mit den russischen Bolschewisten!“

Der alte Bischof schaute Don Camillo verwundert an.

„Mein Sohn, wer hat dir diesen Floh ins Ohr gesetzt?“

„Ich weiß es nicht, Exzellenz. Ganz plötzlich habe ich die Idee in meinem Gehirn gefunden. Wer weiß? Auch der Herr könnte sie dorthin verpflanzt haben.“

„Das glaube ich nicht... das glaube ich nicht“, brummte der alte Bischof. „Doch wie dem auch sei, die Idee hast du nun im Gehirn, und ich sollte dir die Stange halten und dich abreisen lassen, ohne irgendwem etwas zu sagen. Aber wenn sie dich nun entdecken?"

„Sie werden mich nicht entdecken. Ich werde viel Sorgfalt auf die Verkleidung legen. Ich meine nicht das Gewand, Exzellenz, ich meine die innere Verkleidung. Das Gewand hat wenig Bedeutung; was zählt, ist die Verkleidung des Hirns. Auch ein normales Gehirn kann dem Blick, dem Tonfall und dem Gesichtsausdruck jene eigenartige Prägung verleihen, die alle echten Kommunisten kennzeichnet, wenn es in ein kommunistisches Gehirn verkleidet ist."

Der alte Bischof schlug noch ein Weilchen mit der Spitze seines Stabes auf das Schemelchen zu seinen Füßen, dann zog er die Schlußfolgerung:

„Mein Sohn, es ist Irrsinn!"

„Ja, Exzellenz", gab Don Camillo ehrlich zu.

„Also dann, geh!"

Don Camillo kniete vor dem Bischof nieder, und der Alte legte ihm die kleine knochige Hand aufs Haupt.

„Gott beschütze dich, Genosse Don Camillo", sagte er und hob die Augen voller Tränen zum Himmel.

Er sagte es mit unterdrückter Stimme, und Don Camillo vernahm kaum ein Gelispel. Aber Gott hörte es gut.

Im Tarnanzug

Guten Tag, Senator", grüßte ihn vertraulich die Pförtnerin, die den Boden der Eingangshalle seiner Pension putzte.

„Guten Tag, Genosse", säuselte vorsichtig der Milchmann, der ihn auf der Schwelle des Eingangs traf.

„Guten Tag, Pechvogel", bemitleidete ihn ein Kerl, der breitbeinig auf dem Trottoir vor dem Eingang lauerte.

Diesmal antwortete Peppone nicht, er setzte seinen Weg im Bogen um den Kerl herum fort.

Es war ungefähr neun Uhr: die Morgenfrühe der Hauptstadt. Die große römische Apparatur setzte sich nur mühsam in Bewegung, und ein leichter, vom Schlaf zurückgebliebener Schleier milderte die Schärfe dieses frischen, klaren Herbstmorgens.

„Guten Tag, Pechvogel", wiederholte der Kerl, diesmal jedoch in herzlichem Tone, beinahe liebevoll. „Bei uns daheim sind jetzt die Felder eine Augenweide. Die gepflügte Erde dampft; auf den Wiesen glänzt das Gras im Rauhreif; die Weinstöcke sind mit blauen, reifen Trauben, süß wie Honig, beladen, und die

Farben der Blätter reichen vom welken Grün bis zum vergoldeten Rot."

Peppone kochte, denn alle heiligen Morgen lauerte dieses hassenswerte Individuum ihm vor seiner Pension auf, um ihm zu erzählen, was im Dorfe vorging. Um sich Haltung zu geben, zündete Peppone eine Zigarette an.

Der andere grinste: „Eben, wie könnte man nur den gewohnten Stumpen rauchen? Die Leute hier haben eine empfindliche Nase, und die Pensionsmutter verlöre alle Achtung vor den Senatoren, wenn sie dich mit einem halben Toskano im Munde sähe. Wirklich eine alte vornehme Dame, diese Pensionsmutter! Ausgezeichnet der Einfall, ihr zu erklären, du wärest ein unabhängiger Senator. Denk dir, welche Enttäuschung, wenn sie entdeckte, daß du Kommunist bist!"

Peppone warf die Zigarette weg und lokkerte ein wenig die Krawatte, die ihm den Hals einengte.

„Sicher fühltest du dich vorher freier, mit dem losen Nastuch am Hals", fuhr der Mann fort. „Aber ein Senator darf nicht hemdsärmlig sein wie ein Mechaniker vom Land. Und dann bist du ja erst noch ein wichtiger Funktionär und hast ein Büro mit Marmorboden und dem Telefon auf dem Schreibtisch."

Peppone warf einen Blick auf die Uhr.

„Sorge dich nicht", kicherte der Kerl, „niemand findet an deiner Tätigkeit etwas auszusetzen. Du hast gute Arbeit geleistet, und die Genossen, die du nach Rußland bringen sollst, sind mit der größten Umsicht ausgewählt worden. Dir fehlt nur noch einer."

Peppone nahm den Hut ab und trocknete den Schweiß, der seine Stirne netzte.

„Der Verfluchte!" keuchte er.

Der Kerl zog ein anderes Register:

„Freund, wer halst dir das auf?" fragte er. „Warum drängst du dich in den Sumpf? Laß Hüte und Hampelmänner, wo sie sind, und kehr nach Hause zurück!"

„Das kann ich nicht", stöhnte Peppone.

Da blieb der Kerl stehen. „Auf Wiedersehen morgen", sagte er, „und daß Gott dir Gutes beschere!"

Sie waren bei der Haltestelle des Autobusses angelangt. Peppone sah, wie der Kerl sich entfernte und in der Menge verlor. Der Kerl, der ihn jeden Morgen vor der Pension erwartete: der hemdsärmlige und glückliche Peppone von früher, der am Anfang jeden Tages kam und dem gutgekleideten und unglücklichen Peppone von heute das versucherische Liedchen sang: „Kehre zurück auf dein Land, wo es so gut um dich stand!"

Im Autobus fand er sich einem Burschen gegenüber, der in die „Unità" vertieft war. Er hielt sie ausgebreitet vor sich hin und das mit solchem Bemühen, daß sie wie auf ein Blatt Sperrholz aufgeleimt schien.

Peppone konnte das Gesicht des Mitfahrers, das völlig vom Papiervorhang verdeckt wurde, nicht erkennen, hielt es aber in Anbetracht der herausfordernden Absicht und der Übertreibung dieser Pose für das Gesicht eines Dummkopfs.

„Das Abzeichen der Partei stolz im Knopfloch zu tragen, ist die Pflicht eines jeden Mitstreiters, aber jede Übertreibung wirkt sich nachteilig aus!" Dies hatte Peppone festgestellt und dekretiert, als vor vielen Jahren der Fulmine sich bis zum Nullpunkt hatte scheren lassen, aber auf dem Scheitel seines leuchtenden Kürbisses noch eine gewissen Anzahl kurzer Haare stehen ließ, die deutlich das Emblem von Sichel und Hammer wiedergaben.

Das war der Grund gewesen, warum Don Camillo den Fulmine mit einer Ohrfeige abgedeckt hatte, indem er ihn anschrie, wenn die Monstranz vorbeikomme, hätte er den Hut zu ziehen. Und deshalb zog Fulmine jedesmal, wenn er dem Don Camillo begegnete, tief den Hut und machte eine Verneigung, um Don

Camillo das Wunder zu zeigen, das er auf seinem Scheitel trug.

Peppone seufzte: „Das waren schöne Zeiten." Die Politik hatte die Geister noch nicht vergiftet, und mit vier Ohrfeigen gelang es immer, gleicher Meinung zu sein und unnützes Reden zu vermeiden.

Der unbekannte Leser der „Unità" senkte die Zeitung, und Peppone mußte sich gestehen, daß er nicht das Gesicht eines Dummkopfs hatte. Wahrscheinlich waren seine Augen ausdruckslos, aber eine große Brille mit einer schweren Fassung und dicken dunklen Gläsern erlaubte nicht, das mit Sicherheit festzustellen. Der Mann trug einen einfachen hellen Anzug und einen ganz gewöhnlichen grauen Hut.

Auf alle Fälle war es ein bemerkenswert unsympathischer Mensch, und Peppone ärgerte sich, als er ihn beim Verlassen des Autobusses wieder vor sich fand.

„Mein Herr", fragte ihn das Individuum, „können Sie mir den Weg zeigen . . ."

Er ließ ihn nicht ausreden.

„Ich kann Ihnen nur einen Weg zeigen", brüllte er, „den Weg, der zur Hölle führt."

„Mich interessiert gerade der", entgegnete ruhig der andere.

Peppone holte mit großen Schritten aus, und der Mann folgte ihm. Er fand Peppone fünf

Minuten später in einem kleinen, verlassenen Café an einem abseitigen Tischlein sitzen. Peppone stürzte ein großes Glas Eisgekühltes hinunter; dadurch erlangte er die nötige Ruhe, um eine verständige Unterhaltung mit dem Individuum zu führen.

„Der Spaß hat lange genug gedauert", stellte er fest.

„Ich glaube nicht", erwiderte der andere. „Er hat erst begonnen."

„Sie werden doch nicht hoffen, ich nähme die Sache ernst!"

„Ich hoffe es nicht, ich fordere es."

„Don Camillo!"

„Ich heiße einfach Genosse Tarocci." Er zog einen Paß aus der Tasche, prüfte ihn und reichte ihn Peppone: „Ganz genau, Camillo Tarocci, Typograph."

Peppone betrachtete das Dokument mit Widerwillen und drehte es lange zwischen den Händen:

„Falscher Name, falscher Paß", rief er aus. „Alles falsch."

„Nein, Genosse. Es ist ein echter Paß, der von den Behörden dem Bürger Camillo Tarocci, Typograph, ausgestellt wurde. Ich strenge mich an, ihm zu gleichen. Wenn du daran zweifelst, hier der Beweis!"

Don Camillo holte aus der Brieftasche eine

Karte hervor, die er Peppone hinstreckte. Dabei erklärte er:

„Ausweis der kommunistischen Partei, ausgestellt auf den Genossen Camillo Tarocci, Typograph. Alles echt. Alles in Ordnung."

Peppone wollte etwas sagen, doch Don Camillo kam ihm zuvor:

„Genosse, verwundere dich nicht! Es gibt Genossen, die zwar wie Genossen erscheinen, die jedoch andersgeartet sind. Genosse Tarocci ist einer von denen, und er zählt zu den geschätztesten Elementen seiner Sektion. Du hast die Sektion gebeten, dir fünf verdiente Genossen zu bezeichnen, und dann wähltest du den Genossen Tarocci. Mich! Während er vierzehn Tage Ferien in den Römischen Hügeln macht, werde ich also mit dir nach Rußland kommen, werde jedes Ding aufmerksam beschauen und nach meiner Rückkehr ihm alles und jedes erzählen, was der Genosse Tarocci gesehen hat."

Es war für Peppone nicht leicht, wieder ins Geleise zu kommen; als ihm das gelungen war, versicherte er:

„Ich weiß nicht, ob es die Hölle gibt; es interessiert mich auch nicht, der Frage auf den Grund zu gehen. Wenn es sie gibt, dann geht Ihr sicher hin, Hochwürden."

„Einverstanden, dann gehen wir dorthin, Genosse."

Peppone verzichtete darauf, länger zu widerstehen.

„Hochwürden", sagte er mit müder Stimme, „warum wollt Ihr mich erledigen?"

„Niemand will dich erledigen, Genosse. Meine Anwesenheit in Rußland wird nichts an der russischen Wirklichkeit ändern. Was gut ist, wird gut bleiben, und was schlecht ist, wird schlecht bleiben. Wovor hast du Angst? Befürchtest du vielleicht, daß dort nicht jenes Paradies ist, das deine Zeitungen preisen?"

Peppone zuckte die Achseln, ohne ein Wort zu sagen.

„Auf alle Fälle", versicherte Don Camillo, „hoffe ich, daß dort nicht jene Hölle ist, von der meine Zeitungen sprechen."

„Welch ein Edelmut der Gefühle!" rief Peppone spöttisch aus. „Welche Uneigennützigkeit!"

„Ich bin nicht uneigennützig", erklärte Don Camillo, „ich hoffe, daß es den Leuten gutgeht, denn wenn es jemand gutgeht, bewegt er sich nicht und setzt sich nicht in die Nesseln der andern."

Darauf ging eine Woche vorbei, und es kam der Tag, da der Genosse Camillo Tarocci der kommunistischen Sektion Vattelapesca die Mitteilung erhielt, er wäre aus denen, die von der Sektion vorgeschlagen worden seien, ausgewählt worden.

Ein paar Tage später fand sich der Genosse Don Camillo mit seinem braven Fiberkoffer in der römischen Bolschewistenzentrale ein, zusammen mit den andern neun „Auserwählten".

Ein junger Funktionär musterte die Mannschaft, die der Genosse Senator ihm vorgestellt hatte, und sprach die dem Anlaß entsprechenden, kurzen und kategorischen Worte:

„Genossen, ihr reist mit einem genauen Auftrag ab. Ihr habt nicht nur für euch zu beobachten und zu lauschen, sondern auch für die andern, damit ihr nach eurer Rückkehr Freunden und Feinden erklären könnt, wie freundlich das Leben im arbeitsamen Land des Sozialismus ist, dem Leuchtturm des Fortschrittes und der Zivilisation. Das ist eure Mission!"

Peppone erbleichte wie ein Toter, der an Blutarmut gestorben ist, als Don Camillo das Wort verlangte:

„Genosse, es wäre nicht der Mühe wert, soweit zu reisen, nur um den Genossen zu erklären, was sie schon bestens wissen, und den Feinden, was sie nie zugeben werden. Die Mission, die uns die Partei anvertraut, sollte meines Erachtens die sein, den sowjetischen Genossen das freundliche und dankbare Lächeln des ganzen echten italienischen Volkes zu übermitteln, weil dieses endlich von der grausamen Kriegsdrohung erlöst ist."

„Natürlich, Genosse!" knurrte durch die Zähne hindurch der junge Funktionär. „Das ist inbegriffen."

Der junge Funktionär entfernte sich steif und verärgert, und Peppone griff Don Camillo an:

„Wenn eine Sache inbegriffen ist, braucht man sie nicht auszusprechen. Ferner sollte man, wenn man spricht, den Ton wählen, der sich für die Person, die man vor sich hat, gebührt. Du weißt wohl nicht, wer der Genosse ist?"

Don Camillo entgegnete ungerührt:

„Ich weiß es. Es ist ein Bursche von rund vierundzwanzig Jahren, der Anno 45 zehn Jahre zählte. Das schließt aus, daß er mit uns in den Bergen gekämpft hat, daß er weiß, wie schrecklich der Krieg ist, und werten kann, was jetzt der Genosse Chruschtschow zugunsten der Abrüstung und des Frieden unternimmt."

„Richtig!" bestätigte der Genosse Nanni Scamoggia, ein junger kräftiger Kerl aus dem Trastevere, ein Bulle und Draufgänger von der Sohle bis zum Scheitel. „Wenn es gilt, die Segel zu setzen und das Steuer zu führen, dann bleiben die Funktionäre zu Hause."

„Und wenn dann die Funktionäre den Funktionalismus gebären", fügte der Mailänder Genosse Walter Rondella bei, „dann ..."

„Wir sind hier nicht, um eine Zellenversammlung abzuhalten", schnitt ihm Peppone das Wort ab. „Schauen wir, daß wir den Zug nicht verpassen!"

Er begann entschlossen auszuschreiten, und als er an Don Camillo vorbeikam, warf er ihm einen Blick voller Haß zu, einen Blick, der eine Säule aus Granit zersplittert hätte.

Don Camillo aber behielt ungestört das finstere Gesicht eines Genossen, der immer und überall sagt, was die „Unità" denkt, koste es, was es wolle.

Im Zug kümmerte sich Peppone nur um eine einzige Sache: den verfluchten Genossen Camillo Tarocci nicht auch nur eine kleine Sekunde aus den Augen zu lassen. Daher nahm er ihm gegenüber Platz, um ihn stetsfort unter strenger Kontrolle zu haben. Jedoch schien es, daß Don Camillo nicht die winzigste Absicht hatte, ihm Ungelegenheiten zu bereiten. Er zog sogar ein Büchlein mit einem roten Umschlag, der mit einer Unzahl von Sicheln und Hämmern bedeckt war, aus der Tasche und vergrub sich mit undurchdringlicher Miene in die Lektüre, ohne im geringsten auf das zu achten, was die anderen schwatzten. Zuweilen hob er die Augen von dem Büchlein und ließ seinen Blick über die Landschaft schweifen, die vor dem Fenster rasch vorbeiglitt.

Er hielt es eine ganze Weile so, und als er endlich das Büchlein schloß und es in die Tasche schieben wollte, sagte Peppone zu ihm: „Das muß eine interessante Lektüre sein, Genosse."

„Interessant wie sonst keine", erwiderte trokken Don Camillo. „Es ist eine Sammlung der Gedanken Lenins."

Er reichte ihm das Büchlein, das Peppone durchblätterte.

„Schade, daß es auf französisch ist", erklärte Don Camillo. „Immerhin kann ich dir einige Stellen übersetzen, wenn du willst."

„Danke, Genosse, bemühe dich nicht", antwortete Peppone, schloß das Büchlein und gab es zurück.

Dann schaute er vorsichtig in die Runde und tat einen Seufzer der Erleichterung; die andern Genossen dösten oder schnupperten in Illustrierten. Niemand konnte gemerkt haben, daß die Sammlung der Gedanken Lenins, obwohl sie einen roten Einband mit den Emblemen Sichel und Hammer aufwies und auf französisch einen Titel trug, der dem Leser die besten Gedanken Lenins versprach, sich in Wirklichkeit und auf lateinisch darauf beschränkte, den normalen Inhalt eines normalen Breviers zum Gebrauche der Priester wiederzugeben.

Bei der ersten Haltestelle stiegen zwei aus. Der Genosse Scamoggia kehrte mit einem Fiasco Wein zurück, der Genosse Rondella mit der Sonderausgabe eines Abendblattes und einem empörten Gesicht. Die Zeitung brachte auf der ersten Seite unter einem riesigen Titel den Bericht vom letzten Tage Chruschtschows in Amerika, geschmückt mit den gewohnten Fotos befriedigter und lächelnder Leute, die einander die Hände schütteln.

Der Genosse Rondella schüttelte den Kopf.

Plötzlich rief er aus: „Ich kann dieses Anbiedern mit diesen kapitalistischen Schweinen einfach nicht schlucken."

„Die Politik wird nicht mit der Galle, sondern mit dem Hirn gemacht", gab Don Camillo zu bedenken. „Die Sowjetunion hat immer für die friedliche Koexistenz gekämpft. Die Kapitalisten, die mit dem kalten Krieg Milliarden einheimsten, haben nichts zu lachen. Das Ende des kalten Krieges ist eine große Schlacht, die vom Kapitalismus verloren wurde."

Genosse Rondella, Mailänder, war in die eigenen Ideen verliebt.

„Einverstanden, schön und gut. Doch: Habe ich oder habe ich nicht das Recht zu sagen, daß ich die Kapitalisten hasse und mich eher töten lasse, als ihnen schön zu tun?“

„Gewiß“, gab Don Camillo zu. „Du hast das Recht, es zu sagen, aber nicht uns, sondern Chruschtschow. Wenn wir ankommen werden, wird er schon zurück sein. Du läßt dich empfangen und sagst ihm: ‚Genosse Chruschtschow, die Sowjetunion macht eine falsche Politik!‘ “

Don Camillo war durchtrieben wie der durchtriebenste Agit-Prop der Sektion „Provokateure“, und der Genosse Rondella erblaßte.

„Entweder verstehst du mich nicht, oder du willst mich nicht verstehen“, brüllte er. „Wenn ich den Mist fressen muß, um einen Acker zu düngen, dann tu’ ich es. Aber niemand kann verlangen, daß ich sage, der Mist sei parfümiert!“

Mit äußerster Ruhe gab Don Camillo zurück:

„Genosse, du hast in den Bergen gekämpft und eine Abteilung befehligt. Wenn dir anbefohlen wurde, eine gefährliche Aktion zu vollführen, was tatest du?“

„Ich ging.“

„Und erklärtest du deinen Burschen, daß die Zumutung, die Haut zu riskieren, dir zuwider war?“

„Gewiß nicht. Aber was hat das hier zu sagen?“

„Das besagt, Genosse, daß ein Krieg, ob kalt oder warm, immer ein Krieg ist. Und im Krieg dürfen die persönlichen Gedanken dessen, der für die gerechte Sache kämpft, nicht existieren."

Peppone griff ein:

„Laß es auf sich beruhen, Genosse Rondella! Wir reisen in ein Land, wo du gewiß keine Kapitalisten treffen wirst!"

„Das ist ein großer Trost", gab ein bißchen besänftigt der Genosse Rondella zu.

Der Genosse Scamoggia verkündete: „Für mich ist die größte Genugtuung, vierzehn Tage lang keinen Pfaffen mehr zu sehen."

Don Camillo schüttelte den Kopf: „Das ist nicht gesagt, Genosse. In der Sowjetunion herrscht Religionsfreiheit."

„Ja, eine sogenannte Freiheit", kicherte Scamoggia.

„In der Sowjetunion gibt es nur echte und ganze Freiheiten", versicherte ernst Don Camillo.

Aber Scamoggia war entfesselt:

„Pfaffen sogar dort? Genosse, ist es möglich, daß sich diese schmutzige Rasse nicht ausmerzen läßt?"

Peppone antwortete gebieterisch:

„Sie wird erst verschwinden, wenn Elend und Unwissenheit verschwunden sein werden.

Diese verfluchten Krähen leben von der Dummheit und der Armut!“

Don Camillo wurde immer eisiger und kategorischer:

„Genosse Senator, du weißt besser als wir, daß in der Sowjetunion Unwissenheit und Elend nicht mehr vorhanden sind. Das bedeutet, wenn die Priester immer noch existieren, daß sie über eine Kraft verfügen, die man noch nicht völlig neutralisieren konnte.“

„Aber was haben denn diese Verfluchten Besonderes in sich“, brüllte Scamoggia. „Sind es etwa nicht Leute, die gleich uns aus Fleisch und Knochen bestehen?“

„Nein“, heulte Peppone, der rot wie ein Truthahn anlief. „Diese Schufte sind aus den schlimmsten Schweinereien der Welt fabriziert. Es sind Fälscher, Pharisäer, Feiglinge, Wucherer, Mörder, Räuber. Die giftigen Schlangen weichen ihnen aus, weil sie Angst haben, gebissen zu werden.“

Don Camillo schüttelte kaum wahrnehmbar den Kopf.

„Du verlierst die Ruhe, Genosse Senator. Du bist nicht abgeklärt, dahinter steckt etwas Persönliches. Hat dich irgendein Priester übers Ohr gehauen?“

„Der Priester, dem es gelingt, mich übers Ohr zu hauen, muß noch geboren werden.“

„Ist es der Priester, der dich getauft hat?" erkundigte sich Don Camillo.

„Mich hatte", lärmte Peppone.

„Ist es der Priester, der dich verheiratet hat?" fragte der durchtriebene Don Camillo.

Scamoggia wandte sich lachend an Peppone:

„Chef, laß das. Das ist ein sophistischer Genosse, der uns alle in den Sack steckt."

Und zu Don Camillo gewandt:

„Du gefällst mir, Genosse, weil du nicht mundfaul und dazu wie ich ein Pfaffenfresser bist. Trinken wir eins!"

Er füllte die Papierbecher mit Wein.

„Auf das Wohl der großen Sowjetunion!" rief der Genosse Scamoggia, indem er seinen Becher hob.

„Auf die Vernichtung des Kapitalismus", schrie der Genosse Rondella.

„Allen Priestern der Welt ins Gesicht!" knurrte Peppone und schaute Don Camillo in die Augen.

Don Camillo hob seinen Becher und versetzte gleichzeitig Peppones Schienbein einen Tritt, der eine ganze Menge besagte.

Der Zug näherte sich der italienischen Grenze. Es war mitten in der Nacht. Ein herrlicher Mond schien, und alle Häuser, die an den

Berghängen zerstreut lagen, erstrahlten in Weiß. Zuweilen blitzte das leuchtende Band eines Flusses auf, der ein Tal zwischen den Bergen durchzog. Ab und zu zuckten die Lichter einer Stadt.

Don Camillo stand am Fenster des Seitenganges, rauchte seinen halben Toskano und genoß das Schauspiel.

Peppone gesellte sich zu ihm. Nachdem er lange den nächtlichen Zauber betrachtet hatte, seufzte er:

„Man hat gut sagen, daß Reisen bildet, aber wenn man sein Vaterland verläßt, dann merkt man erst, wie schön es ist."

„Genosse", ermahnte ihn Don Camillo, „das ist dekadente bürgerliche Rhetorik und abgedroschener Nationalismus."

„Und dann", entfuhr es unwillkürlich Peppone, „warum gibt es so Hirnverdrehte, die durchaus auf den Mond gelangen wollen?"

„Genosse, ich war zerstreut und habe deine Frage nicht verstanden."

„Besser so", brummte Peppone.

Operation Rondella

In dem dreimotorigen Flugzeug, das sie in einem Flughafen Ostdeutschlands an Bord genommen hatte, herrschte ein Teufelslärm. Das zwang den Genossen Don Camillo zu schweigen und gestattete dem Genossen Peppone, ziemlich ruhig zu reisen.

Trotzdem verlor er Don Camillo nie aus den Augen, denn dieser war eines jener Subjekte, die gefährlich sind, auch wenn sie nicht reden. Aber Don Camillo führte sich durchaus anständig auf und beschränkte seine antisowjetische Tätigkeit auf die Lektüre von Lenins Maximen. Allerdings setzte Peppones Herzschlag beinahe aus, als der Genosse Hochwürden das rote Büchlein schloß und – in Gedanken versunken – die rechte Hand zur Stirne führte. Aber er hatte sich gleich wieder in der Gewalt, verwandelte das Tupfen in ein Streicheln der Stirne und beendete sein Unternehmen, indem er mit den Fingerspitzen zuerst die Mitte seines Rockes säuberte und dann leicht die linke und rechte Schulter bürstete.

„Amen!“ sagte Peppone zu sich und ließ seiner Brust einen Seufzer entweichen, der seinen Vergaser entlastete.

Das Flugzeug verlor langsam an Höhe, und bald berührten seine Räder die russische Erde.

„Herr, wie fern ist mein Kirchlein", dachte bestürzt Don Camillo, während er die Treppe hinunterstieg.

„Doch der Himmel ist nah", beruhigte ihn die Stimme Christi. Don Camillo wurde wieder der Genosse Tarocci.

„Genosse Senator", sagte er wichtig zu Peppone, „hast du nicht das Verlangen, eine Faustvoll dieser Erde aufzulesen, um sie zu küssen?"

Peppone zischte die Antwort durch die Zähne: „Ja, sie zu küssen und dann in dein dreimal verdammtes Maul hineinzustopfen."

Auf dem Flugplatz wurden sie erwartet, und zwar nahte sich ein hübsches Mädchen, gefolgt von einem Mann, der in einem langen, zerknitterten, ziemlich verschossenen Regenmantel steckte.

„Willkommen, Genossen", begrüßte sie das Mädchen. „Ich bin Nadia Petrowna von der Zentrale der Übersetzer, und das ist Genosse Yenka Oregow, Funktionär des Verkehrsbüros."

Das Mädchen sprach das denkbar reinste Italienisch, und wenn es nicht ein slawisches Gesicht gehabt und nicht ein so schlecht geschnittenes Kostüm mit eckigen Schultern getragen hätte, wäre es leicht gewesen, es mit einem Geschöpf aus westlichen Gegenden zu verwechseln.

Peppone stellte sich vor, dann stellte er seine Mannschaft vor, und nachdem die Orgie des Händeschüttelns vorbei war, überbrachte der Genosse Funktionär den italienischen Brüdern den Gruß der sowjetischen Brüder, die mit ihnen graniten vereint seien im Kampf für die Freiheit, die soziale Gerechtigkeit, den Frieden und so weiter, und so fort.

Der Genosse Funktionär, um die vierzig, untersetzt mit rasiertem Schädel, die Kinnbacken quadratisch, die Lippen dünn, die Augen hell, den Hals kurz, mit einem Mantel, der bis zu den Füßen reichte, stank meilenweit nach einem Polypen. Er sprach mit harter Stimme, war äußerst kühl und maßvoll in seinen Gebärden, und wenn niemand seine Worte übersetzt hätte, wäre man der Meinung gewesen, daß er statt eines Grußes eine Anklage vorbrächte.

Auch die Genossin Nadia Petrowna, ebenfalls eine Funktionärin der Partei, wies eine sehr besorgte Miene auf, die sie am Lächeln verhinderte; aber im Grunde war sie doch von ganz anderer Art als der Genosse Oregow.

Der Genosse Nanni Scamoggia war ganz verblüfft, als er sie vor sich auftauchen sah, obwohl die Genossin Nadia keineswegs das erste hübsche Mädchen war, dem er gegenüberstand. Scamoggia war einer jener gutgebauten Burschen, die es in sich haben, die Frauen ihre Hausadresse vergessen zu lassen: ein flotter Jüngling um die achtundzwanzig, mit schwarzen, glänzenden, leicht gewellten Haaren, die Augen mit langen Wimpern, doch mit einem leicht verruchten Blick, mit gut gezeichnetem Mund und einer Stirnfalte, halb Frechheit, halb Härte, mit breiten Schultern, das Becken schmal, die Füße klein wie die eines Tänzers. Und als ob das alles noch nicht genügt hätte, trug er enge Hosen, eine Joppe aus schwarzem Leder über einem feuerroten Pulli und die Zigarette flott im hintersten Mundwinkel. Scamoggia war ein echter Bulle, einer jener Bullen, die ihr Handwerk verstehen und sich nicht von den Frauen behexen lassen.

Während die Mannschaft das große Feld des Flughafens überquerte und Peppone, der Genosse Oregow und die Genossin Nadia Petrowna allen vorangingen, fand Scamoggia den Gebrauch seiner Zunge wieder:

„Genosse“, teilte er Don Camillo mit, „hast du gesehen, was für ein Prachtstück von Mädchen das ist?“

„Jawohl, ich hab’s gesehen“, antwortete Don Camillo.

Scamoggia zog ihn beim Arm zu sich heran, damit er freie Sicht bekam.

„Wirf diesem Sputnik einen Blick zu, und dann sag mir deinen Eindruck!“

Don Camillo bat Gott innerlich um Verzeihung, schaute und bestätigte kurz und bündig:

„So gut gebaute, perfekte Mädchen trifft man sonst nirgends.“

Er sagte es laut, weil Genosse Rondella ihnen nahe war. Und Genosse Rondella biß an:

„Schön ist sie, kein Zweifel“, rief er aus, „aber so gut gebaute Mädchen gibt’s auch bei uns.“

„Bei uns verstehen die Mädchen sich zu kleiden“, stellte Don Camillo fest. „Doch nimm die schönste und heiße sie einen häßlichen Rock und eine grobe Jacke anziehen, wie sie die Genossin Petrowna trägt – dann wirst du sehen, was für eine Elendsgestalt herauskommt. Diese Nadia ist eine solide, klassische Schönheit. Sie ist eine schöne Frau, nicht eines der Püppchen, denen man in unsern Dörfern und in unsern Städten begegnet. Angefangen bei Mailand, wo es kein einziges Weib gibt, das nicht verfälscht ist.“

„Flausen, Genosse!“ wehrte Rondella heftig ab. „In Mailand gibt es so schöne Mädchen, wie du sie nicht einmal träumst!“

Scamoggia vermittelte: „Gerate nicht in

Zorn, Genosse. Auch bei uns gibt es schöne Weiber, aber diese hat etwas Besonderes. Ich weiß nicht, was es ist, aber sie hat es."

„Das hängt vom geistigen Klima ab, in dem sie geboren und gewachsen ist", stellte Don Camillo fest. „Die Umgebung macht den Mann und auch die Frau. Natürlich sind nicht alle imstande, diese einfachen Wahrheiten zu erkennen."

Der Genosse Rondella wollte mit Don Camillo weiter händeln, doch hielt in diesem Augenblick die Mannschaft an.

„Zollkontrolle", erklärte Peppone, indem er sich in die Gruppe keilte, „macht die Koffer bereit!"

Als er Don Camillo nahe war, flüsterte er ihm vorsichtig zu:

„Ich hoffe, Ihr habt nichts bei Euch, das uns in Verlegenheit bringt!"

„Genosse", beruhigte ihn Don Camillo, „ich weiß, wie man sich auf Erden benimmt."

Bei der Zollkontrolle handelte es sich um eine hurtige Sache, denn Peppone hatte alles mit Umsicht vorbereitet. Vor der Abreise in Rom hatten sich die zehn Erkorenen einen leichten Koffer kaufen müssen. Alle hatte das reglementarisch gleiche Ausmaß wie der Fiberkoffer, den Peppone für wenig Geld in einem Warenhaus erworben hatte. Und dann war jeder gefüllte Koffer gewogen worden. Die einzige Ware, an der die Zöllner etwas auszusetzen hatten, war das Flakon, das sie im Koffer Scamoggias fanden. Der Funktionär der Zollpolizei schraubte den Verschluß ab, roch und reichte das Flakon der Genossin Petrowna, die ebenfalls daran roch.

Die Genossin Nadia wandte sich an Scamoggia: „Er fragt, warum du Frauen-Parfüm mitbringst?"

„Das ist kein Frauen-Parfüm", erklärte Scamoggia. „Es ist Lavendelwasser, das ich nach dem Rasieren brauche. Hier herrscht wahrscheinlich der Brauch, sich mit Naphta zu desinfizieren?"

Die Genossin Nadia schickte sich zu einer scharfen Antwort an, aber vor einem Bullen wie Scamoggia gab es keine Frau, die den Kamm stellen konnte. Sie wandte also ihren Kopf und übersetzte dem Zöllner nur den ersten Teil von Scamoggias Antwort.

Der Zollfunktionär brummte etwas und tat das Fläschchen in den Koffer zurück.

„Er hat gesagt, daß hier die Männer das Gesicht mit Alkohol zu desinfizieren pflegen", erklärte die Petrowna dem Scamoggia, als der Verein sich wieder in Bewegung setzte. „Auf alle Fälle mußt du es brauchen und darfst es nicht in den Handel bringen!"

Als sie außerhalb des Flugplatzes angelangt waren, blieb Scamoggia stehen.

„Genossin, einen Augenblick!“ Er öffnete den Koffer und holte das Fläschchen heraus.

„Wenn hier die Männer Alkohol benutzen“, sagte er, „werde auch ich Alkohol benutzen, weil auch ich ein Mann bin. Wenn dies ein Frauen-Parfüm ist, dann wende es eine Frau an!“

Er streckte der Genossin das Fläschchen hin, aber das Mädchen griff nicht danach.

„Bist du etwa keine Frau?“ wunderte sich Scamoggia.

„O doch“, stammelte die Petrowna.

„Dann nimm! Ich treibe damit keinen Handel; ich schenke es dir.“

Die Genossin Nadia stand für ein Weilchen verwirrt da; dann nahm sie das Fläschchen und schob es in die Tasche, die sie am Riemen über der Schulter trug.

„Danke, Genosse!“

„Bitte ... du Schöne ...“

Die Petrowna suchte das finstere Gesicht, das zu einem beleidigten Funktionär passen mochte, aufzusetzen, doch gelang es ihr nur, wie ein gewöhnliches Bürgerweib zu erröten.

Eilends ging sie der Gruppe nach.

Scamoggia brachte seinen Koffer in Ordnung, zündete eine Zigarette an, schickte sie in den hintersten Winkel seiner Lippen und machte sich mit befriedigter Ruhe auf den Weg.

Ein Autobus erwartete sie, und sie stiegen ein.

Während Peppone sein Köfferchen im Gepäcknetz verstaute, berührte ihn Don Camillo an der Schulter:

„Chef", sagte er, „es muß ein bißchen Verwirrung stattgefunden haben. Dein Koffer ist dieser."

Peppone prüfte das Namensschild, und es handelte sich tatsächlich um seinen Koffer. Der andere, den er aus dem Gepäcknetz hob, trug den Namen des Genossen Camillo Tarocci.

„Kein Unglück", rief Don Camillo aus. „Bloß eine Verwechslung der Koffer."

Peppone setzte sich, und Don Camillo nahm ihm gegenüber Platz.

„So habe ich", flüsterte Peppone, während der Autobus anfuhr, „Euren Koffer zum Zoll getragen."

„Genau. Purer Zufall!"

„Und war vielleicht, immer aus purem Zufall, etwas Besonderes in Eurem Koffer?"

„Nichts. Nur ein Bündel Heiligenbildchen, zwei, drei Fotos vom Papst, ein paar Hostien und andere Kleinigkeiten dieser Art."

Peppone erschauerte.

Der Autobus fuhr durch eine grenzenlose Landschaft, magere Kühe grasten auf den Wiesen.

Die Genossin Petrowna stand auf und erklärte, daß die Gäste nach einem festgelegten Plan zunächst die Traktorenfabrik „Roter Stern" besuchen würden, um nachher ins Hotel geführt zu werden, wo sie essen und ruhen konnten.

Die Traktorenfabrik befand sich am Rande einer Stadt. Es handelte sich um eine Anhäufung trüber und grauer Zementbaracken, die sich beinahe überraschend an der Nordgrenze einer vergilbten, melancholischen Ebene erhoben. Dieser Schandfleck betitelte sich „industrielle Zivilisation" und hatte seinesgleichen in allen Teilen der Erde.

Don Camillo dachte mit brennendem Heimweh an sein fernes Dorf, wo die menschliche Wärme jeden Fleck Boden belebte, wo jeder Backstein der Häuser die Liebkosung des Menschen kannte, und wo deshalb zwischen den Menschen und den Dingen ein zähes, unsichtbares Band bestand.

Die Arbeiter, die in den riesigen Schuppen tätig waren, sahen gelangweilt und gleichgültig drein wie die Fabrikarbeiter der ganzen Welt.

In vielen Abteilungen arbeiteten nur Frauen.

Sie waren zum größten Teil klein, rundlich, derb, und keine glich der Genossin Petrowna.

Schließlich hielt es der Genosse Rondella nicht mehr aus; er näherte sich Don Camillo und sagte: „Genosse, diese da, sind sie nicht im geistigen Klima der Genossin Petrowna geboren und herangewachsen?“

Don Camillo donnerte:

„Genosse, man besucht eine industrielle Frauenabteilung nicht mit der gleichen Einstellung wie eine Miss-Parade. Das ist eine der Grundregeln, die jeder Genosse, der sich respektiert, kennen sollte.“

Es war nicht am Platz, jetzt eine Diskussion aufzuziehen, dies um so weniger, als Peppone sich umgedreht hatte und böse Blicke schoß.

Die Besichtigung wollte kein Ende nehmen, weil ein eifriger Fabrikfunktionär alles erklärte, auch das, was keine Erklärung brauchte. Auf Schritt und Tritt versprühte er Stöße statistischer Angaben, die die Übersetzerin Wort für Wort wiedergeben mußte.

Schließlich langte man am Ende des Fließbandes an, und man konnte die versandbereiten Traktoren sehen. Allda blieb Don Camillo wie vom Blitz getroffen stehen und rief Peppone zu, nachdem er mit verzückten Augen ein funkelnagelneues Stück bewundert hatte:

„Genosse Senator, das ist ja der gleiche

Traktor wie die wundervolle Maschine, die von der Sowjetunion der von dir geschaffenen landwirtschaftlichen Genossenschaft geschenkt worden ist!"

Peppone hätte Don Camillo gerne gevierteilt, der ihn durch die Blume an den verfluchten Traktor erinnerte, der um keinen Preis gehen wollte und das Gelächter der gesamten Provinz hervorgerufen hatte. Aber was ihn am meisten giftete, war der Umstand, daß er lächeln und mit Begeisterung von dem famosen Traktor sprechen mußte, als handelte es sich um einen lieben Bekannten.

Doch der Mechaniker, der in ihm döste, ließ seine Stimme hören, und während die andern den Rundgang fortsetzten, nahm er einen der Techniker, die den Besuchern beigesellt waren, beim Ärmel, zeigte ihm einen bestimmten Teil der Benzinpumpe und versuchte ihm mit seinen Fingern zu erklären, daß das Ding aus diesem oder jenem Grunde nicht funktionieren konnte.

Der Techniker starrte ihn interessiert an; dann hob er die Schultern. Zum Glück kam die Genossin Petrowna dazu, der der Techniker kurz berichtete.

„Er sagt", erklärte die Petrowna dem Peppone, „daß er dich verstanden hat. Man wartet, bis die Erlaubnis kommt, das Stück zu ändern."

Der Techniker sagte kichernd etwas anderes zu der Genossin; sie runzelte die Stirne und blieb einen Augenblick in Gedanken verloren. Dann entschloß sie sich und teilte Peppone halblaut mit, ohne ihm ins Gesicht zu blicken:

„Er sagt, die Erlaubnis müsse von einem Jahr zum andern eintreffen."

Sie ging eilends fort, aber bevor sie noch die Gruppe wieder erreichte, stellte sich Scamoggia ihr in den Weg.

„Genossin", sagte er und ließ die Zähne eines Stars von Hollywood blitzen, „ich habe die letzten Statistiken über die Produktion der Ersatzteile nicht gehört. Könntest du sie mir durch den Techniker wiederholen lassen?"

Der Techniker, nachdem er gerufen worden war, brach aus wie ein Vulkan, und die Genossin Petrowna übersetzte eine solche Menge von Zahlen, daß eine elektronische Rechenmaschine davon zum Platzen voll werden mußte.

Scamoggia hörte mit äußerster Aufmerksamkeit zu, indem er zum Zeichen der Anerkennung seinen Kopf wiegte; dann drückte er dem Techniker die Hand und dankte der Übersetzerin:

„Danke, Genossin. Du weißt nicht, was für ein Vergnügen du mir gemacht hast!"

„Beschäftigst du dich mit landwirtschaftlichen Maschinen?" erkundigte sich naiv die Frau.

„Nein! Aber mir gefällt es, dich reden zu hören."

Das war zuviel! Es handelte sich um einen Frevel, denn dies war ein Tempel der Arbeit, und die Genossin Petrowna fühlte sich mehr denn je als Funktionärin der Partei. Sie erbleichte, erstarrte und sagte mit harter, metallener Stimme:

„Genosse . . ."

Aber sie kannte Trastevere nicht; sie hatte nie Augen wie diese gesehen, und als sie Scamoggias Blick begegnete, ertrank sie darin wie eine Fliege in der Melasse.

Die Stadt, zu der das Traktorenwerk gehörte, hatte rund hundertfünfzigtausend Einwohner; es war eine durchschnittliche russische Stadt, mit wenig Verkehr und höchst seltenen Autos in den Straßen.

Das Hotel war mittelmäßig. Das zweibettige Kämmerchen, das Don Camillo zugewiesen wurde, war beinah ärmlich. Er wußte nicht, wer im andern Bette schlafen sollte, aber er brauchte nicht lange zu warten, bis er es erfuhr, denn während er sich das Gesicht wusch, trat Peppone ein.

„Hört, Hochw . . . Genosse", sagte Peppone

sogleich, „Ihr müßt davon Abstand nehmen, Rondella zu foppen. Laßt ihn in Frieden, auch wenn er Euch unsympathisch ist."

„Im Gegenteil, er ist mir sympathisch", antwortete Don Camillo ruhig. „Aber Tatsache ist, daß ich punkto Partei unbeugsam bin und keinen scheue. Er ist ein Genosse mit unklaren Ideen. Er hat bürgerliche Bodenreste im Gehirn, und es ist unsere Pflicht, ihn davon zu befreien."

Peppone schmiß seinen Hut gegen die Wand.

„An einem dieser Tage werde ich Euch erwürgen", zischte er ihm ins Ohr.

Am Abend versammelten sich alle in dem ungemütlichen Speisesaal des Hotels. Oben am Tisch saß der Genosse Oregow; er hatte Peppone zu seiner Rechten und zu seiner Linken die Genossin Nadia.

Don Camillo sorgte dafür, daß er Rondella gegenüber zu sitzen kam; das war der erste Schlag, den Peppone einkassierte. Der zweite kam, als er sah, wie Don Camillo, als er am Tische saß, geistesabwesend die Hand zur Stirne führte, um sich zu bekreuzigen.

„Genossen", platzte Peppone heraus, „ich würde viel bezahlen, wenn einer der dreimal verfluchten Reaktionäre, die an der Sowjetunion kein gutes Haar lassen, eben mit uns gewesen wäre! Ich hätte einen Heidenspaß, daß sie zugegen wären, daß sie sähen!"

„Unnütz, Genosse", sagte Don Camillo, der inzwischen mit Streicheln und Säubern sein Unternehmen zu Ende geführt hatte, „sie würden's nicht glauben. Sie glauben mehr ihrem Haß als ihren Augen."

Die Genossin Petrowna übersetzte die Worte Don Camillos dem Funktionär des Verkehrsbüros, und der teilte ihr seinerseits etwas mit, nachdem er mit seinem rasierten Kürbis ernsthaft gewackelt hatte.

„Der Genosse Oregow sagt, daß du sehr gut gesprochen hast", erklärte Nadia zu Don Camillo gekehrt, der wohlgefällig eine Verneigung machte, um dem Genossen Oregow zu danken.

Scamoggia sprang auf, der für die Rückendeckung Don Camillos bezahlt zu sein schien, und bemerkte:

„Wir sind um ein Jahrhundert zurück. Unsere stinkenden Industriellen glauben, wer weiß was geschaffen zu haben, weil sie irgendeine Mausefalle von Maschine produzieren, eine Ware, wegen der sie angesichts einer Fabrik wie die von heute aus Scham einen Schlag bekämen! Und es ist nicht das größte Werk seiner Art, nicht wahr, Genossin Petrowna?"

„Nein!“, rief Nadia. „Es gehört zu den kleineren. Es ist zwar nach neuesten Erkenntnissen gebaut, hat aber eine unbedeutende Produktion im Vergleich zu den andern.“

Don Camillo schien sehr betrübt zu sein. Er sagte:

„Für uns Italiener ist es beschämend festzustellen, daß eines der kleineren Traktorenwerke der Sowjetunion die Fiat, den größten Betrieb unserer Motorenindustrie, sozusagen lebend auffrißt.“

Der Genosse Peratto, ein Turiner, der bisher noch nie gesprochen hatte, ließ seine Stimme hören:

„Genossen, bleiben wir sachlich! Das stimmt vielleicht für die Abteilung Traktoren, aber im Hinblick auf Automobile aller Art ist die Fiat ein gewaltiges Unternehmen. Man darf den Arbeitern, die mit ihrer Arbeit die Fiat geschaffen und mächtig gemacht haben, nicht Unrecht tun.“

„Vor allem darf man der Wahrheit nicht Unrecht tun“, stellte Don Camillo fest. „Die Wahrheit ist wichtiger als die Fiat. Und wenn wir, Gefangene unserer nationalen und regionalen Vorurteile, uns in den Kopf setzen, unsere Impotenz auf sozialem, industriellem und administrativem Gebiet zu verteidigen, werden wir nie die Lehre begreifen, die die große Sowjetunion der Welt auf jedem Gebiet erteilt hat. Ein Mann hatte als Verlobte eine Frau, die nur ein Bein besaß, aber für ihn war es die schönste der Welt, und er hielt die zweibeinigen Frauen für fehlerhaft. Wir haben im eigenen Hause eine Frau mit bloß einem Bein und sie heißt Industrie, während die hiesige Industrie zwei Beine hat."

„Und zwar schöne!" ergänzte Scamoggia.

Nun funkte der Genosse Rondella dazwischen:

„Ich verstehe nicht, wo du hinaus willst", sagte er zu Don Camillo.

„Daß ein Genosse so ehrlich sein muß, die Wahrheit auch dann anzuerkennen, wenn sie ihn schmerzlich berührt", erwiderte Don Camillo. „Und wir sind in die große Sowjetunion gekommen, nicht um in Gefühlen zu schwelgen, sondern um die Wahrheit zu erfahren."

Der Funktionär folgte der Diskussion sehr aufmerksam und ließ sich Wort für Wort übersetzen. Peppone verging vor Angst, aber zum Glück brachte man jetzt das Essen, und da alle einen verdammten Hunger hatten, löste sich die Spannung.

Die Kohlsuppe war widerlich, rutschte jedoch hinunter. Der Hammel war besser und ließ die Suppe vergessen. Die Sowjetunion hatte sich selbst übertroffen: sogar Wein rückte auf.

Mit dem Wein kamen auch die Wolken! Man redete abermals von der Traktorenfabrik, und der Genosse Peratto, der seine unkluge Bemerkung über die Fiat gutmachen wollte, wies Don Camillo auf eine bestimmte Einrichtung hin, die er in der Montagekette bemerkt hatte.

„Gewiß", gab Don Camillo zu, „das russische Volk ist vor allem ein geniales Volk. Genial nicht nur, weil es wesentliche Dinge wie Radio und Raumschiff erfunden hat, sondern genial auch in kleinen, winzigen Sachen. Schau dir dic Waschbecken in unsern Zimmern an: Die beiden Hähne – der eine für warmes Wasser, der andere für kaltes – sind nicht getrennt, sondern durch eine Mischröhre vereint, was dir erlaubt, nach Belieben laues Wasser zu erhalten. Das ist eine Kleinigkeit, aber nur hier kannst du sie finden."

Rondella, der Mailänder, war Spengler und lehnte sich auf:

„Genosse, schwatzen wir kein dummes Zeug! Mischbatterien dieser Art hat schon mein Großvater an unsern Waschbecken montiert. Woher kommst du?"

„Aus einer Gegend, die die größte Zahl an Kommunisten hat und daher zivilisiert und fortgeschritten ist. Übrigens, wenn das dummes Zeug ist, bin ich in bester Gesellschaft, denn Churchill hat die gleiche Feststellung in seinen ‚Erinnerungen' gemacht. Ich könnte nicht behaupten, daß Churchill ein Freund der Kommunisten ist."

Rondella hatte jedoch diesmal äußerst klare Vorstellungen und gab nicht nach:

„Ich pfeife auf Churchill! Ich sage, daß derartige Übertreibungen der Sache schädlich sind, weil sie das Spiel der Gegner begünstigen. Wenn die Wahrheit die wichtigste Sache ist, muß man der Wahrheit Ehre widerfahren lassen."

Don Camillo nahm seine Brille mit den dunklen Gläsern ab. Dann ließ er in die Stille die folgenschweren Worte fallen:

„Die Wahrheit? Es gibt nur eine Wahrheit, und zwar jene, die mit dem Nutzen des Arbeitervolkes eins ist. Genosse, du glaubst mehr deinen Augen als deinem Hirn. Und dein Hirn kann nicht urteilen, denn allzu starker bürgerlicher Bodensatz verhindert sein richtiges Funktionieren."

Rondella verlor seine Beherrschung:

„Dein Hirn ist voll Kürbissamen, Genosse. Zudem bist du ein Biest, das mein Gemüt seit dem ersten Tage, da wir uns gesehen haben, angewidert hat. Wenn wir wieder in Italien sind, werde ich dir die Schnauze zerschlagen."

„Ich habe nicht deine Geduld", sagte Don Camillo ruhig, stand auf und ging um den Tisch herum, „ich zerschlage sie dir gleich hier."

Es dauerte nur Sekunden. Rondella sprang auf, landete einen Faustschlag, und Don Camillo versetzte ihm einen Direkten, der ihn wieder zum Sitzen brachte. Er blieb auch sitzen!

Der Funktionär redete auf die Übersetzerin ein, und die Genossin gab Peppone Bericht. Daraufhin erhob sich Peppone, und als er Rondella vom Stuhl hochgezogen hatte, brachte er ihn ins Freie, damit er sich an der Luft erholen konnte.

„Genosse", erklärte er ihm, sobald Rondella imstande war, die Verse zu reimen, „der Kommissär hat bemerkt, daß du nervös bist. Dieses Klima ist dir unzuträglich. In einer Stunde geht das Flugzeug nach Berlin. Dort ist alles bereit für deine sofortige Rückkehr nach Italien."

„Bestimmt gehe ich", schrie Rondella. „Und du kannst dir die Freude gar nicht denken, die ich verspüren werde, wenn ich eure Fratzen nicht mehr sehe."

„Sei still! Wir sehen uns in Italien wieder!"

Rondella zog die Brieftasche heraus, entnahm ihr die Mitgliedskarte der Kommunistischen Partei Italiens und zerriß sie, indem er wütend schrie:

„Ja, wir werden uns wiedersehen, doch ich werde auf dem andern Ufer sein!“

Peppone mußte ihm einen Tritt in den Hintern versetzen, aber er tat es mit tiefem Bedauern.

Lächelnd trat er wieder ein:

„Alles in Ordnung“, erklärte er Nadia. „Er ist sehr dankbar für die Bemühungen des Genossen Oregow und läßt sich ihm empfehlen.“

Darauf hob er sein Glas und schlug ein Prosit vor auf das Wohlergehen der siegreichen Sowjetunion.

Genosse Oregow antwortete mit einem Trinkspruch auf den Frieden und die baldigste Befreiung der vom Kapitalismus unterdrückten Arbeiter Italiens.

„Jetzt trinken wir auf Nadias Wohl“, sagte Scamoggia.

„Genosse“, riet ihm brüderlich Don Camillo, „man sollte nicht übertreiben.“

Alles endete großartig.

Eine Stunde später, als der Exgenosse Rondella mit verwirrtem Kopf und dem Hintern in Flammen nach Berlin flog, traten Peppone und Don Camillo in ihre Kammer.

„Lösch das Licht, Genosse“, sagte Don Camillo. „Sobald wir entkleidet und im Bett sind, wirst du es wieder anzünden."

„Dummheiten!" rief Peppone, indem er die Lampe ausschaltete.

„Dummheiten, wieso? Ein kommunistischer Senator verdient die Genugtuung nicht, einen Priester in Unterhosen zu sehen!"

Als es wieder Licht gab, griff Don Camillo zu seinem Notizbuch und trug eine Bemerkung ein: *„Nr. 1: Bekehrung und Rettung des Genossen Walter Rondella."*

„Einer weniger!" fügte er fröhlich mit lauter Stimme bei.

„Nur ein Priester war zu einem so niederträchtigen Spiel fähig", flüsterte Peppone, „aber einen zweiten Streich werdet Ihr mir nicht versetzen!"

Don Camillo seufzte:

„Das kann nur er wissen", sagte er und zeigte Peppone seinen dicken Füllfederhalter.

Peppone schaute ihn ahnungsvoll an.

Darauf hob Don Camillo die Hülse von seiner dicken Feder, schraubte das Deckelchen ab und zog aus der großen Röhre etwas Langes und Schmales, das sich im Augenblick in ein kleines Kreuz verwandelte.

„Herr", sagte Don Camillo und richtete die Augen zum Himmel, „verzeiht, wenn ich Eure Arme mit denen des Kreuzes biegsam gemacht habe. Aber Ihr seid mein Banner, und ich hatte keine andere Wahl, um Euch immer auf meinem Herzen zu tragen.“

„Amen!“ brüllte Peppone und steckte seinen Kopf unter die Decke.

Erholung im Feldbett

In *illo tempore: missus est Angelus Gabriel a Deo in civitatem Galilaeae, cui nomen Nazareth, ad Virginem desponsatam viro, cui nomen erat Joseph, de domo David, et nomen Virginis Maria. Et ingressus Angelus ad eam dixit: Ave, gratia plena, Dominus tecum ...*"

Das Flugzeug, in dem Peppone mit dem Apotheker zusammen reiste, senkte den Flügel und schoß in die Tiefe, daß es ihm den Atem raubte, und er fragte sich bestürzt, was die Sache mit dem Latein damit zu tun hätte. Indem er sich das überlegte, begriff er auch nicht, weshalb dieser hassenswerte Reaktionär von einem Apotheker sich hier befand, ihm vis-à-vis, in dem Flugzeug, das ihn nach Rußland brachte. Aber er mußte die Frage in der Schwebe lassen, weil die seltsame Einlage sich wiederholte:

„*Quae, cum audisset, turbata est in sermone eius: et cogitabat qualis esset ista salutatio. Et ait Angelus ei: Ne timeas, Maria, invenisti enim gratia apud Deum ...*"

Peppone hob mühsam ein Lid, das eine halbe Tonne wog; langsam erkannte er ein

Mauerstück, das mit einer verblichenen Tapete bedeckt war, dann ein Plakat, das an einem Nagel baumelte, der im Mauerstück befestigt war. Er bemerkte, daß auf dem Plakat irgend etwas in kyrillischen Buchstaben gedruckt war.

„... *et vocabis nomen eius Jesum. Hic erit magnus, et Filius Altissimi vocabitur ...*"

Peppone schlug auch das andere Auge auf, drehte sich plötzlich im Bett und spürte, wie ihm der Atem stockte: Der Genosse Camillo Tarocci hatte das Tischchen, das die Verwaltung der sowjetischen Staatshotels der Ausstattung der Kammer beigesellt hatte, in einen Altar verwandelt, und er las die Messe. Gerade in diesem Augenblick las er in dem roten Büchelchen mit den Maximen Lenins die Verse des heiligen Evangeliums nach Lukas.

Peppone sprang zum Bett hinaus, um das Ohr an die Türe zu kleben. Er hatte eine Sekunde lang das Gefühl, das einzige, was jetzt zu tun wäre, müßte im Wurf eines Kissens an Don Camillos Kopf bestehen.

Dann überlegte er es sich und fing an, im Zimmer herumzugehen, indem er versuchte, möglichst viel Lärm zu machen, und er wäre damit fortgefahren, wenn nicht mitten in die Verwirrung seines Hirnes hinein ein verdammtes Glöcklein geläutet hätte. Er wollte es nicht hören, doch er mußte ihm Gehör schenken, und als Don Camillo das bescheidene Becherchen aus Aluminium, das ihm als Kelch diente, emporhob, stand Peppone still und neigte den Kopf.

In diesem Augenblick hörte man auf dem Gang schwere Schritte.

Aber Peppone rührte sich nicht. Er biß sich auf die Lippen und sagte zu sich: „Komme, was Gott will!"

Die Schritte hielten vor der Tür. Jemand klopfte und brummte im schlechtesten Italienisch: „Wecken, Genosse!"

Peppone antwortete mit einem Gebrüll, und der draußen entfernte sich, um an der nächsten Türe zu klopfen.

„*Ite, missa est . . .* ", sagte Don Camillo endlich.

„Basta!" keuchte Peppone, an dem der Schweiß herunterlief. „Den Segen behaltet für Euch."

„Herr", lispelte Don Camillo, indem er sich vor dem kleinen Kruzifix verbeugte, dem die Wasserflasche als Sockel diente, „entschuldigt ihn. Seine Angst ist stärker als seine Vernunft!"

Peppone fuhr ihn an: „Ich möchte gerne wissen, was Ihr empfunden habt, als man an die Türe klopfte."

„Hat jemand geklopft?" Don Camillo staunte. „Ich habe nichts gehört."

Peppone bestand nicht weiter auf einer Diskussion, weil er begriff, daß Don Camillo aufrichtig war. Außerdem war er müde und hatte ein verrücktes Verlangen, sich wieder ins Bett zu legen, um zu schlafen. Vielleicht, um seine Reise mit dem hassenswerten Apotheker im Flugzeug fortzusetzen.

„Ihr seid ja schon fertig, und da Ihr jetzt Euer Werkzeug verstaut habt, könnt Ihr abhauen und mich in Frieden lassen", rief Peppone unhöflich.

„Genosse", antwortete ihm ernsthaft Don Camillo, „ich sehe, daß du nervös bist. Vielleicht tut dir die Luft der Sowjetunion nicht gut."

„Ihr tut mir nicht gut", knurrte Peppone und drängte ihn zur Türe hinaus.

Und da bemerkte er etwas Schreckliches: Die Türe war nicht abgeschlossen. Der Kerl, der zum Wecken gekommen war, hätte sie einfach öffnen können.

Die Genossin Nadia Petrowna erwartete die Gäste der Sowjetunion im kleinen Saal, wo der Tisch für das Frühstück hergerichtet worden war. Sobald alle zugegen waren, erklärte sie: „Wir können Platz nehmen; der Genosse Oregow wird etwas auf sich warten lassen."

Die Genossin Petrowna zeigte an diesem

Morgen die abweisendste Miene, die ein staatlicher Funktionär aufsetzen konnte. Sie sprach mit unpersönlicher Stimme, ohne jemandem ins Gesicht zu schauen. Sie war undurchdringlich und steif, als ob sie aus Eis bestände.

Als sie am Tische saß, machte sie keine einzige Bewegung, die nicht notwendig gewesen wäre. Sie beschränkte ihr Frühstück auf eine einfache Tasse Tee, den sie mit kleinen Schlukken schlürfte, als handle es sich um eine Büropflicht.

Sie machte den Eindruck, von einem unsichtbaren, doch undurchdringlichen Panzer umhüllt zu sein. Unglücklicherweise kam aus etwelchen Nähten der Rüstung ein leichtes und frisches Düftchen, das die ganze Wirkung verdarb. Nadia Petrowna hatte beim Ankleiden vergessen, daß sie ein Funktionär des Staates war; sie hatte sich mit ein paar Tropfen des Lavendelwassers bespritzt, das ihr der Genosse Nanni Scamoggia verehrt hatte.

Der Genosse Scamoggia war weitab von der Genossin Nadia plaziert worden, doch hatte er eine gute Nase und bemerkte es.

Der Genosse Yenka Oregow traf am Ende des Frühstücks ein. Er war sehr beschäftigt. Er nickte nur auf die Grüße der Gäste hin und zog sich in eine Ecke zurück, um mit der Genossin Petrowna zu sprechen. Es war ein langes und erregtes Gespräch, in dessen Verlauf mehrmals ein Blatt mit Stempeln konsultiert wurde, das der Genosse Oregow in seiner Mappe mitgebracht hatte.

Schließlich schienen die beiden sich über das zur Debatte stehende Thema geeinigt zu haben, denn die Genossin Petrowna wandte sich an Peppone und erklärte:

„Genosse Yenka Oregow hat vom zuständigen Verkehrsamt das genaue Programm für jeden Tag, den die geschätzten italienischen Gäste in der Sowjetunion verbringen werden, bekommen. Heute morgen um neun Uhr werden die italienischen Genossen die Traktorenfabrik ‚Roter Stern' besuchen."

Peppone musterte sie erstaunt:

„Genossin", entgegnete er, „wenn ich nicht irre, haben wir die Traktorenfabrik ‚Roter Stern' schon gestern nachmittag, gleich nach unserer Ankunft, besucht."

Die Genossin Petrowna sprach mit dem Genossen Oregow.

„Das Programm, das Genosse Oregow heute morgen erhalten hat", teilte die Genossin Petrowna daraufhin Peppone mit, indem sie das Blatt vorwies, „setzt ohne die Möglichkeit eines Irrtums fest, daß die italienischen Genossen, die den gestrigen Nachmittag dem Ausruhen von der langen Reise gewidmet haben, diesen Morgen dem Besuch der Traktorenfabrik ‚Roter Stern' widmen. Das ursprüngliche Programm wird durch das neue für ungültig erklärt, und darum ist auch der gestrige Besuch als nicht geschehen zu betrachten."

Peppone wußte nichts anderes zu tun als die Arme zu verwerfen, worauf die Genossin Petrowna sich nochmals an den Genossen Oregow wandte. Dann berichtete sie über das Ergebnis der Diskussion:

„Der Genosse Kommissär vom Verkehrsamt kann das Programm nicht abändern, weil es den Besuch der Stadt erst für heute nachmittag vorsieht. Er verlangt jedoch nicht, daß die italienischen Genossen die Traktorenfabrik zum zweiten Mal besuchen; er bittet, diesen Vormittag als Ruhezeit zu betrachten, die in den Räumen des Hotels zu verbringen ist."

Alle waren müde, denn die Reise von Rom her war lang, beschwerlich und langweilig gewesen. Sie zeigten sich sehr befriedigt über die glänzende Lösung.

„Der Genosse Oregow begibt sich in die Fabrik ‚Roter Stern', um den Bericht über unsern Besuch nachzuholen", fügte die Genossin Petrowna bei. „Ich bleibe zu eurer Verfügung in diesem kleinen Saal. Schlaft gut, Genossen!"

Sie ging, um auf dem zerschlissenen Diwan des Sälchens Platz zu nehmen. Hier mußte unausweichlich jedermann vorbei, der ins Hotel trat oder es verließ.

Sie hatte einen stolzen und eisigen Gang, jedoch ließ sie eine leichte Spur Lavendelduft hinter sich zurück.

Don Camillo hatte kaum sein Kämmerchen betreten, als er die Schuhe auszog und sich auf das noch ungemachte Bett warf. Doch gerade als er am Einschlummern war, begann Peppone zu gestikulieren und zu brummen. Schließlich erfuhr Don Camillo, daß Peppone, nachdem er sich im Zug rasiert hatte, den Apparat in der Toilette vergessen hatte.

„Nimm mein Messer und hör auf, mich zu belästigen", schrie ihn Don Camillo an.

„Ich brauche einen Rasierapparat", antwortete Peppone. „Leider kann ich mich nicht mit dem Messer rasieren."

„Dann geh hinunter, laß dir ein paar Lire, die du uns als Senator gestohlen hast, in Rubel umwechseln und kaufe dir einen Apparat. Das Warenhaus ‚Universal' liegt dem Hotel gerade gegenüber. Gib acht, wenn du die Straße überquerst, denn es herrscht ein verfluchter Autoverkehr!"

Das einzige Auto, das sie bisher in der Stadt gesehen hatten, war der Bus gewesen, mit dem sie vom Flugplatz abgeholt worden waren.

Peppone ärgerte sich:

„Die Autos werden noch kommen, Hochwürden. Wir haben keine Eile. Gegenwärtig genügt es uns, Vehikel herzustellen, die auf den Mond gelangen. An die Autos denken wir später."

„Kauf mir bitte ein Paar wollene Socken", bat ihn Don Camillo. „In vierzig Jahren Herrschaft werden sie wohl wenigstens ein Paar fabriziert haben."

Peppone ging, indem er die Türe hinter sich zuwarf.

Da es sich um den Chef der italienischen Gäste handelte, war die Genossin Petrowna sehr freundlich. Der Genosse Direktor des Fremdenhotels, der von ihr befragt wurde, erklärte sich bereit, die große Note Peppones in ein Päckchen Rubelscheine umzuwechseln, und Peppone startete seiner Sache sicher, auch weil die Genossin Nadia ihre Freundlichkeit soweit getrieben hatte, ihm auf ein Blättchen zu schreiben: „1 Rasierapparat mit 10 Klingen; 1 Paar wollene Männersocken, Größe 3."

Das Warenhaus „Universal" lag nur wenige Schritte entfernt, und der Handel war im Nu erledigt, insofern die Genossin Verkäuferin, nachdem sie das Blättchen gelesen hatte, Peppone die gewünschte Ware in die Hand drückte und ihm schriftlich den Preis mitteilte.

Als Peppone jedoch wieder in seiner Kammer war, schien er nicht so befriedigt zu sein, wie er es eigentlich hätte sein sollen. Er warf die Socken zum Bett hinüber. Don Camillo fing sie im Fluge auf und besah sie wohlgefällig.

„Schöne Socken", sagte er, „Socken wie diese sehen wir bei uns nicht mal im Traum. Auch der Einfall, einen länger und einen kürzer zu machen, ist ungemein klug. Tatsächlich gibt es keinen Menschen, der zwei völlig gleiche Füße hätte. Wieviel kosten sie?"

„Zehn Rubel", knurrte Peppone, der mit dem Rasierapparat manövrierte.

„Wie hoch haben sie dir den Rubel gerechnet?"

„Weiß ich nicht", brüllte Peppone. „Ich weiß nur, daß sie mir für zehntausend Lire siebzig Rubel gaben."

„Ungefähr hundertfünfzig Lire pro Rubel. Wie der Schweizer Franken. Und was kostet der Rasierapparat?"

„Neun Rubel." Don Camillo machte die Rechnung.

„Fünf mal neun macht fünfundvierzig, neun mal eins gibt neun und vier dazu sind dreizehn. Rund tausenddreihundert Lire der Apparat und tausendfünfhundert die Socken."

Peppone seifte sich wütend ein und gab keine Antwort.

„Wieviel kostet bei uns ein Rasierapparat wie dieser?“ fuhr Don Camillo hinterhältig fort.

„Zweihundert Lire“, gab Peppone ungern zu. „Zweihundert Lire mit zehn Klingen. Ein amerikanischer Apparat, bei der Upim gekauft. Unmöglich. Das muß ein Irrtum sein.“

„Nein, Genosse, kein Irrtum. Bei der Upim handelte es sich um einen Propagandaverkauf, was hier nicht vorkommt, weil dank dem Kommunismus Geschäfte und Fabriken dem Staat gehören und der Staat keine Konkurrenz zu schlagen braucht. Ferner sind die Rasierapparate der Upim amerikanischer Herkunft, während dieser da ein sowjetischer Rasierapparat ist, also etwas viel Besseres. Drittens: Während der Rubel ungefähr einen Wert von vierzig Lire hat, müssen die Fremden gerechterweise hundertfünfzig bezahlen. Der Kommunismus hat doch nicht vierzig Jahre gearbeitet, um fremden Touristen das Fressen zu richten. Der Sowjetbürger muß für deinen Rasierapparat nur dreihundertsechzig Lire bezahlen.“

Peppone hatte mit dem Rasieren begonnen. Er setzte ab, seifte sich von neuem ein, wechselte die Klinge und kratzte sich abermals das Gesicht.

Don Camillo beobachtete ihn mit Grausamkeit, und Peppone, der sich beobachtet fühlte, widerstand starrköpfig. Aber schließlich hielt er es nicht mehr aus. Er stieß ein häßliches Wort aus und warf den Genossen-Apparat gegen die Wand.

„Du bist ein Genosse mit wenig Vertrauen“, sagte Don Camillo mit ernster Stimme zu ihm.

Peppone schaute ihn mit gehässigem Seifengesicht an.

Da hatte Don Camillo Erbarmen, nahm seinen Koffer vom Boden auf, stöberte darin herum und zog schließlich etwas heraus, das er Peppone reichte.

„Ist das vielleicht dein ekelhafter amerikanischer Apparat, den ich herumliegen sah?“ fragte er.

Peppone riß ihm den Apparat aus der Hand.

„Ich überzeuge mich je länger je mehr, daß es keine Sünde ist, einen Pfaffen zu töten“, sagte er mit Überzeugung.

Unterdessen fand sich die Genossin Petrowna, die weiterhin bei der Türe Wache hielt, dem Genossen Scamoggia gegenüber. Sie ließ ihm nicht einmal Zeit, seinen hassenswerten Mund zu öffnen.

„Der Genosse Yenka Oregow“, sagte sie streng, „hat Euch gebeten, den Vormittag als Ruhezeit im Hotel zu betrachten. Es ist nicht korrekt von Euch, daß Ihr auszugehen versucht.“

„Ich versuche nicht auszugehen", erklärte Scamoggia. „Ich möchte die Ruhezeit verbringen, indem ich hier Platz nehme."

Die Genossin Petrowna musterte ihn neugierig:

„Ich begreife nicht, warum Ihr hier auf meinem Diwan ausruhen wollt, obwohl es soviel Platz im Hotel gibt!"

„Genossin, spricht man jetzt die Genossen mit ‚Ihr' an?"

„Nein, die Bürger redet man mit ‚Ihr' an."

„Ich bin kein Bürger!" wehrte sich Scamoggia.

„Gewisse Verhaltungsweisen sind von schlimmster bürgerlicher Marke."

„Ich kann gefehlt haben, Genossin. Aber wenn du mir hilfst, bin ich bereit, aufrichtig Selbstkritik zu üben."

Die Genossin Petrowna war gerührt über den ehrlichen Ton in den Worten Scamoggias.

„Du darfst dich setzen, Genosse", gestattete sie ihm, ohne ihre Haltung zu ändern. „Erzähl mir von dir."

„Ich heiße Nanni Scamoggia, bin achtundzwanzig, Mitglied der Partei. Ich bin Kommunist, seit ich den Gebrauch der Vernunft erlangt habe. Ich arbeite und habe eine kleine Scooter-Werkstatt."

„Was ist das?"

„Ich flicke die Scooters und handle mit ihnen."

Da er sah, wie perplex sie war, zog er eine Fotografie aus der Tasche, die einen äußerst dreisten und geschniegelten Scamoggia im weißen Übergewand, rittlings auf einer „Vespa", zeigte.

„So sieht ein Scooter aus", erklärte er. „Es sind Motorroller und bei uns das beliebteste Verkehrsmittel."

„Interessant", stellte die Genossin Nadia Petrowna fest und ergriff das Bild. „Wie verhalten sich deine Angehörigen in bezug auf die Partei?"

„Mein Vater ist bei den Spaltern von Livorno eingeschrieben."

„Eine unbedeutende Splittergruppe, wenn ich nicht irre", bemerkte die Petrowna.

„Genau. Meine Mutter ist tot. Meine Schwester ist Zellenvorstand der UDI*)."

„Und deine Frau?"

Scamoggia kicherte.

„Genossin, bin ich der Typ, der eine Frau hat?"

Die Petrowna musterte ihn streng.

„In deinem Alter braucht man eine Frau."

---

*) UDI = Unione Donne Italiane, eine kommunistische Frauen-Organisation Der Übersetzer

„Und warum soll ich eine einzige zur Frau nehmen, die mich Geld kostet, da ich so viele gratis haben kann?“

Instinktiv rückte die Genossin Petrowna von ihm ab.

„Das, was du gesagt hast“, stellte sie fest, „beweist, daß du eine bürgerliche Denkart hast. Es sind die ausbeutenden Bürger, die die Frauen bloß als Zeitvertreib schätzen. Die Frau hat Rechte, Würden und Aufgaben, die denen des Mannes gleich sind. Wenigstens in der sozialistischen Gesellschaft.“

„Genossin, ich habe mich nicht gut ausgedrückt“, protestierte Scamoggia, „ich sprach nur von dem engen Kreis jener Frauen, die die Arbeit hassen und keinen politischen oder sozialen Glauben haben und so auf ihre Würde verzichten und folglich auf ihre Rechte ...“

„Ich begreife“, unterbrach ihn die Genossin Nadia. „Das verhindert jedoch nicht, daß der Genosse, wenn er zu einem achtenswerten Alter gekommen ist, eine Familie formen muß, die imstande ist, kräftig an der Bildung des Parteinachwuchses mitzuwirken.“

„Genossin, ich bin einverstanden. Aber wir leben in einer andern Welt als du, in einer Welt voller Eigensüchte und Frömmelei. Bei uns befehlen die Pfaffen, und der Großteil der Frauen ist an die Pfaffen versklavt. Und man muß aufpassen, weil viele von ihnen provokatorische Agenten sind ..."

„Kennst du keine Genossin, auf die sicherer Verlaß ist?"

Scamoggia spreizte die Arme.

„Doch, einige, aber im Grunde ... Ich verstehe, daß es eine Schwäche ist, aber keine sagt mir zu."

„Das erscheint mir ausgeschlossen, Genosse. Keine einzige?"

„Eine schon, aber die ist bereits verheiratet."

Die Genossin Petrowna dachte ein wenig nach, dann entschied sie.

„Es ist eine schwierige Lage, Genosse. Und du gehst sie zu wenig ernsthaft an!"

„Genossin", gestand Scamoggia, indem er sich gehen ließ, „die Jahre verfliegen, aber mit all der Sonne, dem blauen Himmel, den Blumen, der Musik, dem guten Wein, die es bei uns gibt, glaubt man, immer jung zu sein. Unser Italien ist ein von Gott gesegnetes Land ..."

„Genosse", unterbrach ihn die Petrowna, „du hast eine Häresie gesagt! Es gibt keine von Gott gesegneten oder verfluchten Länder. Es gibt keinen Gott!"

„Ich weiß es! Aber vielleicht sind all die verfluchten Pfaffen, all die Kirchen und all die Tabernakel daran schuld, daß man den trügerischen Eindruck hat, es wäre so."

Die Genossin Petrowna schüttelte den Kopf. „Du hast sehr verwirrte Ideen!“ sagte sie.

„Ich geb’ es zu, Genossin. Aber du könntest es mir sagen, indem du in meine Richtung und nicht nur zur Türe blickst.“

Man darf den Fehler Stalins nicht wiederholen: Man kann sich gegenüber Bürgern aus dem Westen nicht der gleichen Sprache bedienen wie gegenüber den sowjetischen Bürgern. Die Menschen sind Kinder ihrer Zonen und Zeiten. Alle Schlösser mit dem gleichen Schlüssel öffnen zu wollen, ist Unsinn.

Das bedachte die Genossin Petrowna und kehrte sich Scamoggia zu.

Dieser fragte sie: „Genossin, warum reden wir nicht ein wenig von dir?“

„Ich bin eine Sowjetfrau“, antwortete die Petrowna stolz und versuchte, sich den Blicken Scamoggias zu entziehen. „Ich bin Parteimitglied und Funktionärin der Touristenorganisation des Staates. Ich bin sechsundzwanzig Jahre alt und lebe in Moskau.“

„Allein?“

Die Petrowna seufzte.

„Nein, leider nicht“, anwortete sie und senkte den Kopf. „Wir leben unserer drei Genossinnen im gleichen Zimmer. Aber ich beklage mich nicht!“

„Denke ja nicht, daß ich mich beklage“, rief

Scamoggia aus. Die Petrowna hob die Augen und schaute ihn verwundert an.

„Was willst du damit sagen?"

„Einen Augenblick lang habe ich geglaubt, du lebtest mit einem Genossen zusammen", erklärte Scamoggia. „Was mich betrifft, so ist es mir sympathischer, wenn du mit zwei Genossinnen zusammenlebst als nur mit einem Genossen."

Die Petrowna schaute ihn weiterhin verwundert an.

„Ich begreife nicht, was das heißen soll", sagte sie.

Aber sie log auf die schamloseste Weise, und man erkannte das an der Verwirrung, die sie verriet, als sie das Bild des stämmigen Vespafahrers im weißen Überkleid nochmals betrachtete, die Fotografie jedoch Scamoggia nicht zurückgab, sondern in ihre Tasche steckte.

Daraus geht hervor, daß selbst die sowjetischen Funktionäre, auch wenn sie in der glühenden Esse des Sozialismus geschmiedet worden sind, ihre Schwächen haben.

Die Raumzelle

Mit Ausnahme Don Camillos waren alle Erkorenen von Peppones Mannschaft Genossen erprobter Überzeugung, auch jener arme Rondella, den die perfiden Machenschaften Don Camillos ausrangiert hatten. Von den acht Verbliebenen schien Genosse Bacciga der am besten abgerichtete zu sein, denn er hatte oft bei ziemlich passender Gelegenheit bedeutende Stellen aus den heiligen Schriften des Kommunismus zitiert.

Aber Bacciga war Genueser, und die Genuesen sind – wie man weiß – bevor sie irgend etwas anderes sind, Genuesen. Das heißt: praktische Leute, mit einem angeborenen Sinn für Geschäfte.

Und da Don Camillo ein Auge auf ihn geworfen hatte, war es gerade dieser angeborene Geschäftssinn, der Bacciga große Verlegenheiten bescherte.

Die Sache trug sich am Nachmittag des ersten offiziellen Tages zu, nämlich während des Stadtbesuchs. Das Warenhaus Universal lag nur wenige Schritte vom Hotel entfernt, und der erste Halt war hier.

Der Genosse Yenka Oregow beauftragte die Genossin Nadia Petrowna, den Gästen zu erklären, daß jeder frei wäre zu kaufen, was er wollte, und nachdem er passenderweise daran erinnert hatte, daß 1965 die sowjetische Produktion an Wollstoffen acht Milliarden Meter und die der Strumpfwaren fünfhundertfünfzehn Millionen Paare erreicht haben würde, pflanzte er sich bei der Türe auf und kümmerte sich ausschließlich darum, zu verhindern, daß jemand sich drücke.

Natürlich brauchte der Genosse Scamoggia eine riesige Menge technischer Auskünfte über die Organisation der staatlichen Warenhäuser und sonderte sich mit der Genossin Petrowna in die Abteilung der Haushaltartikel ab. Peppone klebte sich an die Fersen Don Camillos, und die andern zerstreuten sich im Umkreis.

Das Warenhaus war voller Frauen. Viele trugen das Überkleid des Arbeiters oder die Uniform des Eisenbahners oder Briefträgers, aber alle begaben sich – nachdem sie irgendeine Schachtel oder irgendein Paket in der Abteilung Lebensmittel erstanden hatten – zu den Auslagen von Schuhen, Kleidern, Wäsche und anderen weiblichen Gegenständen, um sie mit verzückten Augen zu bewundern.

„Der echte Kommunist“, sagte Don Camillo zu Peppone, „zeichnet sich durch seine Bescheidenheit und seine Verachtung des Luxus aus. Zwei Fälle sind möglich. Entweder sind diese Frauen keine guten Kommunistinnen, oder die Waren, die sie mit verlangenden Augen verschlingen, sind nicht mehr als Luxus zu betrachten, in Anbetracht des hohen Standards, den die Sowjetunion erreicht hat."

„Ich weiß nicht, wo Ihr hinauswollt", brummte Peppone argwöhnisch.

„Ich will sagen: In der Sowjetunion sind die Konsumgüter augenscheinlich so zahlreich, daß eine Frau es als erlaubtes Verlangen betrachten darf, die Hosen auszuziehen und sich als Frau zu kleiden."

Peppone wurde sich der Provokation nicht bewußt.

„In Anbetracht dessen, daß sie dir so viele Rubel für deine zehntausend Lire gaben", beharrte heimtückisch Don Camillo, „warum kaufst du nicht dieses Unterröcklein für deine Frau?"

Ein Unterrock des Staates, mit Staatsstoff und nach staatlichem Modell eines Staatsschneiders angefertigt, könnte nie zu dem modischen Getue verführen, wie es mit den in kapitalistischen Ländern von der Privatinitiative hergestellten Unterröcken üblich sei.

Doch Peppone gab donnernd zurück:

„Für eine Frau ist es besser, sie trägt einen

häßlichen Unterrock, ist aber frei, als einen Unterrock von Christian Dior zu tragen und Sklavin zu sein.“

„Gut gesagt, Genosse“, stimmte Don Camillo zu, der endlich sein Huhn, das inmitten des Durcheinander verlorengegangen war, wieder aufgefunden hatte.

Der Genosse Bacciga hatte sich geschickt von den andern abgehängt und diskutierte mit der Genossin Verkäuferin der Abteilung Pelze.

Es war eine harte und völlig stumme Diskussion, weil sie von beiden mit Ziffern, erst von dem einen und dann von der andern auf einen Block geschrieben, durchgeführt wurde.

Sie einigten sich rasch, und darauf begann der Genosse Bacciga, unter seinem Rock kleine glänzende Päckchen hervorzuziehen, die die Verkäuferin ergriff und mit großer Geschicklichkeit unter der Theke verschwinden ließ. Am Ende packte ihm die Verkäuferin eine Pelzstola ein; damit war der Handel abgeschlossen.

Peppone hatte nichts gemerkt, aber Don Camillo hatte alles gesehen und begriffen; jetzt hatte er es verdammt eilig, ins Hotel zurückzukehren.

Sie kamen jedoch erst am Abend zurück, denn nach dem Warenhaus besuchten sie eine Luftkissenfabrik und dann das Krankenhaus.

Kaum hatten sie ihr Hotel betreten, eilte Don Camillo davon, um sich sofort auf seine Kammer zurückzuziehen.

Peppone, der über sein Verschwinden besorgt war, verließ bald danach die Gesellschaft im Hotelsaal und fand Don Camillo, wie er am Boden saß und eifrig seine Sachen, die er aus dem Koffer genommen hatte, durchging.

„Genügen Lenins ‚Maximen' nicht?" zischte Peppone. „Was habt Ihr sonst noch an Schweinereien mitgebracht?"

Don Camillo hob nicht einmal den Kopf und fuhr fort, seine Blätter und Broschüren durchzusehen.

„Nimm das da", sagte er schließlich zu Peppone und gab ihm eine Seite, die er aus irgendeiner Zeitschrift herausgerissen hatte. „Lerne die blau unterstrichenen Stellen auswendig!"

Peppone widmete dem Blatt einen verstohlenen Blick und verspürte so etwas wie einen Stoß:

„Aber, aber", rief er aus, „das ist ja ein Blatt aus dem ‚Heft des Aktivisten.'"

„Warum nicht? Wolltest du vielleicht, daß ich Ausschnitte aus dem ‚Osservatore Romano' mit mir nähme?"

Peppone wurde rot und wild wie die Oktoberrevolution.

„Ich sage, daß dieses Blatt aus der Sammlung der ‚Hefte des Aktivisten' gerissen wurde", keuchte er, „aus meiner persönlichen Sammlung, die sich in der Bibliothek der Sektion meines Dorfes befindet! Hier ist der Stempel! Ich möchte wissen, auf welche Weise ..."

„Reg dich nicht auf, Genosse! Um mir eine kommunistische Bildung zu verschaffen, konnte ich mich nicht gut an die Bibliothek des Bistums wenden!"

Peppone bückte sich, um die Blätter und Broschüren, die zerstreut am Boden lagen, zu prüfen.

„Alles meine Ware!" schrie er entsetzt. „Ihr habt mir die ganze Bibliothek gemordet. Ich ..."

„Basta, Genosse", schnitt ihm Don Camillo das Wort ab. „Es ist unrühmlich, dem Ausland das jämmerliche Schauspiel unserer kleinen persönlichen Angelegenheiten zu bieten. Schau nur, daß du dir die blau unterstrichenen Stellen ins Gedächtnis prägst. Diese wirst *du* zitieren. *Ich* benütze die rot unterstrichenen Abschnitte."

Peppone schaute ihn mit aufgerissenen Augen an.

„Ihr richtet mir wieder irgendeine Lausbüberei an!" rief er.

„Keine Lausbüberei. Wenn du nicht als Dummkopf gelten willst, dann lerne die Stellen, die ich dir angegeben habe, auswendig, und beeile dich, denn du hast nur eine halbe Stunde Zeit."

„Gut", antwortete Peppone barsch, „wir werden später darüber reden."

Er setzte sich an das Tischchen, heftete die Augen auf das Blatt und begann, seine Lektion zu lernen.

Es handelte sich bloß um zwei Stellen mit wenigen Zeilen, aber er hätte auch eine ganze Seite seinem Gedächtnis eingeprägt, so groß war seine Wut.

„Hören wir", sagte schließlich Don Camillo und versorgte seine Papiere wieder im Koffer.

„Genossen", schrie Peppone, „Lenin hat gesagt: ‚Die Extreme sind bei keiner Gelegenheit gut, aber vor die Wahl gestellt, ziehen wir klare, wenn auch beschränkte und unerträgliche Feststellungen der weichlichen und ungreifbaren Verschwommenheit vor.'"

„Gut. Dies wirst du sagen, wenn ich tue, als ob ich mich eines gewissen Satzes Lenins nicht mehr erinnerte. Den andern Abschnitt aber, wenn ich dich um die Meinung der Partei frage."

„Welcher Partei? Daß Gott dich fälle!" gurgelte Peppone.

„Der ruhmreichen Kommunistischen Partei, Genosse", antwortete ihm Don Camillo feierlich. „Jener Partei, wie ganz richtig in Nummer 9 des ‚Kommunist' geschrieben steht, die von allen ihren Mitgliedern fordert, daß sie . . ."

„. . . daß sie, in ihrer persönlichen Lebensführung . . ." unterbrach ihn heftig Peppone. Und wütend rezitierte er die Litanei Nummer zwei bis zum letzten Wort, ohne je zu stolpern und ohne ein Komma zu vergessen.

Don Camillo hörte ihm gesammelt zu und sagte schließlich: „Bravo, Genosse! Ich bin stolz, dein Pfarrer zu sein!"

Das Abendessen war reichhaltig und lehrreich, weil der Genosse Kommissär mit einer außerordentlichen Menge an statistischem Material die Ziele darlegte, welche die sowjetische Industrie im Jahre 1965 erreichen würde. Am Schlusse, nach den vorgeschriebenen Trinksprüchen auf den Frieden, die Entspannung, den unfehlbaren Endsieg des Kommunismus und so weiter und so fort, erhob sich Don Camillo.

„Genossen", sagte er, „die Zugehörigkeit zur Partei verpflichtet jeden Kommunisten, die bolschewistischen Grundsätze einzuhalten und die Kritik wie auch die Selbstkritik zu entwikkeln."

Er sprach langsam, indem er die Worte betonte und dabei stolz den Genossen Oregow fixierte, dem die Genossin Petrowna Wort für Wort übersetzte.

„Gegenüber dem Gewissen der Partei muß jeder Kommunist seine Handlungen genau abwägen und nachprüfen, ob er nicht ein Weiteres oder Besseres tun könnte. Kein Kommunist soll sich fürchten, die Wahrheit zu sagen: Er soll sich offen und aufrichtig aussprechen, auch wenn es sich darum handelt, unangenehme Werturteile zu fällen. Genossen, Lenin schrieb ..."

Don Camillo tat, als ob er sich innerlich abplackte, sich der Worte zu erinnern. Da griff Peppone ein:

„Mühe dich nicht ab, Genosse! Lenin schrieb: ‚Die Extreme sind bei keiner Gelegenheit gut, aber vor die Wahl gestellt, ziehen wir klare, wenn auch beschränkte und unerträgliche Feststellungen der weichlichen und ungreifbaren Verschwommenheit vor.'"

„Danke, Genosse!" fuhr Don Camillo fort, indem er die Augen des Kommissärs wieder auf sich zog. „Nach dieser Feststellung halte ich mich für ermächtigt, mit aller Klarheit zu reden. Der unerfreuliche Zwischenfall, der sich gestern mit dem Genossen Rondella ereignete, hat mich bewogen, den Absatz 5 der Parteisatzung nachzulesen, da, wo es heißt: ‚Jeder, der bei der kommunistischen Partei eingeschrieben ist, hat bei einem disziplinarischen Verstoß das Recht, von einem regulären Parteigericht beurteilt zu werden und in jedem Falle an die Versammlung seiner Organisation und auch an die höhern Instanzen zu appellieren.' Jetzt frage ich: Wenn jemand von uns, die wir vom Senator Genossen Bottazzi geführt sind, sich eines disziplinarischen Verstoßes schuldig machte, welches reguläre Parteiorgan könnte ihn beurteilen? Der Genosse Senator stellt hier die Partei dar und wäre besorgt, den des Verstoßes Verantwortlichen dem Verband, der Sektion, der Zelle, welcher der Verantwortliche angehört, anzuzeigen. Aber da die zu richtenden Fakten hier, auf sowjetischer Erde, eng mit dem sowjetischen Leben oder seinen ausgeprägten Eigenheiten verbunden sind, werden da die betreffenden Organe imstande sein, mit voller Unbefangenheit und Sachkenntnis die Tat des angeklagten Genossen zu beurteilen? Nein, sage ich. Der Genosse, der sich hier vergangen hat, muß sofort hier verurteilt werden. Und da wir hier keinem Organ der Partei eingegliedert sind, halte ich es für unser Recht und unsere Pflicht, gemäß Artikel 10 der Satzung uns in einer Zelle zu konstituieren."

„Genossen", fuhr Don Camillo fort, „ihr schaut mich erstaunt an und fragt euch: welche

Art Zelle? Die der Arbeit nicht, denn wir arbeiten nicht hier. Die des Bezirkes nicht, denn wir wohnen nicht hier. Genossen, ich könnte euch erwidern, daß wir nicht in die Sowjetunion gekommen sind, um uns zu zerstreuen, sondern um zu lernen und dann zu lehren: Und das ist Arbeit. Wichtige Arbeit! Ich könnte euch erwidern, wenn wir physisch nicht auf der Sowjeterde beheimatet sind, so ist doch die Sowjetunion unser großes Vaterland, und geistig haben wir hier das Domizil. Hingegen gestattet, daß ich euch aufrichtig mein Herz öffne!"

Don Camillo war sichtlich und schändlich gerührt.

„Genossen, wir sind ein unwahrnehmbares Pünktchen, das sich plötzlich von einem alten, gebrechlichen Planeten losgelöst und eine neue, wundersam junge Welt erreicht hat. Wir sind die winzige Besatzung des Raumschiffs, das die verfaulte kapitalistische Welt verlassen hat und jetzt in geringer Höhe über die reizvollen Länder der Welt des Sozialismus schwebt, um deren großartige Wirklichkeit zu entdecken. Diese winzige Besatzung besteht nicht aus vereinzelten Individuen, sondern aus Männern, die in einer einzigen Idee, in einem einzigen Glauben und in einem einzigen verzweifelten Willen geeint sind: dem Aufbau der kommunistischen Welt! Genossen, laßt es mich sagen: Keine Zelle der Arbeit, keine Zelle des Bezirks, jedoch eine Raumzelle, eine interplanetarische Zelle muß es sein. Die Welt, aus der wir kommen, die faulige Welt des Kapitalismus, ist von der gesunden und großmütigen Welt des Sozialismus viel weiter entfernt als die Erde vom Mond! Und darum schlage ich die Bildung einer Zelle aus unserer Gruppe vor und schlage auch vor, sie mit dem Namen dessen zu betiteln, der in sich das Verlangen nach Frieden, nach Fortschritt, nach Zivilisation und Wohlstand des großen Sowjetvolkes zusammenfaßt – mit dem Namen Nikita Chruschtschow!"

Der Genosse Kommissär war vor Rührung bleich geworden; er erhob sich, während der Beifall prasselte, und ließ nicht ab, Don Camillo zehn Minuten lang die Hand zu drükken.

Vermittels der Petrowna plauderte Peppone ein wenig mit dem Genossen Oregow, dann sagte er:

„Namens der Kommunistischen Partei Italiens und in völliger Übereinstimmung mit dem Vertreter der Kommunistischen Sowjetpartei bewillige ich die Bildung der Zelle ‚Nikita Chruschtschow'."

Unverzüglich vereinigte sich die Versammlung der neun – was dadurch sehr erleichtert wurde, daß alle schon am gleichen Tische saßen –, um auf Grund des Artikels 28 der Satzung die Wahl des leitenden Ausschusses der Zelle vorzunehmen. Als politischen Sekretär erhielt man so den Genossen Camillo Tarocci, als Sekretär der Organisation erhielt man Nanni Scamoggia, als Kassenverwalter den Genossen Vittorio Peratto.

Erst als man miteinander die Gläser zu Ehren des leitenden Ausschusses der neuen Raumzelle erhob, merkte Peppone, daß der Genosse Zellenchef kein anderer war als Don Camillo.

Und als er trank, verschluckte er sich.

„Genossen", verkündete mit ernster Stimme Don Camillo, „ich danke euch für das Vertrauen; ich werde alles tun, um es zu verdienen. Deshalb schlage ich vor, daß die Zelle sofort mit ihrer Tätigkeit beginnt. Hat jemand etwas vorzubringen?"

Niemand hatte etwas vorzubringen.

„Ich bringe etwas vor", sagte Don Camillo, während Peppone schrecklich zu leiden begann.

„Genossen", erklärte Don Camillo, „der Kommunist, der Angst vor der Wahrheit hat, ist kein Kommunist. Die Partei erzieht die Kommunisten in einem Geist der Unversöhnlichkeit gegenüber den Mängeln, in einem

Geist gesunder Unzufriedenheit über die erreichten Ergebnisse. Ein Parteimitglied, das nicht fähig ist, die Dinge kritisch zu betrachten und das nicht anspruchsvoll ist gegen sich und die andern, kann den Parteilosen kein Vorbild, kann ihnen kein echter Führer sein. Genossen, im Artikel 9 der Satzung, wo die Pflichten des bei der Partei Eingeschriebenen verzeichnet sind, befindet sich auch jene, ein ehrliches, vorbildliches Privatleben zu führen. Genosse Bacciga, gestehe, daß du heute im Warenhaus des Staates eine Pelzstola gekauft hast!"

Der Genosse Bacciga wurde totenblaß.

„Ja", antwortete er nach einigem Zögern, „der Genosse Oregow hatte uns ermächtigt zu kaufen, was wir wollten."

„Stimmt. Gestehe, daß du die Stola aber nicht mit Geld, sondern mit weiblichen Nylonstrümpfen, die du aus Italien mitgebracht hast, bezahltest! Wenn du es nicht zugibst, bist du ein Lügner. Wenn du es zugibst, bist du ein Lieferant jenes schwarzen Marktes, der die Pläne der sowjetischen Industrie behindert, und darum als Saboteur zu betrachten. Im einen wie im andern Falle ist dein Privatleben weder ehrlich noch beispielhaft. Das ist meine Anklage. Die Versammlung wird deine Verteidigung hören."

Der Genosse Bacciga hatte Mühe, wieder zu

Atem zu kommen. Inzwischen unterrichtete die Genossin Nadia Petrowna den Genossen Kommissär über alle Einzelheiten. Die Gegengründe des Genossen Bacciga wurden sehr unbefriedigend befunden. Er hatte Ware geschmuggelt und demnach den sowjetischen Zoll betrogen und hatte, indem er mit der Ware den schwarzen Markt belieferte, die sowjetische Staatswirtschaft geschädigt. Überdies hatte er das Vertrauen der Sowjetgenossen hintergangen.

„Daß du dein Unrecht jetzt zugegeben hast", schloß Don Camillo, „ist eine achtenswerte Sache, aber es genügt nicht, um die Angelegenheit zu erledigen. Ich fordere zu diesem Zweck die bewährte Ansicht der Partei."

Peppone machte ein finsteres Gesicht: „Die Partei", sagte er, indem er von oben herab die Worte fallen ließ, „fordert von allen ihren Mitgliedern, daß sie, auch in ihrer persönlichen Haltung, ein moralisches Vorbild für die andern seien. Die Partei kann nicht gleichgültig sein jenen Kommunisten gegenüber, die, durch ihre unwürdige Haltung, das Ansehen der Partei aufs Spiel setzen, sie moralisch bloßstellen. Der Kommunist, der sich vom Marxismus-Leninismus inspirieren läßt, bindet aufs engste sein persönliches Leben an die Tätigkeit der Partei; seine Bestrebungen decken sich völlig mit der Bestrebung der Partei. Der echte Kommunist zeichnet sich durch seine Bescheidenheit aus und durch seine Unduldsamkeit gegenüber dem Luxus. Die Organe der Partei vollführen ihre Erziehungsarbeit und belehren jene Kommunisten, die – zum Nachteil der sozialen Pflicht – ihre Gedanken hauptsächlich auf Fragen ihres persönlichen Wohls hinlenken und sich so mit kleinbürgerlichem Schimmel bedecken."

Also sprach Peppone und sagte seine Lektion tadellos auf, so daß ihn der Genosse Oregow mit Blicken offener Bewunderung anschaute und ihm ein zweites Mal zulächelte.

Nachdem Don Camillo die Ansicht der Partei vernommen hatte, fuhr er fort: „Die Selbstkritik ist keine Buße für das Verbrechen. Auch die Priester, obwohl sie die Heuchelei und die Unehrlichkeit in Person sind, schreiben dem Büßer, der den Diebstahl beichtet, die Rückerstattung der Beute vor."

Peppone, der vor Wut schäumte, sprang auf: „Genosse, du kennst die Pfaffen nicht! Sie versuchen, mit dem Dieb halbpart zu machen!"

„Ich sprach vom Theoretischen", stellte Don Camillo fest. „Was der Genosse Bacciga illegal erworben hat, ist als gestohlen zu betrachten."

Die Versammlung diskutierte; dann brachte der Genosse Scamoggia einen Antrag vor:

„Die Beute werde der Sowjetunion zurückerstattet. Der Genosse Bacciga verehre die Stola der Genossin Nadia Petrowna."

Daraus entstand eine neue, sehr lebhafte Diskussion, der von der Genossin Petrowna Einhalt geboten wurde.

„Ich danke für die Freundlichkeit, doch spüre ich etwas jenen kleinbürgerlichen Schimmel, von dem euer Chef gesprochen hat. Ich habe dem Genossen Oregow gesagt, daß ihr vorschlagt, die Pelzstola, die der Genosse Bacciga gekauft hat, der Genossin Sonia Oregowna, seiner Frau, anzubieten."

Das war eine großartige Lösung, und die Versammlung stimmte ihr durch Händeklatschen zu. Der Genosse Bacciga wurde gezwungen, die Stola herauszugeben, worauf sie von Peppone im Namen der Raumzelle Nikita Chruschtschow dem Genossen Oregow ausgeliefert wurde.

Die Sache mit den Strümpfen wurde vergessen. Aber Bacciga prägte sich alles ein.

Und als Don Camillo vor Sitzungsschluß für den Genossen Bacciga sechs Monate Einstellung vorschlug, schaute ihn Bacciga mit unversöhnlichem Haß an.

Dann, als sie die Treppe hinaufstiegen, fand er Gelegenheit, sich Don Camillo zu nähern und ihm zuzuflüstern:

„Genosse, in der Kommunistischen Partei ist kein Platz für uns beide."

„In diesem Falle", erwiderte Don Camillo, „ist es besser, wenn der Unehrliche geht."

Im Zimmerchen zog Don Camillo, bevor er das Licht auslöschte, sein Notizbuch aus der Mappe und schrieb: „*Nr. 2: Moralische Hinrichtung des Genossen Bacciga.*"

Peppone streckte sich zum Bett hinaus und riß ihm das Büchlein aus der Hand; er las die Eintragung und warf es ihm zurück:

„Bereitet Euch vor zu schreiben: Nr. 3: Der Unterzeichnete, erledigt vom Genossen Peppone."

Don Camillo musterte ihn von oben herab.

„Genosse", sagte er zu ihm, „du vergißt, daß du mit einem Zellenchef sprichst. Es ist nicht leicht, einen Führer der Kommunistischen Partei zu erledigen."

„Da kennt Ihr die Kommunistische Partei schlecht!" höhnte Peppone und steckte den Kopf unter die Decke.

Politik des Reisens

Genosse, hast du einen Marschbefehl?"
Peppone, der sich rasierte, wandte sich verärgert Don Camillo zu: „Das geht nur mich an!" antwortete er unhöflich.

„Das geht uns beide an", gab Don Camillo zurück. „Als Zellenchef habe ich die Pflicht, meine Männer zu kennen."

„Ihr habt nur eine einzige Pflicht", sagte Peppone. „Ihr habt samt Eurer dreimal verfluchten Zelle zur Hölle zu gehen."

Don Camillo richtete die Augen nach oben.

„Herr", rief er aus, „habt Ihr gehört? Von allen kommunistischen Zellen des Weltalls ist dies die einzige, die einen Kaplan hat, und er nennt sie ‚dreimal verflucht.'".

Alles auf dieser Erde ist relativ, und auch ein narrensicherer Rasierapparat kann das unsicherste aller Werkzeuge werden, wenn man ihn wie eine Hacke gebraucht. Peppone brauchte ihn eben, als müßte er sein Kinn aufhacken, und Peppones Kinn platzte auf. Andererseits: Wie konnte sich ein kommunistischer Senator beherrschen, wenn er sich plötzlich erinnerte, daß er einen Pfaffen, der als zuverlässiger Genosse verkleidet war, und dem er, als dem teuflischen Emissär des Vatikans, erlaubt hatte, Zellenchef zu werden, bis zum Herzen Sowjetrußlands mitgeschleppt hatte.

Während Peppone winselnd sein Kinn betupfte, tat Don Camillo äußerst höflich Peppones Notizbuch, das er fleißig zu Rat gezogen hatte, in dessen Koffer zurück, indem er schloß:

„Genosse, wenn der Marschbefehl deine persönliche Ware ist, tun wir so, als ob er nicht vorhanden wäre. Aber lasse deinen Ärger ja nicht an mir aus, wenn ich irgendeine Dummheit begehe."

Scamoggia kam, um mitzuteilen, daß der Autobus vor der Hoteltüre warte.

Es war ein grauer Herbstmorgen: In den menschenleeren Straßen wuschen und wischten Frauen, in Männerkleider eingemummt, den Asphalt. Frauen in Hosen lenkten die alten, verlotterten Trams. Andere Frauen im Überkleid teerten einen Platz, und Frauen in verstaubten Breeches arbeiteten als Handlanger auf einem Neubau. Vor einem „Gastronom" stand eine lange Schlange von Frauen, diese in ziemlich bescheidenen Kleidern, die aber durchaus weiblich waren.

Don Camillo neigte sich zu Peppone und

flüsterte ihm ins Ohr: „Hier haben die Frauen nicht nur die gleichen Rechte wie die Männer, sondern auch die gleichen Rechte wie die Frauen."

Peppone würdigte ihn keines Blickes.

Don Camillo und Peppone nahmen die letzten Sitze des Wagens ein, der Genosse Oregow und die Genossin Petrowna die beiden ersten gleich hinter dem Fahrer. Die übrigen acht Erkorenen waren auf den andern Plätzen rechts und links vom Mittelgang verteilt.

Diese Anordnung gestattete der Genossin Petrowna, die ganze Versammlung zu beherrschen, wenn sie, sich auf die Füße erhebend und umgewandt, die Mitteilungen des Genossen Oregow übersetzte.

Andererseits erlaubte sie dem Genossen Don Camillo, sich dem Peppone und den Genossen Tavan und Scamoggia, die vor ihm und Peppone saßen, verständlich zu machen, ohne daß die andern und die Übersetzerin seine Worte hören konnten, wenn er halblaut sprach. Eine ziemlich bedeutsame Einzelheit, weil Don Camillo, der den Genossen Rondella endgültig erledigt und die Überzeugung des Genossen Bacciga untergraben hatte, nun seine Augen auf den Genossen Tavan warf.

„Tavan, Antonio – 42jährig – geboren und

wohnhaft in Pranovo (Veneto). Bei der Partei eingeschrieben seit 1943 – Pächter. Sehr tätig, tüchtig, zäh, äußerst zuverlässig: AUSSCHLIESSLICH in bäuerlichen Kreisen zu verwenden, da er eine beschränkte Einsicht in soziale und ökonomische Fragen hat. Vater Sozialist. Seine Familie hat seit hundertzwanzig Jahren den gleichen Grundbesitz in Pacht. Geschickter und sehr arbeitsamer Landwirt."

Das stand im Marschbefehl geschrieben, und Don Camillo hatte den Genossen Pächter, den einzigen Bauern unter den Erkorenen, am Hotelausgang erwartet.

Nach der Stadt das traurige und grenzenlose Land. Die Straße wurde schmal und schmutzig.

„Wir durchqueren jetzt den Sowchos ‚Rotes Banner'", erklärte die Genossin Petrowna, „einen der ersten, der nach der Oktoberrevolution entstanden ist. Die gesamte Ausdehnung beträgt sechzehntausend Hektare, von denen sechstausend unter den Pflug genommen werden. Er ist mit vierundfünfzig Traktoren, fünfzehn Dreschmaschinen und fünfzehn Lastwagen ausgerüstet. Die Zahl der Arbeiter, die jährlich der Produktion zugeteilt sind, beläuft sich auf dreihundertachtzig. An großen Staatsgütern, die wir Sowchosen nennen, gibt es heute über sechstausend, mit vier Millionen

Stück Rindvieh, sechs Millionen Schweinen und zwölf Millionen Schafen."

Wie aus der Erde gestampft erschien in der Ferne eine Ortschaft, kleine Häuser, um einige unmäßig große Schuppen mit Wellblechdächern verstreut: Scheunen, Depots, Ställe, Werkstätten.

Der Wagen stampfte weiter über das lehmige Sträßchen. Man entdeckte rund umher riesige Raupentraktoren, die, von Dreck und Rost verkrustet, in der nassen, gepflügten Erde verlassen worden waren. Als die Gebäudegruppe näher kam, sah man weitere Traktoren, Lastwagen und landwirtschaftliche Maschinen. Sie standen, dem Regen und der Sonne preisgegeben, auf den großen Plätzen vor den Schuppen.

Don Camillo seufzte.

„Vier Millionen Kühe", sagte er zu Peppone.

„Gewiß, ein schöner Haufen!" antwortete Peppone.

„Plus siebenundzwanzig Millionen auf den Kolchosen, macht einunddreißig Millionen Häupter!"

„Eine kolossale Sache!" begeisterte sich Peppone.

„Ende 1970 werden es vierzig Millionen sein", fuhr Don Camillo hinterhältig fort. „Doch für den Augenblick sind es noch zwei

Millionen und zweihunderttausend Häupter weniger, als der Rindviehbestand im Jahre 1928, vor der Kollektivierung, betrug."

Peppone starrte Don Camillo entgeistert an.

„Genosse, die Sowjetunion ist das einzige Land auf der Welt, wo man alles weiß – wo man die Dinge, die gut stehen und die Dinge, die schlecht stehen, veröffentlicht", erklärte Don Camillo. „Das sind die Zahlen der offiziellen Statistik, und so muß man leider folgern, daß man in der Sowjetunion, während die Industrie, die Wissenschaft und alles übrige Riesenfortschritte machten, auf dem landwirtschaftlichen Sektor noch hartnäckig ringt. Und man mußte dreizehn Millionen Hektare mit Hilfe der Freiwilligen von Moskau, Kiew usw. in den jungfräulichen Ländereien Sibiriens urbar machen."

Don Camillo spreizte die Arme, und nachdem er die Ohren des Genossen Pächters vor sich gesichtet hatte, holte er zum hinterhältigen Schlage aus:

„Genosse", vertraute er Peppone an, „du hast gesehen, in welchem Zustand sich die Traktoren befinden und kannst beurteilen, ob ich mich täusche. Ich sage dir, daß der Fehler immer der gleiche ist. Die ganze Welt ist ein Dorf, und die Bauern bleiben immer Bauern. Denk an Italien. Welcher Stand ist am schwersten zum Fortschritt zu bringen? Die Bauern. Ja, die landwirtschaftlichen Taglöhner, die bewegen sich und kämpfen, aber es sind Arbeiter. Arbeiter der Landwirtschaft, aber Arbeiter. Versuche, die Pächter auf den Platz zu bringen! Versuche, sie zum Verstehen der Klasseninteressen und der proletarischen Sache zu bringen!“

Die Ohren des Genossen Tavan verloren keine Silbe.

„Und jetzt, sieh hier“, fuhr Don Camillo erbarmungslos weiter. „Welches sind die schwerfälligsten, die den Marsch des ganzen Landes verzögern? Die Kolchosenbauern, die sich um den Boden der Genossenschaft überhaupt nicht kümmern und nur daran denken, aus der Erde, die ihnen der Staat großmütig geschenkt hat, freie oder halbfreie Produkte herauszuholen. Genosse, es gibt achtzigtausend Kolchosen und sechstausend Sowchosen, aber die Kühe privaten Besitzes der Kolchosenbauern sind ihrer siebzehn Millionen, während Kolchosen und Sowchosen zusammen nur auf vierzehn Millionen kommen. Man muß den Bauern das Flecklein Boden wegnehmen, sie verdienen es nicht. Und sie werden es ihnen wegnehmen.“

Die Ohren des Genossen Tavan nahmen eine glühendrote Färbung an.

„Sieh dich bei uns um“, hieb Don Camillo

weiter in die Kerbe. „Wer belieferte während des Krieges den schwarzen Markt? Die Bauern! Und wer beliefert hier den schwarzen Markt? Die Kolchosenbauern. Wo finden die Priester bei uns noch am meisten Gehör? Bei den Bauern. Und warum gelingt es den Priestern in der Sowjetunion noch zu leben und den Gang des Fortschritts zu bremsen? Weil sie von den Rubeln der Kolchosenbauern unterhalten werden."

Die Ohren des Genossen Tavan hatten jenes Kirschenrot erreicht, das bereits das Gesicht Peppones überflammte.

„Genosse", schloß Don Camillo mitleidlos, „wer ist in einem Land, das auf jedem Gebiet die Spitze der Welt erobert hat, dem es gelungen ist, auf den Mond zu gelangen, bei seinem geizigen Egoismus geblieben und legt dem Kommunismus eine Falle? Der Kolchosenbauer. Der Landwirt! Schlimme Rasse, diese Bauern!"

„Gut gesagt, Genosse!" stimmte Scamoggia zu, indem er den Kopf kehrte. „Die den Bauern die Erde überlassen wollen, die bringen mich zum Lachen. Ja, wir geben ihnen den Boden, und sie, was machen sie? Sie lassen uns verhungern! Der Boden gehört allen und muß allen dienen. Der Boden gehört dem kommunistischen Staat. Und die Bauern müssen wie die Arbeiter behandelt werden. Weil der Bauer die Erde behackt, müssen ihm darum das Getreide, die Milch, die Hühner verbleiben? Und der Arbeiter, der Autos herstellt, warum sollte er keinen Wagen haben? Übrigens, wer hat uns den Faschismus beschert? Die Bauern! War das schwarze Hemd etwa nicht das Arbeitskleid unserer Bauern aus der Emilia und der Romagna? Schaut dort diesen Verbrecher an, wie er den Traktor mißhandelt!“

Tatsächlich brachte der Traktorführer, der mit seinem Fahrzeug nahe der Straße rumpelte, jeden zum Schaudern. Doch handelte es sich, um der Wahrheit die Ehre zu geben, nicht um einen Bauern, sondern um einen Facharbeiter der M.T.S.

Immerhin war er wie der Käse auf die Makkaroni gekommen, und wenn er auch zur Erfüllung des sechsten Fünfjahresplanes nicht viel beitrug, so half er doch bei der Erfüllung der Pläne Don Camillos.

„Esel!“ schrie ihm Scamoggia zu, während der Autobus das Raupenfahrzeug überholte.

Aber der „Genosse Esel“ glaubte, es wäre ein Gruß und antwortete, indem er mit den Armen winkte und blöde lächelte.

Die Ohren des Genossen Tavan waren bleich geworden.

Peppone schrieb etwas auf ein Stückchen

Papier und reichte es Don Camillo, indem er erklärte:

„Genosse, schau, daß du das für unsere Beziehungen in Rechnung stellst."

„Gut, Genosse", erwiderte Don Camillo, nachdem er von der Notiz Kenntnis genommen hatte. Sie besagte: „Entweder hörst du auf, oder ich breche dir das Schienbein!"

Die Gefahr, daß Scamoggia die antibäuerliche Polemik fortsetzte, wurde von der Genossin Nadia Petrowna beschworen. Sie begann zu sprechen und zog so die ganze Aufmerksamkeit des Genossen Scamoggia auf sich.

„Wir haben den Sowchos ‚Rotes Banner' durchfahren, ohne zu halten, weil er vor allem eine Getreidefarm ist, und da die Felder schon bestellt sind, bietet er nicht genügendes Interesse. Wir kommen nun zur Kolchose Grevinec, einer landwirtschaftlichen Genossenschaft, die zweitausend Hektar Boden bearbeitet und verschiedene Kulturen besitzt sowie Rindvieh und Schweine züchtet. Diese Kolchose ist völlig selbständig und kann sich daher ohne Hindernisse nach ihren eigenen Plänen entwickeln. Sie hängt auch nicht mehr von den M.T.S. ab, bezieht aber von den M.T.S. die Maschinen, die sie nötig hat. Aufgepaßt, Genossen! Hier beginnen die Ländereien der Kolchose Grevinec!"

Man brauchte es nicht zu sagen, weil sich die Sache, obwohl die Natur des Bodens gleich blieb, in verschiedener Form präsentierte: Alles war geordneter, sauberer, mit geraden Furchen, schön geebneten Feldern und mit gut genährtem Vieh auf den Weiden.

Die Häuser der Kolchose Grevinec waren die gewöhnlichen ärmlichen Katen der russischen Dörfer; sie waren niedrig und trugen ein Strohdach. Aber jedes hatte ein Stückchen Boden um sich herum, einen kleinen Obst- und Gemüsegarten, der äußerst gepflegt war. Und in den Pferchen, die jeder Hütte angegliedert waren, befanden sich Hühner, ein Schweinchen und im Stall eine Kuh.

Das einzige Gebäude von einiger Größe und wirklicher Bedeutung war der landwirtschaftliche Sowjet mit einem Dach aus Wellblech; ferner war da, sehr viel bescheidener, die Schule.

Die Genossin Petrowna erklärte, dreiundneunzig Prozent aller Kolchosen wären elektrifiziert; unglücklicherweise gehörte Grevinec zu den restlichen sieben Prozent.

Um ins Dorf zu gelangen, mußte man sich einer der gewöhnlichen russischen Dorfstraßen bedienen, und so teilte die Raumzelle „Nikita Chruschtschow“, nachdem ihr Autobus bis rund einen Kilometer an Grevinec herangekommen war, dem Genossen Oregow mit, alle würden gerne zu Fuß weitergehen, um sich die Beine zu vertreten.

Der Lehm war hart geworden, und wenn man achtgab, nicht in die fußtiefen Karrengeleise zu fallen, gelang der Marsch.

Während sie gegen das Dorf stolzierten, holte sie ein Zweiräder ein, den ein Pferdchen zog. Auf dem Wägelchen saß ein ziemlich rundes Männchen mit hohen Stiefeln, einem weiten Mantel aus Wachstuch mit einem Kragen aus Pelz und mit einer Pelzmütze auf dem Kopf.

Während der Wagen vorbeifuhr, beobachtete Don Camillo ihn genau und zuckte zusammen. „Genossin", fragte er die Petrowna, die er mit einem Sprung erreichte, „wer ist dieser Herr?"

Die Genossin Nadia begann zu lachen; dann erklärte sie dem Genossen Oregow, warum sie lachte, und der Genosse Oregow stimmte in das Gelächter ein.

„Du hast dich nicht getäuscht, Genosse", erklärte die Petrowna Don Camillo. „Dieser ‚Herr' ist ein Pope."

„Ein Pfaffe?" verwunderte sich Scamoggia, der natürlich in unmittelbarer Nähe der Genossin Petrowna stapfte. „Und was tut der in der Gegend?"

„Er holt einigen kindischen Greisinnen der Kolchose ein paar Rubel aus der Tasche."

Scamoggia regte sich auf.

„Ein Pfaffe? Und ihr laßt es zu, daß er herumfährt und seine Schweinereinen anstellt!"

Die Petrowna musterte ihn streng.

„Genosse, Artikel 124 unserer Verfassung sagt: ‚Zum Zweck, den Bürgern die Gewissensfreiheit zu verbürgen, ist die Kirche der Sowjetunion vom Staate getrennt und die Schule von der Kirche. Die Freiheit, die religiösen Kulte auszuüben, sowie die Freiheit der antireligiösen Propaganda sind allen Bürgern gewährt.'"

„Aber jener ist kein Bürger, jener ist ein Pfaffe!" rief Scamoggia entrüstet aus.

Die Petrowna lachte und mußte natürlich dem Genossen Oregow das Warum ihrer Lustigkeit erklären, wodurch sie im Genossen Oregow ein überlautes Gelächter weckte.

„Genosse, in der Sowjetunion haben die Priester die gleichen Rechte wie die andern Bürger. Niemand belästigt sie, wenn sie keine Propaganda machen. Wenn jemand den Popen will, bezahlt er ihn und damit basta."

Scamoggia wandte sich an Don Camillo.

„Genosse, du hattest recht. Und ich, der es nicht erwarten konnte, hier anzukommen, um keinen Pfaffen mehr zwischen den Beinen zu finden!"

„Die Pfaffen", verkündete Peppone mit wilder Stimme, „sind die verworfenste Rasse, die es auf Erden gibt. Als Noah alle Tiere in die Arche brachte, wollte er keine Viper mitnehmen, aber Gottvater schrie ihn an: ‚Noah, und ich, wie könnte ich ohne die Priester leben?'"

Der Genosse Oregow, der von der Petrowna unterrichtet wurde, lachte herzlich, denn der Witz gefiel, und er wollte ihn in seinem Notizbuch vermerken.

Auch Don Camillo lachte, wenn auch etwas mühsam, und indem er sich wieder zu Peppone begab, der hinten war, sagte er halblaut:

„Du bist unehrlich, Genosse. Die Geschichte, die ich dir gestern erzählte, lautete anders. Noah wollte den Esel nicht mitnehmen; da sagte Gott zu ihm: ‚Und wie soll sich die Welt belustigen ohne die kommunistischen Senatoren?'"

„Anders klingt sie besser", antwortete Peppone, „doch du mußt die Vipern um Verzeihung bitten."

„Blödian", zischte Don Camillo, „du profitierst davon, daß ich Zellenchef bin."

Sie gingen schweigend eine Zeitlang ihres Weges, dann muckte Peppone auf:

„Ich habe den Mann gesehen. Wir haben ihn gesehen, aber niemand hat ihn beachtet. Ihr hingegen habt sofort den Priester gerochen. Die Stimme des Blutes! Aber macht

Euch keine Illusionen: Sobald wir in Italien befehlen, werdet Ihr weder auf dem Zweiräder, noch im Auto, noch auf den Füßen herumreisen können. Wer tot ist, bewegt sich nicht mehr."

„Nicht schlecht", gab Don Camillo ruhig zurück und zündete seinen halben Toskano an. „Unter kommunistischer Herrschaft ist tot, wer sich bewegt, also kommt es aufs gleiche heraus."

Sie kamen beim Dorfe an. Scamoggia kehrte sich um und rief Don Camillo zu:

„Genosse, auch darin hattest du recht, als du sagtest, daß es die Bauern sind, die den Pfaffen den Steigbügel halten. Da schau!"

Der Pope sprach im Gemüsegarten eines der ersten Häuser mit einer Gruppe alter Männer und Frauen.

Don Camillo schaute hin und schaute auch den Genossen Tavan an, der vor ihm ging. Die weit abstehenden Ohren des Genossen Pächter wurden rot.

Die Genossin Nadia schüttelte den Kopf.

„Genosse", sagte sie zu Scamoggia, „rege dich nicht auf! Es handelt sich nur um wenige Alte. So ist es überall. Wenn diese Handvoll Alter gestorben ist, dann ist auch Gott tot, der nur in ihrem vom Aberglauben verfinsterten Geiste wohnt. Ist Gott tot, ist es auch mit den

Priestern aus. Die Sowjetunion hat Zeit und kann warten."

Sie hatte laut gesprochen, und auch Don Camillo hatte es gehört.

„Denk daran, daß auch Gott warten kann", brummte Don Camillo, indem er sich zu Peppone wandte, der keine Kommentare machte.

Und dann, weil der Genosse Salvatore Capece aus Neapel, Dreißiger und glutäugig, in Griffweite war, rief er aus: „Hast du gehört, Genosse Capece? Scheint dir nicht, daß die Genossin hell auf der Platte ist!"

„Ganz hell", antwortete mit ehrlicher Begeisterung der Genosse Capece. „Sie gefällt mir recht gut!"

„Aus der Hartnäckigkeit, mit der sie dich fortwährend ansieht", flößte Don Camillo ihm ein, „schließe ich, daß auch du ihr recht gut gefallen mußt."

Die Genossin Petrowna hatte nicht im Traum den Genossen Capece absichtlich angeschaut, doch der Genosse Capece nahm die Sache verflucht ernst.

„Genosse, du verstehst mich", sagte er und schlug die Arme auseinander, „das Weib bleibt immer Weib."

Dann eilte er, sich in den Hüften wiegend, zur Spitze der Kolonne und zur Genossin Nadia.

„Auch zu dem seid Ihr fähig, wenn Ihr nur Zwietracht säen könnt", knurrte Peppone.

„Genosse", erwiderte Don Camillo, „ich muß mich bemühen, solange Gott noch lebt. Morgen ist es vielleicht zu spät."

Geheimagent Christi

In Grevinec wurden die italienischen Genossen erwartet. Der Leiter der Abteilung „Agitation und Propaganda“ empfing sie am Dorfeingang und führte sie zum Sitz des landwirtschaftlichen Sowjets, wo der erste Sekretär des Distriktkomitees der Partei und der Vorstand der Kolchose sie mit den passenden Worten empfingen. Genossin Nadia Petrowna übersetzte sie genauestens.

Peppone antwortete, indem er die Ansprache, die er fleißig auswendig gelernt hatte, aufsagte und am Schlusse ebenfalls mit den Händen klatschte – Beifall für Beifall.

Außer den Bonzen waren noch andere Leute da, und es handelte sich, wie aus den Erklärungen hervorging, mit denen die Genossin Nadia die Vorstellungen bereicherte, um die Verantwortlichen der verschiedenen Sektoren: Rindviehzucht, Schweinezucht, Getreidebau, Obstbau, Maschinenpark usw.

Der Versammlungssaal, in dem der Empfang stattfand, ließ vor allem an eine Lagerhalle denken. Die Ausstattung bestand aus einem rohen langen Tisch in der Mitte, den zugehörigen Bänken und dem Bildnis Lenins an einer Wand.

Das Festkomitee der Kolchose hatte das Bildnis Lenins mit grünem Laub, das sich um den leuchtenden Rotgoldrahmen wand, schmücken lassen; doch das hätte das Lokal nicht wärmer und gastlicher gemacht, wenn nicht der lange Tisch mit einer großzügigen Dekoration von leeren Gläsern und vollen Wodkaflaschen veredelt worden wäre.

Ein Glas Wodka, das wie ein Glas Lambrusco hinuntergestürzt wird, erwärmt rasch die Ohren, und Peppone hatte nach wenigen Sekunden seinen Motor auf höchsten Touren. Nachdem die Genossin Petrowna erklärt hatte, daß die Kolchose Grevinec eine der ertragreichsten sei, hatte sie doch die Spitzenleistungen in der Produktion von Milch, Schweinen und Getreide erreicht, verlangte er das Wort. Er pflanzte sich dem Genossen Oregow gegenüber auf und sagte mit fester Stimme, jeden Satz vom nächsten Satz abhebend, damit die Petrowna Zeit zum Übersetzen hatte:

„Genosse, ich komme aus der Emilia, aus jener Gegend also, wo vor genau fünfzig Jahren als einzige in Italien und seltenste in der Welt richtig proletarische Genossenschaften bestanden. Eine Gegend mit weitgehend mechanisierter Landwirtschaft und mit einer Produktion an Milchprodukten, Wurstwaren und Getreide, die sowohl punkto Quantität und Qualität zu den ersten der Welt gehörte. In meinem Dorfe haben ich und meine Genossen eine Genossenschaft der Landarbeiter gegründet, die die große Ehre hatte, von den Brüdern der Sowjetunion das erfreulichste Geschenk zu erhalten!“

Peppone zog aus seiner Ledermappe ein Bündel Fotografien, die er dem Genossen Oregow reichte. Die Fotografien zeigten die triumphale Ankunft „Nikitas“ im Dorfe, nämlich des Traktors, den man von der UdSSR als Geschenk empfangen hatte, den Traktor in Aktion bei der Urbarmachung des Bodens der landwirtschaftlichen Genossenschaft „Nikitia Chruschtschow“ und dergleichen mehr.

Die großen Fotos gingen von Hand zu Hand und machten auf alle lebhaften Eindruck, angefangen beim Genossen Oregow.

„Das Werk der Zerstörung des Kapitalismus ist im Gange“, fuhr Peppone fort, „und obwohl wir noch nicht bei der Endphase sind, so sind wir doch nahe daran, und es ist zwangsläufig so, wie es euch der Genosse Tarocci, der zu meiner Gegend gehört, noch besser sagen könnte als ich, daß die Vorrechte der Eigentümer und der Pfaffen von der Wandtafel der Geschichte gelöscht werden, worauf die Ära der Freiheit und Arbeit beginnen wird. Die landwirtschaftlichen Genossenschaften, die nach dem Vorbild der Kolchosen geformt sind und nach dem Vorbild der staatlichen Farmen Typ Sowochs, werden innerhalb kurzer Zeit die gegenwärtige Form der versklavenden Verpachtung landwirtschaftlicher Güter ersetzen, und darum ist es, wie leicht zu verstehen, für mich von größtem Interesse, jede technische und administrative Einzelheit der Kolchosen kennenzulernen. Ich möchte daher, Genosse Oregow, daß du die leitenden Genossen der Kolchose Grevinec bittest, mich ausführlich über das Funktionieren der Kolchose auch noch im kleinsten Sektor zu unterrichten."

Der Genosse Oregow ließ antworten, er sei sich der Bedeutung der Anfrage bewußt, und versprach, sein Bestes zu tun, um dem gerechten Verlangen Peppones zu entsprechen.

Dann sprach er mit den Leitern der Kolchose, und am Schlusse meldete die Genossin Nadia dem Peppone:

„Genosse, dein besonderes Interesse für die technische und administrative Seite ist von allen anerkannt worden. Aber wenn ich hier bliebe, um dir und den Leitern der Kolchose zur Verfügung zu stehen, könnten deine Genossen den kompletten Besuch der Kolchose, wie er im Programm fixiert ist, nicht durchführen. Zum Glück gibt es unter den vorhandenen Technikern jemand, der dir alles erklären kann, ohne mich als Übersetzer zu benötigen."

Die Petrowna unterbrach sich und tat einen Wink. Aus der Gruppe der Leiter löste sich ein brauner, magerer Mann. Er trug das Überkleid eines Mechanikers und mochte zwischen fünfunddreißig und vierzig sein.

„Das ist der verantwortliche Leiter für die Abteilungen Mechanisierung, Nachschub, Arbeitskoordination", erklärte die Genossin Petrowna und stellte den Mann Peppone vor: „Stephan Bordonny, Italiener."

„Stephan Bordonny, Sowjetbürger", verbesserte der magere Mann und reichte Peppone die Hand, schaute jedoch die Petrowna an. „Sowjetbürger wie meine Kinder."

Die Petrowna lächelte, um ihre Verwirrung zu verbergen. „Du hast recht, Stephan Bordonny", berichtigte sie. „Ich hätte von ‚italienischer Herkunft' sagen sollen. Während wir unsern Rundgang fortsetzen, bleibst du zur Verfügung des Genossen Senators Bottazzi."

Die Genossin beeilte sich, ihre Gruppe einzuholen, und Don Camillo traf Anstalten, ihr zu folgen, doch Peppone versperrte ihm den Weg: „Du, Genosse Tarocci, wirst bei mir bleiben und all das, was ich dir sagen werde, notieren!"

„Bist du Parteimitglied?“ erkundigte sich Peppone, als er mit dem magern Mann die Sowjetbaracke verließ.

„Noch wurde mir diese Ehre nicht zuteil“, sagte der andere mit unpersönlicher Stimme.

Er war von eisiger Höflichkeit. Während Don Camillo sich befliß, Notizen in ein Büchlein einzutragen, antwortete der Bürger Stephan Bordonny genau auf jede Frage Peppones, aber man spürte seine Anstrengung, sich mit der kleinstmöglichen Zahl von Worten auszudrücken.

Er kannte die Arbeitsweise der Kolchose bis in das geringste Detail und brachte seine Ziffern und Daten mit absoluter Sicherheit vor. Aber er fügte nie ein Wort mehr hinzu.

Peppone bot ihm einen halben Toskano an, und er wies ihn höflich zurück.

Mit einem einfachen „Danke“ wies er auch die „Nationale“ zurück, die ihm von Don Camillo angeboten wurde.

Doch da die andern rauchten, entnahm er seiner Tasche ein Stück Zeitungspapier, eine Prise Machorka und rollte sich geschickt eine Zigarette.

Sie besuchten den Weizensilo, dann die Schuppen, wo die Kraftfuttermittel, die Dünger, die Schädlingsbekämpfungsmittel zur Behandlung der Obstbäume und das bäuerliche

Werkzeug für die Handarbeit aufbewahrt wurden.

Alles war genau geordnet und katalogisiert.

In einer Ecke stand eine seltsame, funkelnagelneue Maschine, und Peppone fragte, wozu sie diene.

„Die Baumwolle zu kämmen", antwortete der Sowjetbürger Stephan Bordonny.

„Baumwolle?" verwunderte sich Don Camillo. „In diesem Klima baut ihr Baumwolle an?"

„Nein", antwortete der Mann.

„Warum ist sie denn hier?" fragte Don Camillo.

„Ein Irrtum in der Verteilung", erklärte der Mann. „Sie ist anstatt einer Siebmaschine für die Aussonderung des Weizensamens geliefert worden."

Peppone warf Don Camillo einen vernichtenden Blick zu, doch Don Camillo, der jetzt ein Häkchen gefunden hatte, ließ es nicht mehr los.

„Und ihr siebt das Korn mit einer Maschine, die zum Kämmen der Baumwolle dient?"

„Nein", erwiderte eisig der magere Mann. „Wir verwenden eine Siebmaschine, die wir mit unsern Mitteln in unserer Werkstatt hergestellt haben."

„Und jene, die die Siebmaschine erhielten, womit kämmen sie die Baumwolle?“

„Das geht die Kolchose Grevinec nichts an“, antwortete der Mann.

„Irrtümer wie dieser dürften nicht vorkommen“, bemerkte Don Camillo hinterhältig.

„Euer Vaterland ist dreihunderttausend Quadratkilometer groß“, teilte der andere mit Amtsstimme mit. „Die Sowjetunion hat mehr als zweiundzwanzig Millionen Quadratkilometer Oberfläche.“

Nun griff Peppone ein.

„Stephan Bordonny“, sagte er und trat Don Camillo auf den linken Fuß, „bist du diesem Schuppen zugeteilt?“

„Nein, ich bin Mechaniker. Wollt ihr die Tierzüchtereien sehen?“

„Mich interessiert der landwirtschaftliche Maschinenpark“, antwortete Peppone.

Der Schuppen der Landwirtschaftsmaschinen machte äußerlich keinen guten Eindruck, weil er nicht einmal einem Schuppen glich, sondern einer großen Baracke mit Wänden aus Holz und Stroh und einem Dach aus rostigem Blech.

Doch sobald man ihn betrat, blieb man mit offenem Munde stehen.

Auf dem Boden aus gestampfter Erde lag kein Splitterchen, und die Maschinen, in vollkommener Ordnung, waren glänzend herausgeputzt wie für eine Mustermesse.

Der Bürger Stephan Bordonny kannte alle Maschinen von A bis Z, Alter, Arbeitsstunden, Verbrauch, Leistung, als wenn er im Gehirn eine lückenlose Kartei besäße.

Im Hintergrund der Baracke befand sich die Werkstatt, der einzige Teil, der aus Backsteinen erbaut war. Es war eine ärmliche Werkstatt, nur mit dem unumgänglich Nötigen an Werkzeug und Geräten, jedoch alles so sorgsam geordnet und instand, daß Peppone die Tränen kamen.

Ein großer Raupenschlepper befand sich in Behandlung, und die Teile des Motors lagen in Rcih und Glied auf einer Bank.

Peppone hob ein Stück auf, prüfte es und schaute dann den Bürger Stephan an.

„Wer hat dieses Stück in Ordnung gebracht?" fragte er.

„Ich", antwortete Stephan gleichgültig.

„Mit dieser jämmerlichen Drehbank?" rief Peppone aus und zeigte auf ein altes, zerbrochenes Ding, das tatsächlich an eine Drehbank erinnern konnte.

„Nein", erklärte der andere, „mit der Feile ..."

Peppone schaute das Stück nochmals an. Dann nahm er ein anderes von der Bank und betrachtete es mit ebensoviel Verwunderung.

Über der Bank war eine Eisenstange in die Mauer geschlagen; daran hing an einer Schnur eine Kurbelwelle. Stephan ergriff eine Ahle und schlug auf die Kurbelwelle, die wie eine Glocke ertönte.

„Am Ton, den sie gibt, hört man, daß sie aus dem Gleichgewicht gekommen ist“, erklärte er und legte die Ahle weg. „Man braucht dafür nur etwas Gehör!“

Peppone nahm den Hut ab und trocknete sich den Schweiß. „Verflixt“, rief er aus. „Ich hätte geschworen, nur jener wende diese Methode an, hingegen finde ich einen zweiten hier mitten in Rußland.“

„Welcher jener?“ erkundigte sich Don Camillo.

„Der Mechaniker von Torricella“, antwortete Peppone. „Er war ein Tausendsassa, richtete die Autos für die Rennfahrer her. Sie kamen sogar aus dem Ausland. Ein Männchen, dem du aufs Aussehen hin nicht einmal vier Soldi vorausbezahlt hättest. Im zweiten Kriegsjahr wollte ein englischer Taugenichts die Brücke über den Stivone bombardieren und hat sein Haus getroffen. Unter den Trümmern sind er, seine Frau und die beiden Söhne begraben worden.“

„Nur einer“, verbesserte der Sowjetbürger Stephan. „Der andere war zum Glück Soldat.“

Der Sowjetbürger Stephan Bordonny hatte mit einer andern als der gewohnten Stimme gesprochen.

„Es freut mich, daß sich jemand noch meines Vaters erinnert", fügte er bei.

Sie gingen hinaus, ohne weiter von der Werkstatt zu reden. Draußen fanden sie einen bleiernen Himmel vor, der Sturm androhte.

„Ich wohne in jenem Hause", sagte Stephan. „Wir sollten dort sein, bevor die Sintflut kommt. Während wir dort auf das Aufhören des Regens warten, kann ich euch alle sonst noch gewünschten Angaben machen."

Sie langten eben beim Hause an, als die ersten Tropfen niederstürzten. Es war ein ländliches, armes Haus, aber sauber und einladend, mit einer geräumigen Küche unter geschwärzten Balken und einem großen Ofen.

Peppone hatte sich von seiner Überraschung noch nicht erholt.

Sie nahmen am langen Tisch Platz.

„Im Jahre 39 war ich zum letztenmal in der Werkstatt von Torricella", sagte Peppone wie zu sich. „Ich hatte eine gebrauchte ‚Balillar' gekauft und fand nicht heraus, was dem Motor fehlte."

„Eine verbogene Kurbelwelle", erklärte Stephan. „Ich habe sie wieder in Ordnung gebracht. Diese Kleinigkeiten überließ der Vater mir. Und lief sie dann gut?"

„Sie läuft immer noch", antwortete Peppone.

„Dann also, jener magere Bub mit dem schwarzen Haarbüschel über den Augen..."

„Ich war neunzehn Jahre alt", brummte Stephan. „Damals hatten Sie keinen Schnauz..."

„Nein", mischte sich Don Camillo ins Gespräch. „Er hat ihn wachsen lassen, nachdem man ihn wegen belästigender und widerlicher Trunkenheit sowie nächtlicher antifaschistischer Scharmützel ins Gefängnis gesteckt hatte. Bei dieser Gelegenheit hat er sich das Zeugnis verdient, ein politisch Verfolgter zu sein und so das Recht erworben, kommunistischer Senator zu werden."

Peppone schmetterte eine Faust auf den Tisch.

„Ich habe auch noch anderes vollbracht", rief er aus.

Stephan schaute jetzt Don Camillo an.

„Und auch Sie", brummte er schließlich, „haben kein fremdes Gesicht. Sind Sie auch aus der Gegend?"

„Nein", antwortete Peppone rasch. „Er wohnt dort, wurde aber importiert. Du kannst ihn nicht kennen. Sage mir vielmehr: Wie bist du hierhergelangt?"

Stephan breitete die Arme aus.

„Warum an das erinnern, was die Russen großmütig vergessen haben?“ sagte er mit einer Stimme, die wieder eisig klang. „Wenn ihr weitere Erklärungen über die Kolchose wünscht, stehe ich zu eurer Verfügung.“

Da schaltete sich Don Camillo ein.

„Freund“, sagte er, „hab keine Sorge, weil er kommunistischer Senator ist. Reden wir von Mensch zu Mensch. Die Politik hat dabei nichts zu suchen.“

Stephan blickte zuerst Don Camillo und dann Peppone in die Augen.

„Ich habe nichts zu verbergen“, erklärte er. „Es ist eine Geschichte, die hier in Grevinec alle kennen. Aber da niemand davon spricht, möchte nicht einmal ich davon sprechen.“

Don Camillo hielt ihm das Päckchen „Nationali“ hin.

Draußen war die Sintflut losgebrochen, und der Wind warf die Wasserströme gegen die kleinen Scheiben der beiden Fenster.

„Seit siebzehn Jahren träumte ich davon, wieder einmal eine ‚Nationale‘ zu rauchen“, sagte Stephan und zündete sich eine Zigarette an. „Ich kann mich nicht an Machorka und ans Zeitungspapier gewöhnen. Sie zerreißen mir den Magen.“

Er schluckte gierig einige Züge und betrachtete dann das bläuliche Räuchlein, das langsam aus seinem Mund kam.

„Die Geschichte?" fuhr er fort. „Ich war als Soldat bei der Autozentrale. Eines Tages erwischten uns die Russen. Das war Ende 42! Schnee und Frost zum Krepieren. Sie trieben uns wie eine Schafherde vor sich her. Ab und zu stürzte einer. Er stand nicht mehr auf; sie nagelten ihn mit einer Kugel in den Kopf auf den schmutzigen Schnee der Piste. Schließlich war auch ich soweit, daß ich stürzte. Ich verstand Russisch und konnte mich verständlich machen. Als ich fiel, kam ein russischer Soldat herbei und stieß mich mit dem Fuß: ‚Steh auf!' befahl er. – ‚Towarisch', antwortete ich, ‚ich kann nicht mehr. Laß mich in Frieden sterben'. Das Ende der Kolonne – ich war einer der letzten – war schon zehn Meter weit weg, und es begann zu schneien. Er schoß einen halben Meter über meinen Kopf hinaus und knurrte: ‚Schau, daß du rasch stirbst, und bring dich nicht in die Patsche!'"

Stephan unterbrach sich. Ein großes Bündel, bedeckt mit Sackleinwand, die von Wasser troff, trat in die Küche, und als die Sackleinwand gefallen war, sah man eine schöne Frau, die nicht viel über dreißig schien. „Meine Frau", erklärte Stephan.

Die Frau lächelte; dann erklärte sie rasch etwas in einer fremden Sprache und verschwand über die Sprossen einer Leiter hinauf in den Estrich.

„Gott hatte entschieden, daß ich davonkommen sollte", fuhr Stephan fort. „Als ich wieder zu mir kam, lag ich in einer Isba an der Wärme. Ich war einen halben Kilometer von hier weg gestürzt, zwischen dem Dorf und dem Wald, und ein siebzehnjähriges Mädchen, das vom Wald, wo es Holz gesammelt hatte, nach Hause ging, hatte unter einem Haufen Schnee eine klagende Stimme gehört. Es war ein kräftiges Mädchen. Es hatte mich beim Mantelkragen ergriffen und mich – ohne das Reisigbündel, das es auf der Schulter trug, loszulassen – wie einen Kartoffelsack zu seiner Isba geschleppt."

„Gute Menschen, die russischen Bauern", warf Peppone ein. „Auch Bagò del Molinetto wurde auf diese Weise gerettet."

„Jawohl", gab Stephan zu, „sie haben einige der Unglücklichen, wie ich es war, gerettet. Doch jenes Mädchen war keine Russin, sondern Polin. Man hatte sie zusammen mit Vater und Mutter hierhergebracht, weil man Leute brauchte, die die Erde bebauten. Sie gaben mir von dem wenigen, das sie hatten, zu essen, und hielten mich zwei Tage lang verborgen. Ich begriff, daß die Sache nicht ewig dauern konnte, und da ich und das Mädchen uns verständigen konnten, da wir das Russische radebrechten, bat ich sie, zum Dorfvorstand zu gehen und ihm zu erklären, ihnen sei vor ein paar Stunden ein italienischer Soldat zugelaufen. Es tat ihr leid, doch sie ging. Sie kehrte nach kurzem mit einem Kerl, der mit einer Pistole bewaffnet war, und zwei andern, die Gewehre trugen, zurück. Ich hob die Hände, und sie gaben mir ein Zeichen, daß ich herauskommen müsse. Die Hütte des polnischen Mädchens war von allen am weitesten vom Dorfkern entfernt, und ich mußte ein schönes Stück mit den Läufen im Rücken marschieren. Endlich kamen wir auf dem Platz an, wo ihr die Silos gesehen habt.

Ein Lastwagen voller Kornsäcke stand dort, und ein verdammter Halunke versuchte vergeblich, ihn in Gang zu bringen. Ich vergaß alles übrige und dachte nur an den Lastwagen. Ich hielt an und wandte mich zum Chef: ‚Towarisch', sagte ich, ‚der entlädt die Batterie und wird ihn nicht mehr in Gang bringen! Befiehl ihm aufzuhören und vorerst die Pumpe zu säubern'. Als der Chef mich russisch reden hörte, blieb sein Mund offen, aber dann sagte er streng: ‚Was verstehst du davon?' Ich erwiderte ihm, es wäre mein Handwerk. Der Verdammte fuhr fort, die Batterie zu morden; sie lag schon in den letzten Zügen. Der Chef stieß mich mit dem Pistolenlauf vorwärts, und als wir beim Lastwagen angelangt waren, hielt er an und rief dem Chauffeur zu, aufzuhören und die Pumpe zu prüfen. Im Kabinenfenster erschien das tölpelhafte Gesicht eines Burschen, der als Soldat gekleidet war. Er wußte nicht einmal, um welche Pumpe es sich handelte. Es war das erste Mal, daß er einen Diesel lenkte. Ich bat ihn, mir einen Schraubenzieher zu geben. Nachdem ich ihn hatte, hob ich die Kühlerhaube hoch und säuberte im Handumdrehen die Einspritzpumpe. Dann drückte ich die Kühlerhaube nieder und streckte ihm den Schraubenzieher hin. ‚Jetzt geht's', sagte ich. Nach zwei Sekunden fuhr der Lastwagen ab.

Sie brachten mich in eine Kammer der Sowjetbaracke und schlossen mich darin ein. Ich bat um eine Zigarette, und sie gaben mir ein paar. Sie kehrten nach zehn Minuten zurück und führten mich, immer mit den Waffenläufen im Rücken, zu einer Remise, wo Traktoren und landwirtschaftliche Maschinen so gut als möglich eingestellt waren. Der Chef zeigte mit ein Raupenfahrzeug und fragte mich, warum es nicht ginge.

Ich ließ mir siedendheißes Wasser bringen, füllte den Kühler auf und probierte den Anlasser. Ich stieg sofort ab. ‚Eine geschmolzene Lagerschale', erklärte ich. ,Man müßte alles auseinandernehmen, die Lagerschale wieder in Ordnung bringen und montieren. Das braucht Zeit.' Mit der Handvoll jämmerlichen Werkzeugs, das sie mir zur Verfügung stellten, mußte ich wie ein Verrückter arbeiten, aber achtundvierzig Stunden später beendigte ich die Montage des letzten Stückes. Darauf kam ein Offizier mit zwei Soldaten, die mit Parabellums bewaffnet waren. Sie schauten mir zu, und als ich fertig und der Kühler voll kochendem Wasser war, bestieg ich den Traktor. Gott hatte beschlossen, mich um jeden Preis zu retten: Der Motor lief sofort und ging wie eine Uhr. Ich versuchte eine Runde um die Remise herum, dann brachte ich ihn an seinen Platz zurück. Ich reinigte mir die Hände mit einem Lumpen, sprang hinunter und präsentierte mich dem Offizier mit erhobenen Armen. Sie lachten mir ins Gesicht. ,Wir überlassen ihn dir, Genosse', sagte der Offizier zum Chef, ,auf deine Verantwortung. Wenn er durchbrennt, bezahlst du für ihn.' Da begann auch ich zu lachen. ,Herr Hauptmann', antwortete ich, ,Rußland ist groß, und ich brenne höchstens bis zu jener Isba dort hinten durch, wo es ein hübsches Mädchen hat, das mir sehr gefällt, auch wenn es mich dem Sekretär des Distriktkomitees der Partei anzeigt.' Der Offizier schaute mich an: ‚Du bist ein tüchtiger italienischer Arbeiter. Warum bist du gekommen, die sowjetischen Arbeiter zu bekämpfen?‘ Ich sagte ihm, ich wäre gekommen, weil man mich hergeschickt habe. Ich wäre Chefmechaniker der Autozentrale gewesen, und die einzigen Russen, die ich je getötet hätte, wären zwei Hühner gewesen, die unter die Räder meines Lastwagens gekommen seien.“

Draußen war die Sintflut zu einem wahren Orkan geworden. Stephan stand auf und sprach russisch in ein Feldtelefon hinein, das sich in einer Ecke befand. Nach kurzem kehrte er von dort zurück.

„Man sagt, ihr könntet hierbleiben. Die andern wurden im Stall Nummer drei, der Gottes Haus ist, blockiert.“

„Und dann?“ fragte Don Camillo.

„Dann begann für mich eine Teufelsarbeit, denn ich reparierte alle Maschinen, richtete die Werkstatt und die Remise ein, und als ich endlich an mich denken konnte, war der Krieg schon seit zwei Jahren aus. Der Vater des polnischen Mädchens war gestorben, und ich heiratete das Mädchen. Dann gingen weitere Jahre vorbei, und mir und meiner Frau wurde die Sowjetbürgerschaft zugesprochen.“

„Und du hast nie an die Heimkehr gedacht?“ erkundigte sich Don Camillo.

„Wozu? Um den Haufen Schutt zu sehen, unter dem mein Vater, meine Mutter und mein Bruder starben? Hier behandeln sie mich jetzt wie einen der ihren. Ja sogar besser, weil ich etwas leiste und mein Handwerk verstehe. Wer erinnert sich dort noch an mich? Ich bin im Nichts verschwunden wie die vielen, die in Rußland verlorengegangen sind."

Gerade in diesem Augenblick kam es zu einer unerwarteten Störung. Die Türe ging plötzlich auf und ließ, zusammen mit einem Wasserschwall, ein seltsames Vieh herein, eine Art dunkelhäutigen, nassen Tausendfüßler.

Mit einem Schrei stürzte sich Stephans Frau, die weiß der Himmel woher gesprungen kam, auf die Türe und schloß sie wieder. Darauf fiel die nasse Haut von dem Untier ab, und von dem zerfetzten Wachstuch befreit, unter das sie sich vor dem Regen geflüchtet hatten, erschienen sechs Kinder, eines schöner als das andere, sechs Orgelpfeifen von sechs bis zwölf Altersjahren.

„Freund, bist du wirklich in Rußland verloren?" rief Don Camillo aus.

Stephan schaute Don Camillo nochmals verstohlen an.

„Und doch", erklärte er dann, „muß ich Euch irgendwo gesehen haben."

„Wahrscheinlich nicht", antwortete Don Camillo. „Immerhin, auch wenn es so wäre, vergiß, mich gesehen zu haben!“

Es waren sechs guterzogene Kinder. Sie krähten wie Hühnchen, aber es genügten drei Worte der Mutter, um sie zum Verstummen zu bringen. Sie setzten sich ruhig auf die Ofenbank und plauderten leise.

„Sie sind noch klein“, erklärte die Frau mit einem seltsamen, doch klaren Italienisch. „Sie hatten die kranke Großmutter vergessen.“

Don Camillo erhob sich.

„Wir möchten sie begrüßen“, sagte er.

„Sie wird darüber sehr erfreut sein“, rief die Frau lächelnd aus. „Sie sieht nie jemanden.“

Sie stiegen die Leiter hinauf und gelangten in eine niedere Estrichkammer. Eine verkümmerte Greisin lag auf einem Bett mit weißem, faltenlosem Linnen.

Stephans Frau sprach polnisch mit ihr, und die Alte lispelte etwas.

„Sie sagt, der Herr segnet jene, die die Kranken besuchen“, erklärte Stephans Frau. „Sie ist eine alte Frau, und man muß ihr verzeihen, wenn ihr Geist noch im Vergangenen verweilt.“

Über der Kopfwand des Bettes war ein Bild an die Mauer geheftet, und Don Camillo näherte sich neugierig.

„Es ist die Schwarze Madonna!“ rief er aus.

„Ja“, erklärte leise Stephans Frau, „es ist die Beschützerin Polens. Die alten Polen sind Katholiken. Man soll die Alten verstehen.“

Sie drückte sich mit viel Vorsicht aus, und eine unbestimmte Furcht stand in ihren Augen.

Peppone rettete die Situation: „Es gibt nichts zu verzeihen“, versicherte er, „in Italien sind nicht nur die Alten, sondern auch die Jungen Katholiken. Hauptsache, daß sie ehrlich sind! Wir bekämpfen nur die verfluchten Priester, die, anstatt Diener Gottes zu sein, politisieren.“

Die Greisin flüsterte Stephans Frau etwas ins Ohr, und diese warf ihrem Mann einen fragenden Blick zu, ehe sie zu reden anfing.

Stephan beruhigte sie: „Sie sind nicht hier, um uns Übles zu tun.“

„Sie möchte nur wissen“, stammelte die errötende Frau, „möchte nur wissen, wie es dem Papst geht.“

„Nur zu gut!“ antwortete lachend Peppone.

Don Camillo fingerte unter seinem Rock herum; er holte ein Bildchen heraus und reichte es der Greisin, die es zuerst mit aufgerissenen Augen betrachtete und dann mühsam eine kleine Hand, die ganz Knöchelchen war, unter den Decken hervorzog und es ergriff.

Dann redete sie aufgeregt der Tochter ins Ohr hinein.

„Sie sagt, er sei es wirklich", übersetzte die Frau mit Angst in der Stimme.

„Der Heilige Vater persönlich", bestätigte Don Camillo. „Papst Johannes der Dreiundzwanzigste."

Peppone erblaßte und schaute besorgt rundum, wobei er den erstaunten Blicken Stephans begegnete.

„Genosse", gebot ihm Don Camillo, ergriff ihn bei einem Arm und stieß ihn zur Türe, „geh mit Stephan ins Erdgeschoß hinunter und schau zu, wie es regnet."

Peppone versuchte zu widersprechen, aber Don Camillo machte es kurz.

„Nicht stören, Genosse, wenn du keine Schwierigkeiten haben willst."

Don Camillo, Stephans Frau und die Greisin blieben allein.

„Sag ihr, daß sie ruhig sprechen kann, denn ich bin Katholik wie sie." Don Camillo befahl es ganz entschieden.

Die beiden Frauen wisperten hin und her, dann berichtete Stephans Gattin:

„Sie sagt, sie danke und segne Euch. Mit dem Bildnis, das Ihr ihr gegeben habt, fühlt sie sich gefaßter, den Tod zu erwarten. Sie hat viel gelitten, als sie meinen Vater wie einen Hund ohne die letzten Tröstungen sterben sah."

„Aber ihr habt Priester, die frei herumgehen

und bis hierherkommen", verwunderte sich Don Camillo.

Die Frau schüttelte den Kopf.

„Es scheinen Priester zu sein, doch hängen sie nicht von Gott ab, sondern von der Partei", erklärte sie. „Sie sind nichts für uns Polen!"

Draußen regnete es aus allen Himmeln.

Don Camillo riß sich sein Wams vom Leib, entnahm dem falschen Füllfederhalter das Kruzifix mit den faltbaren Armen, steckte es in einen Flaschenhals und stellte es in die Mitte des Tischchens an der Wand neben dem Bett der Greisin.

Er holte den Aluminiumbecher heraus, der ihm als Kelch diente.

Eine Viertelstunde später stiegen Peppone und Stephan hinauf, da sie durch das lange Schweigen beunruhigt waren. Sie lauschten an der Estrichtüre und erstarrten: Don Camillo las die heilige Messe.

Die Alte schaute ihn, die Hände gefaltet, mit Tränen in den Augen an. Als sie die Kommunion empfangen hatte, schien es, das Leben fließe plötzlich kräftiger in den ausgedörrten Adern.

„*Ite, missa est . . .*"

Nach dem Amen sprach die Greisin erregt ins Ohr der Tochter, die sogleich zu Don Camillo hinübersprang.

„Hochwürden", keuchte sie, „verheiratet uns vor Gott! Jetzt sind wir nur vor den Menschen verheiratet."

Draußen der Blutsturz des Himmels; anscheinend hatten sich die Wolken von ganz Rußland am Himmel von Grevinec versammelt.

Es fehlte der Ring, aber die Greisin streckte ihre Hand aus und der abgescheuerte Ehering, ein dünnes Ringlein aus Silber, schob sich über den Finger der Tochter.

„Herr", flehte Don Camillo, „beachte es nicht, wenn ich einige Worte oder Sätze verschlucke."

Peppone glich der klassischen Statue aus Gips.

Don Camillo unterbrach einen Augenblick den Gottesdienst und stieß ihn gegen die Türe: „Beeile dich und hole die ganze Bande hierher!"

Jetzt nahm der Regen rasch ab, aber Don Camillo war so hurtig wie ein Maschinengewehr: Er taufte alle sechs Kinder mit atemberaubender Schnelligkeit.

Und es geschah nicht so, wie er gesagt hatte, indem er Worte verschluckte oder ganze Sätze übersprang. Er sagte alles, was er sagen mußte, von der ersten bis zur letzten Silbe. Doch die Kraft dazu hatte ihm Jesus gegeben.

Vielleicht hatte alles eine Stunde gedauert, vielleicht nur ein paar Minuten. Don Camillo wußte es nicht; er fand sich erst wieder, als er am Küchentisch saß mit Peppone ihm zur Seite und Stephan vor sich.

Jetzt blitzte die Sonne, und im Halbdunkel des Ofens blitzten aufgerissene Augen, die seine Augen suchten, mehr noch als die Sonne. Don Camillo zählte sie, und es waren ihrer sechzehn: zwölf Augen der Kinder, zwei der Mutter und zwei der Greisin. Aber diese zwei befanden sich nicht in einem der Gesichter, die vom Halbdunkel des Ofens umschleiert waren, sondern er sah sie in seinem Geist, weil er nie zwei Augen, die ihn auf diese Weise angeschaut hätten, begegnet war und sie nicht mehr aus seinem Gedächtnis entfernen konnte.

Die Genossin Nadia Petrowna erschien auf der Schwelle.

„Alles in Ordnung?“ fragte sie.

„Alles völlig in Ordnung“, antwortete Don Camillo und erhob sich.

„Wir sind dem Genossen Oregow dankbar, daß er uns einen technischen Fachmann wie den Bürger Stephan Bordonny zur Verfügung stellte“, ergänzte Peppone, indem er Stephan die Hand drückte und sich der Türe näherte.

Don Camillo war der letzte, der hinausging, und als er auf der Schwelle war, wandte er sich um und machte rasch das Zeichen des Kreuzes. Er flüsterte:

„*Pax vobiscum.*"

„Amen", antworteten die Augen der Greisin.

Die Folgen des großen Regens

Wie es das amtliche Programm bestimmte, wurde das Mittagessen den italienischen Gästen von den Bauern der Kolchose Grevinec dargeboten; alle waren über die freiwillige Geste gerührt.

„Genosse", teilte Don Camillo hinter der Hand dem Genossen Peppone mit, der ihn aus Vorsicht zum Tischnachbar erkoren hatte, „ich verabscheue jene, die alles im Ausland besser als zu Hause finden. Aber angesichts dieser gesunden Kohlsuppe kann ich es nicht vermeiden, mit Grausen an unsere heimischen Teigwaren zu denken."

„Genosse", entgegnete ihm mit verkniffenen Lippen Peppone, „nach dem, was du alles diesen Morgen angerichtet hast, verdientest du eine Minestra mit Nägeln in einer Arsenikbrühe."

„Oh, fast sind wir soweit", knurrte Don Camillo.

Zum Ausgleich taten Lammbraten und Wodka ihre Pflicht befriedigend, so sehr, daß sich Peppone am Schluß zum Dank an die Wirte verpflichtet fühlte.

Um der Wahrheit zu genügen: Es war ein

sehr banaler Erguß, dem der Genosse Oregow mit nicht weniger banalen Worten antwortete.

Zum Glück gab es den Genossen Don Camillo. Das außergewöhnliche Abenteuer, das er kurz vorher im Hause Stephans erlebt hatte, und ein paar Gläser Wodka hatten sein Herz entzündet und die Ohren erwärmt. Nachdem er sich eine großartige Abschußrampe aus granitenen Worten von Marx, Lenin und Chruschtschow errichtet hatte, startete er wie ein Sputnik und schoß eine Rede los, die einem den Atem raubte. Sogar die Genossin Petrowna, die Satz für Satz genau übersetzte, verriet in der Erregung die Stimme ihre Begeisterung. Und die Augen der Genossen Kommissär Yenka Oregow funkelten wie im Widerschein einer großen Flamme.

Don Camillo sprach von der Kolchose Grevinec wie von einem lebenden Geschöpf, und wahrscheinlich bemerkten die Kolchosebauern eine Kleinigkeit, die sie vorher nie festgestellt hatten: nämlich, daß sie wichtige und glückliche Menschen waren.

Als er mit einem Finale à la Verdi, das dem Peppone zwei haselnußgroße Tränen entlockte, seine Ansprache schloß, brach prasselnder Beifall los. Der Genosse Oregow sprang auf die Füße und umklammerte Don Camillos Hand, die er immer wieder schüttelte, als ob er eine Feuerwehrpumpe betätigte. Und während er pumpte, sprach er rasch in erregtem Tone.

„Der Genosse Oregow sagt", übersetzte Nadia Petrowna, „daß die Partei Männer wie dich für die landwirtschaftliche Propaganda braucht und es gerne hätte, wenn du bliebest. Wir haben spezielle Schulen, und du könntest die russische Sprache sehr schnell lernen."

„Ich danke dem Genossen Oregow", antwortete Don Camillo. „Ich bitte ihn nur um die Zeit, meine Frau und meine kleinen Kinder zu versorgen. Ich kehre zurück."

„Er gewährt dir die nötige Zeit", erklärte Nadia Petrowna, nachdem sie mit dem Genossen Oregow gesprochen hatte. „In jeder Schwierigkeit weißt du, wohin du dich wenden mußt."

Die Kolchosebauern tischten weiteren Wodka auf, und als die „Erkürten" den Rückweg antraten, war es schon spät am Nachmittag.

Die Sintflut hatte die Straße in eine Art Schlammfluß verwandelt. Um den Autobus in diesem Brei vorwärts zu bringen, brauchte es Zeit. Nach rund zehn Kilometern gelangten sie zur Einmündung der Straße, die den Sowchos „Rotes Banner" durchquerte; der Kanal war über die Ufer getreten, und auf der Straße standen gut dreißig Zentimeter Wasser.

Der Genosse Chauffeur lenkte, mit der Erlaubnis des Genossen Oregow, gegen Tifiz nach links, und der Autobus fuhr eine gute Stunde lang auf einem engen und gekrümmten Karrenweg, der aber einen ziemlich festen Untergrund hatte.

Unglücklicherweise begann es wieder zu regnen, und der Genosse Chauffeur saß bald in der Patsche, weil der Wagen zu schleudern anfing und jeden Augenblick vom Weg zu rutschen drohte. Und so geschah es, daß der Genosse Chauffeur, nachdem er fünfzigmal das Ausgleichsgetriebe blockiert und von der Blokkade befreit hatte, beim einundfünfzigsten Mal die Befreiung vergaß, so daß das Getriebe bei der nächsten Kurve zerbrach, als wäre es aus Krokant.

Es regnete in Strömen, und es machte den Eindruck, als ob nur Gott wisse, wann der Regen aufhören würde. Der Abend brach herein, und man mußte sich entscheiden. Das Dorf Tifiz war bloß fünf Kilometer weit weg. Der Genosse Chauffeur wurde mit dem Befehl, mit einem Raupenschlepper der Kolchose zurückzukehren, dorthin geschickt.

Er kehrte zu Fuß zurück. Die einzige Maschine der Kolchose Tifiz, die funktionsfähig war, bestand aus einem Futtermittelelevator mit einem eigenen Motörchen.

Man entschied, daß dieses Gerät nicht helfen konnte. Obwohl Tifiz unglücklicherweise zu jenen sechs Prozent bedauernswerten Kolchosen gehörte, die noch kein Telefon hatten, so daß man von dort keine Hilfe herbeirufen konnte, machte man sich zu Fuß nach der Ortschaft auf. Es war ein unvergeßlicher Marsch, denn zum Regen hatte sich der Wind gesellt, und man watete bis zu den Knöcheln im Schlamm.

Sie zogen in Tifiz ein, als es schon dunkel war, und das Dorf bot keinen sehr gastlichen Anblick, da es zu jenen acht Prozent gehörte, die noch nicht mit elektrischem Licht versehen waren.

Der Versammlungssaal des landwirtschaftlichen Sowjets war mit Futtersäcken verstopft, aber der Genosse Oregow zog eine nie gehörte Stimme hervor, und nach einer halben Stunde waren die Säcke verschwunden. Eine mit Besen bewaffnete Mannschaft von Kolchosebauern machte die Entrümpelung vollständig, und die „Erkürten“, die in einer Ecke des unfreundlichen Raumes, der von Petrollaternen schlecht beleuchtet war, verärgert warteten, wurden von einer Staubwolke begraben.

Der Genosse Pächter Tavan befand sich ausgerechnet vor Don Camillo, und dieser benutzte den Umstand, um das Werk seiner moralischen Auflösung fortzusetzen.

„Genosse“, verkündete er Peppone mit bitterer Stimme, „erinnerst du dich an das, was ich dir in bezug auf die Bauern heute morgen sagte? In Grevinec, wo alle leitenden Persönlichkeiten von der Partei gesandte Funktionäre sind, stehen die Dinge zum besten. Hier, wo die Kolchosebauern sich selber leiten, funktioniert nichts. Lastwagen und Traktoren sind kaputt, und der Saal der Sowjets dient als Lagerraum. Verhält es sich so nicht auch bei uns? In Piopette, wo man bäuerliche und bürgerliche Gebäude wiederherstellte, was findest du in den Badewannen? Kartoffeln! Und im Maschinenschuppen? Reisigbündel, Maiskolben, Hühner, Truthühner. Aber die Maschinen rosten unter den Bögen oder gar im Freien. Glaub mir, Genosse: Der Bauer besitzt nicht die nötigen Fähigkeiten, um in einer sozialistischen Welt in Freiheit zu leben. Er muß ganz einfach die Befehle ausführen. Zum Teufel mit dem Schlagwort: ‚Der Boden den Bauern!‘ Der Boden dem Staate, vom ersten bis zum letzten Zentimeter. Staatliche Sowchosen solange, bis sich der Bauer seiner Pflichten und seiner Aufgabe bewußt geworden ist.“

„Genosse, erwartest du das?“ grinste Scamoggia. „Jahrhunderte sind nötig, ehe etwas Gehirn in diese Zementschädel eindringt!“

Die Petrollaternen lieferten nur wenig Licht,

aber die Elefantenohren des Genossen Pächter Tavan zeigten ein so feuriges Rot, daß sie auch im tiefsten Dunkel aufgefallen wären.

Don Camillo bereitete sich vor, den zweiten Feuerstoß abzugeben, doch der Absatz von Peppones rechtem Schuh preßte sich mahnend auf seine linke Fußspitze, die mit dem empfindlichen Hühnerauge in Verbindung stand. Wenn die Mündung eines Maschinengewehrs seinen Nabel bedroht hätte, wäre Don Camillo nicht stumm geblieben. Aber mit einem Absatz auf seinem Hühnerauge, das schon durch die schlechte Jahreszeit und durch den schwierigen Weg hart mitgenommen war, erschien ihm Widerstand als reine Narrheit. Man kann die Seele über ein Hindernis bringen, aber man kann kein Hühnerauge über ein Hindernis bringen.

Don Camillo verschob den Angriff.

Der Staub verflüchtigte sich. Der Genosse Oregow, der mit gespreizten Beinen in der Mitte des Raumes stand, erließ rasche, genaue Befehle.

Gestelle und Seitenwände von Lastwagen trafen ein, und ein langer Tisch wurde aufgeschlagen. Dann warf der Magaziner eine Rolle Sackleinwand darüber, und der Tisch hatte ein Tischtuch.

Der riesige Ofen begann Wärme auszustrahlen. Weitere Laternen kamen an. Dann Tassen, Teller, Bestecke.

Der Genosse Oregow richtete seine Augen auf die Ecke, in die Peppone und seine Genossen verbannt worden waren, und erfaßte blitzartig die Lage. Ein Befehl, und wenige Minuten später kamen drei Mädchen mit Gläsern und Flaschen.

Zwei Runden Wodka, und schon war im Geiste der „Erkürten" der Glaube an den Sieg der sozialistischen Sache wiederhergestellt. Eine Ausnahme machte der Genosse Don Camillo, in dessen Geist der Wodka nur geheime Befürchtungen wachrief.

Auf Grund des wahrhaft kommunistischen Hungers, den Peppone und seine Genossen im Leibe hatten, heulten diese vor Freude und schwangen die Enterhaken, als eine große rauchende Pfanne mit Kohl- und Kartoffelsuppe aufgetischt wurde. Und als er alle gesättigt sah, verkündete der Genosse Oregow, mittels der Übersetzerin, sein Bedauern wegen der leider nicht vermeidbaren Unannehmlichkeiten, die vorgekommen waren.

An jenem Tage wurde Don Camillo vom Teufel geritten, und ohne einen Augenblick des Zögerns versicherte er:

„Wir sind äußerst glücklich über das Geschehene, weil es uns erlaubt hat, vom Genossen

Oregow eine staunenswert praktische Belehrung zu empfangen über das Verhalten eines kommunistischen Führers. In meinem Dorf sagt ein altes Sprichwort: ‚Das Auge des Herrn mästet das Pferd.‘ Heute, im Zeitalter der Mechanisierung und der sozialen Gleichheit, und weil das Pferd und der Herr erledigt sind, dürfen wir sagen: Das Auge der Partei mästet den Genossen!“

Dem Genossen Oregow gefiel der Witz unglaublich, und das Prosit auf seine Gesundheit rührte ihn.

Peppone trug als kommunistischer Senator, Chef der Mission und Funktionär der Partei stets eine große Ledermappe mit sich; sie war von wichtigen und persönlichen Akten geschwollen. Während er aß, stellte er die Mappe in aller Unschuld auf den Boden, zu seiner Linken, so daß Don Camillo sie im geeigneten Augenblick öffnen konnte. Er sondierte den Inhalt und entdeckte ganz am Grunde, unter den Papieren, eine Flasche Kognak und eine ausgewachsene Salami.

Peppone bemerkte erst, daß etwas nicht stimmte, als die Genossin Nadia mit lauter Stimme verkündete, der Genosse Oregow danke dem Genossen Senator von Herzen für das Geschenk, könne es aber nur unter der Bedingung entgegennehmen, daß er es mit allen

Gästen teile. Das Geschenk bestand aus der Flasche Kognak und der Salami des Genossen Peppone.

„Genosse“, sagte Don Camillo zu ihm, als er an seinen Platz zurückkehrte, „das war eine wunderbare Geste deinerseits. Auch der Einfall, eine Runde Wodka für die Rubel zu spenden, die dir von den zehntausend im Hotel gewechselten Lire verblieben, war eines Kavaliers würdig.“

Peppone starrte ihn mit Haß in den Augen an.

„Das ist nicht das Ende“, sagte er halblaut. „Bis wir wieder nach Italien kommen, haben wir noch einen weiten Weg.“

Der Genosse Oregow saß am einen Ende der langen Tafel. Zu seiner Rechten befanden sich der Präsident und der Sekretär der Kolchose, zu seiner Linken war die Genossin Nadia Petrowna, und zur Linken der Genossin Nadia klebte der Genosse Salvatore Capece, der den Genossen Nanni Scamoggia übertölpelt hatte, indem er sich als Keil zwischen diesen und das Mädchen trieb.

Kognak und Salami wiesen höchst bürgerliche, überholte Neigungen auf, indem sie an Ort und Stelle blieben, weil sie für Oregow und seine Nachbarn eingenommen waren und allda ihre Tage beschlossen.

„Genossin", rief in einem bestimmten Augenblick der Genosse Salvatore Capece aus, und richtete seine schmachtenden Augen auf das Weib, „ich könnte eine noch schönere Ansprache schwingen als der Genosse Camillo Tarocci, wenn ich eine Gitarre hätte."

Die Genossin Nadia sprach mit dem Präsidenten der Kolchose, und niemand schenkte dem Umstand Bedeutung, daß der Kolchoser aufstand und verschwand, weil die Konfusion und das Stimmengewirr und die Wärme und der Wodka und der Kognak und der Zigarettenrauch so eine Stimmung geschaffen hatten, wie sie spätabends am Stammtisch herrscht. Aber als der Präsident wieder zum Vorschein kam, fiel es allen auf, weil der Schrei, den der Genosse Salvatore Capece ausstieß, unmenschlich tönte.

„Eine Gitarre!"

Die Kolchose Tifiz hatte keinen brauchbaren Traktor, aber sie besaß eine brauchbare Gitarre. Zudem verfügte sie auch über eine Handharmonika samt dem zugehörigen Spieler.

Während der Genosse Capece die Gitarre stimmte, begann der Bursche, der im Gefolge des Präsidenten der Kolchose gekommen war, einen Marsch zu spielen.

Auf einmal ließ etwas irgendwie Magnetisches den harten und stummen Genossen Tavan jede Zurückhaltung aufgeben. Er sprang auf die Füße und zum Burschen hin, riß ihm die Harmonika weg und legte einen Akkord hin, der alle zum Verstummen brachte.

Dann stimmte er den „Flug der Hummel" an und hernach eine Mazurka, und seine Ohren schienen deutlich kleiner zu werden, so gut spielte er.

Zwei Minuten später war der Saal voller Leute, von alt und jung, von Burschen und Mädchen. Niemand fehlte.

Der Genosse Salvatore Capece war bald im Schuß, und während der Genosse Tavan die Begleitung besorgte, stimmte der Capece „O sole mio" an mit einer Stimme, die alles enthielt: Vom Vomero zum Posillipo, von der Zi'Teresa zu Funicoli-Funicolà, vom Mond im Meere bis zum Elend des Südens.

Wenn er nicht Zugaben bewilligt hätte, wäre er zerrissen worden. Er sang noch zwei-, drei-, zehnmal, und der Genosse Scamoggia schäumte vor Wut, weil die Augen des Genossen Salvatore Capece keine Sekunde jene der Genossin Nadia Petrowna freiließen, die wie verblödet dasaß.

Dann holte der Genosse Tavan wieder aus und stimmte eine höllische Polka an, und der Saal ward zur Hölle. Tischtuch, Tischplatten,

Gestelle, alles verschwand. Wer trinken wollte, mochte sich aufs Büro der Kolchosenverwaltung bequemen; dort gab es einen Schreibtisch, der Wodkaflaschen und Gläser trug, soviel man wollte.

Alle tanzten – außer Don Camillo, der diesem entsetzlichen Schauspiel nicht beiwohnen wollte und sich deshalb ins Büro der Verwaltung zurückgezogen hatte, wo er dem Wodka und dem vergilbten Lenin an der Wand Gesellschaft leistete.

Der Genosse Salvatore Capece legte die Gitarre weg und tanzte mit der Genossin Nadia und ließ sie nicht die geringste Sekunde aus, so daß Peppone, der ihr etwas Wichtiges mitzuteilen hatte, ihm die Genossin Nadia aus den Armen reißen mußte.

„Genossin", sagte Peppone abseits in einer Ecke zu ihr, „sich nach getaner Arbeit anständig zu vergnügen, ist erlaubt. Wer, wie der Genosse Camillo Tarocci, nicht am gemeinsamen Vergnügen teilnimmt, ist kein guter Genosse und verdient eine Strafe."

„Einverstanden", erwiderte Nadia Petrowna.

„Der Genosse Tarocci", kam Peppone auf sein Thema zurück, „hat das Zeug zu einem Leiter, aber in seinen vier Wänden leitet alles seine Frau. Eine schreckliche Frau mit einem reaktionären Gehirn und von einer entsetzlichen Eifersucht! Jetzt ist er hier, Tausende von Kilometern fern seiner Frau, und doch fürchtete er sich zu tanzen. Er muß tanzen!"

Fünf Minuten später überflutete eine Gruppe entfesselter Mädchen das Büro „Wodka und Verwaltung". Don Camillo wurde von seinem Stuhl gehoben, in den Saal geschleppt und mußte tanzen.

Peppone genoß den Anblick, und kaum wurde Don Camillo vom schönsten und losesten Mädchen der Gruppe umschlungen, gab er ein Zeichen, und der Elektronenblitz des Genossen Vittorio Peratto, eines Turiner Fotografen, schnappte zu.

Ein-, zwei-, drei-, zehn-, zwanzigmal, weil alle die verrückten und verteufelten Weiber photographiert werden wollten, während sie Don Camillo in den Armen hielten!

„Genosse", sagte Peppone zum Fotografen, als das Filmröllchen fertig war, „für diese Fotos bürgst du mir mit dem Leben!"

Es gab eine kleine Pause, um den Saal zu lüften. Aber das tat dem Getümmel keinen Eintrag, weil der Genosse Vittorio Peratto die Stimmen aller Haustiere bis zur Vollkommenheit nachmachte, der Genosse Friddi Li, Sizilianer, sich mit einer sechs oder sieben Zentimeter langen Mundharmonika produzierte, der Genosse Curullu, Sarde, einen Betrunkenen, der seinen Schlüssel ins Schlüsselloch zu stecken versucht, vortäuschte, der Genosse Gibetti, Toskaner, mit der Kopfstimme eine Opernarie sang, und zuletzt der Genosse Bacciga, Genueser, die Kolchosenleute mit unglaublichen Zaubertricks behexte.

„Die Freizeitgestaltung und das Fernsehen haben sehr viel zur kulturellen Hebung der Arbeitermassen beigetragen", teilte Don Camillo dem Peppone mit.

„Zweifelsohne", antwortete Peppone. „Ich glaube übrigens, daß es passender ist, statt daraus Plakate zu machen, davon eine Serie Ansichtskarten herzustellen und diese zugunsten der Hilfswerke der Partei zu verkaufen."

„Wovon?"

„Von den Fotos, die geknipst wurden, während der hochwürdige Erzpriester in falschem Gewande fröhlich mit den Mädchen tanzte."

„Wir sind noch nicht am Ende", entgegnete Don Camillo finster. „Bis wir wieder nach Italien kommen, haben wir noch einen weiten Weg."

Als die Tänze wieder begannen, trat ein kleiner, magerer Kolchoser herzu. Er mochte um die vierzig sein.

„Genosse", sagte er halblaut im besten Italienisch zu Don Camillo, „bist du der Chef?"

„Nein“, antwortete Don Camillo und wies auf Peppone. „Der Chef ist dieser aufgeblasene Speckmocken. Ich bin nur der Zellenchef.“

„Ich sag’s euch beiden“, fuhr der andere fort, fast ohne die Lippen zu bewegen, „es tut sich etwas Schlimmes. Der römische Genosse wird sich auf den Genossen aus Neapel stürzen und diesem den Kopf zerschlagen, wenn er das Mädchen nicht losläßt.“

Es war befremdlich, daß ein Kolchoser so sprach, aber man mußte das Unheil vermeiden, und Peppone startete wie eine Rakete.

Don Camillo begann vor dem seltsamen Kolchoser zu gestikulieren; nachdem dieser ihm ein bißchen zugeschaut hatte, begann er zu lachen und ließ so verstehen, daß er verstanden hatte.

„Wodka, Wodka!“ rief er aus.

„Auf! Auf!“ anwortete Don Camillo.

Im Büro „Wodka und Verwaltung“ konnten sie frei von der Leber reden.

„Herr“, sagte der Kolchoser, „ich bin Rumäne.“

„Wieso sprichst du denn italienisch mit neapolitanischem Akzent?“

„Weil ich aus Neapel bin. Ich war Matrose und begegnete mit neunzehn Jahren, Anno 39, einem flotten Lottchen. Ich kam von Rumänien und fuhr nach Rumänien zurück. Ich schiffte mich auf einem Frachter ein, der nach Constanza ging. Dort ging ich an Land und machte mich auf die Suche nach dem Lottchen."

Der Kolchoser breitete die Arme aus und schüttelte seufzend den Kopf.

„Du hast sie nicht gefunden?" erkundigte sich Don Camillo.

„Doch, ich habe sie gefunden, aber ich kam nicht zur rechten Zeit."

„Zu spät? War sie schon verheiratet?"

„Nein, zu früh, denn sie war noch nicht verheiratet. So heiratete ich sie. Zum Glück brach dann der Krieg aus. Die Russen trafen ein, und da sie Leute suchten, die in den Kolchosen arbeiten wollten, meldete ich mich freiwillig und fuhr ab."

Während der seltsame Kolchoser seinen Bericht erstattete, drehte Peppone die Genossin Nadia herum. Am Schlusse einer Mazurka hatte er sie dem Genossen Capece abgenommen und sich Hals über Kopf in den Walzer gestürzt, den wenig später die Handharmonika anstimmte.

„Genossin", sagte Peppone ernst, „versuche, mich zu verstehen. Der Genosse Scamoggia ist ein äußerst tüchtiger Aktivist und gut geschult, aber er besitzt noch keine ausreichende politische Reife. Mit andern Worten: Er hat noch bürgerliche Überbleibsel."

„Das habe auch ich gemerkt", gab die Genossin Petrowna zu, „doch glaube ich, daß er sich davon befreien kann."

„Einverstanden. Das Unheil ist, daß er diese bürgerlichen Überbleibsel heute abend noch hat und daß er den Genossen mit der Gitarre, wenn du nicht aufhörst, mit diesem zu tanzen, beim Kragen nimmt und durchbläut. Ich kenne meine Männer und bin dessen gewiß. Ich möchte nicht, daß das Fest auf diese unsympathische Weise zu Ende ginge. Wie dem auch sei, meine Pflicht war es, dich zu warnen."

Sie beendeten den Tanz, ohne mehr zu reden, und verließen einander am Schluß.

Peppone begab sich entschlossen auf das Büro „Wodka und Verwaltung", und Don Camillo setzte ihn über die Geschichte des Rumänen ins Bild.

„Ein armer Kerl", endete er, „der sich nie um Politik bekümmert hat und uns um Hilfe angeht. Er steckt in der Patsche!"

Peppone zuckte die Achseln.

„Er hat sich selbst hineingesteckt", knurrte er. „Warum ist er nicht geblieben, wo er war?"

„Weil da auch meine Frau war", erklärte der Mann. „Ich hatte kein anderes Mittel als zu fliehen. Überdies ist es für einen Neapolitaner eichter, in Rußland Rumäne zu sein als in Rumänien. An sich würde es mir ausgezeichnet gehen. Ich verstehe mein Handwerk, ich bin der einzige Coiffeur der Gegend und wandere von Kolchose zu Kolchose, um Bärte und Haare zu pflegen. Meine Spezialität jedoch sind die Dauerwellen."

„Die Dauerwellen?"

„Kommandant, die Frauen sind auf der ganzen Welt gleich, und wenn sie sich verschönern können, verzichten sie sogar auf das Essen. Kaum hatten die andern ein Mädchen mit dem Kopf einer Pariserin gesehen, da begehrten sie alle Locken. Und das Gerücht davon lief von Kolchose zu Kolchose. Ihr versteht mich?"

„Gewiß verstehe ich", rief Peppone aus. „Ich verstehe nur nicht, warum du in der Patsche steckst!"

„Kommandant, ein junger Mann, allein im großen grenzenlosen Rußland ... Laßt euch nicht auch durch die Fabel von der freien Liebe täuschen. Tausendmal hat man mir in Rumänien von der freien Liebe hier gesprochen. Aufschneiderei! Auch hier bekommst du Hiebe, daß es dir den Atem nimmt, wenn ein Mann dich findet, wie du mit seiner Tochter oder seiner Frau scharmuzierst. In der ersten Kolchose – ich gebe es zu – haben sie mich dabei erwischt und mit Fußtritten in eine andere Kolchose befördert. Doch auch in dieser zweiten Kolchose hat mich das Pech verfolgt, und ich bin per Fußtritte in die dritte gekommen. Und so weiter."

„Und warum sorgst du dich?" Peppone kicherte. „Die Sowjetunion weist achtzigtausend Kolchosen auf."

„Der Nachteil ist", erklärte traurig der Kolchoser, „daß ich nur einen Hintern habe."

Peppone wurde von einem Lachkrampf gepackt, und Don Camillo benützte den Augenblick guter Laune.

„Chef", sagte er, „dieser arme Kerl schein Spaß zu machen, aber er hat ein verrückte Heimweh nach Neapel. Warum sollen wir ihm nicht helfen?"

„Ihm helfen? Und wie? Wir können ihn nicht in einem Koffer nach Italien bringen!"

„Nein, aber der Genosse Rondella wurde in die Heimat zurückgeschickt, und dein Reisepaß lautet auf elf Personen, während wir jetz unserer zehn sind!"

„Du bist verrückt!" stellte Peppone fest „Mit dem Genossen Oregow, der uns kein winzige Sekunde freiläßt!"

„Irgendwann wird er uns freigeben müssen."

„Schwatzen wir kein dummes Zeug", kürzt Peppone das Gespräch ab. „Er bleibt hier, un sein Handwerk auszuüben. Läßt er die Frauen der andern in Ruhe, so ist alles in Ordnung."

„Kommandant!" wehrte sich schüchtern der Kolchoser. „Was für eine Sorte Kommunismus wäre das?"

„Gewiß, einverstanden, du bist ein spaßiger Kerl", bemerkte Peppone, „aber ich will nichts mehr von dieser Geschichte hören."

Peppone ging hinaus.

Die Hölle im Saal wurde je länger je höllischer, und Peppone suchte verzweifelt nach der Genossin Nadia – verzweifelt, weil weder der Genosse Salvatore Capece noch der Genosse Scamoggia zu sehen waren.

Schließlich kam die Genossin plötzlich zum Vorschein, und er hielt sie fest:

„Und jetzt?"

„Ich bin zu spät gekommen", gestand die Genossin Nadia Petrowna, „sie hatten sich beide schon hinausbegeben. Ich habe sie erst eingeholt, als alles fertig war."

„Wo ist jetzt Capece?"

„Auf dem Heustock des Stalles Nummer drei."

„Und Scamoggia?"

„Auch auf dem Heustock des Stalles Nummer drei. Er macht kalte Umschläge aufs Auge des Genossen Capece."

„Hat niemand bemerkt, was Scamoggia angerichtet hat?"

„Niemand", sagte mit verkniffenen Lippen die Genossin Nadia Petrowna, „niemand, ausgenommen der Genosse Capece, der die Faust aufs Auge bekam, und die Genossin Nadia Petrowna, die eine Ohrfeige erhielt."

Die Genossin Nadia Petrowna richtete sich auf und ballte die Fäuste.

„Verstehst du?" sagte sie mit einer Stimme, in der noch die Empörung zitterte. „Verstehst du? Dieser Lump hat den Mut gehabt, mich zu ohrfeigen!"

Das war eine schwerwiegende Sache, denn Nadia Petrowna war nicht irgendein sowjetischer Bürger, sondern ein wichtiges Mitglied der Partei und Funktionär des Staates.

„Ich verstehe", antwortete Peppone ernst. „Und ich frage dich: Willst du, daß ich ihn so verhaue, daß er lumpiger als ein Lumpen wird, oder ziehst du es vor, daß ich ihn beim Genossen Oregow anzeige?"

Die Genossin Nadia Petrowna schüttelte den Kopf.

„Für den guten Ruf der Partei", antwortete sie edelmütig, „muß man die persönlichen Rachegefühle aufopfern können. Lassen wir die Sache auf sich beruhen! Jetzt ist er vom Wodka geschwollen. Wenn die Alkoholdünste verfliegen, wird er die Schwere seiner banalen und blöden Handlung begreifen."

Peppone schüttelte gleichfalls den Kopf.

„Genossin", brummte er, „wie Lenin es will, sage ich dir die Wahrheit, auch wenn sie unangenehm ist: Scamoggia hat keinen einzigen Schluck Wodka oder Kognak gehabt. Seine Handlung war nicht die unbewußte eines Betrunkenen; sie hatte ihren bestimmten Grund und ihre bestimmte Bedeutung."

Die Genossin Nadia Petrowna war wunderschön, und ihre Augen schimmerten feucht, als ob Tränen darin glänzten. Ihre linke Wange war ein wenig röter als die andere, und sie bedeckte diese Wange mit der Hand.

„Genosse", beichtete sie leise, „es ist demütigend, es zuzugeben, aber ich glaube, daß nicht einmal ich eine ausreichende politische Reife erreicht habe."

Don Camillo kreuzte auf.

„Stimmt etwas nicht?" erkundigte er sich.

„Alles in Ordnung!" antwortete Peppone fest.

Drei Weizenpflänzchen

In der Nacht hatte ein wütender Wind – nur Gott weiß, woher er kam – über der weiten Ebene getobt, und sein eisiger Atem hatte die vom Regen aufgeweichte Erde hart gemacht.

Don Camillo war der erste, der am neuen Tag die Augen öffnete. Eistränen verkrusteten die Scheiben der kleinen, vom Wind gepeitschten Fenster; der unmäßige Ofen strahlte eine wohltuende Wärme aus. Die zehn „Erkürten", auf einem improvisierten Lager um den Ofen gepfercht, schliefen, vom Getümmel und vom Wodka gefällt, einen bleiernen Schlaf.

Don Camillo hatte sich wie alle andern bekleidet auf sein Lager geworfen; er hatte nur die Schuhe ausgezogen, und Peppone lag auf der Pritsche an seiner Seite.

Wenn er nicht so fürchterlich schnarchte, dachte Don Camillo, nachdem er ihn eine Zeitlang betrachtet hatte, täte es mir beinahe leid, daß ich ihm so viele Ungelegenheiten bereitet habe.

Don Camillo warf rasch einen prüfenden Blick um sich: Ausgenommen der Genosse Oregow und die Genossin Nadia Petrowna waren alle vorhanden, und der Genosse Salvatore Capece hatte sein nasses Pflaster auf dem linken Auge.

„Jesus", betete Don Camillo, „habe Mitleid mit diesen armen Leuten und versuche, ihre verdreckten Gehirne zu erleuchten."

Er schwang die Beine von der Pritsche herab, um die Schuhe zu angeln. Nachdem er den linken ohne besondere Schwierigkeiten angezogen hatte, fand er, als er den rechten vom Boden nahm, ein unerwartetes Hindernis. Der Schnürsenkel mußte sich in irgendeinen Spalt des hölzernen Fußbodens verfangen haben, und er versuchte, ihn mit einem Ruck zu lösen.

Sofort hörte das Schnarchen Peppones auf, und das geschah nicht durch Zufall, sondern weil Don Camillos rechter Schuh mit einer Schnur an den Knöchel Peppones geknüpft war.

„Genosse", erklärte Don Camillo bitter, während er seinen Schuh wiedererlangte, „ich begreife dein Mißtrauen mir gegenüber nicht."

„Nach dem, was Ihr unter meinen Augen angestellt habt", knurrte Peppone und saß auf, „kann ich mir vorstellen, was Ihr anrichten könntet, wenn ich schlafe."

Sie verließen den Saal des Sowjets, um sich das Gesicht an einer Pumpe zu waschen. Es blies ein scharfer und kalter Wind, der einem den Atem nahm und das Volk in den Hütten mit Strohdächern zurückhielt. Doch kaum hatten Don Camillo und Peppone einigermaßen ihre Toilette beendet, belebte sich die Kolchose plötzlich.

Es kam nämlich ein Lastwagen an, und aus irgendeinem Winkel tauchten der Genosse Oregow und eine Gruppe Kolchoser auf. Als der Lastwagen mitten auf dem Platze vor der Sowjetbaracke anhielt, umgaben ihn alle, und auch Don Camillo und Peppone machten sich auf, den Kreis zu vergrößern.

Als erster sprang ein Bursche vom Lastwagen, dem die andern halfen, ein Motorrad abzuladen.

Dann stieg auch der Chauffeur aus, um vom Genossen Oregow irgendwelche Befehle entgegenzunehmen, und als er den Kragen seines Pelzes herunterschlug, zeigte er das bekannte Gesicht von Stephan Bordonny.

Die Verstärkungen, die der Bursche mit dem Töff bei der Kolchose Grevinec angefordert hatte, waren angekommen.

Jetzt traten der Chauffeur des Autobusses und die Genossin Nadia Petrowna auf den Schauplatz. „Macht euch keine Sorge", erklärte die Genossin Nadia dem Don Camillo und Peppone, „das Ersatzteil hat sich in Grevinec gefunden, und alles wird in Ordnung kommen."

„Man wird den Autobus mit dem Lastwagen bis hierher schleppen müssen", bemerkte Peppone.

Stephan schüttelte den Kopf und sagte auf russisch etwas, das die Genossin Nadia übersetzte.

„Das ist nicht möglich. Die Straße ist mit Glatteis bedeckt; der Lastwagen ist leicht und hat keine Straßenhaltung. Man wird die Reparatur an Ort und Stelle vornehmen müssen."

„Von Beruf bin ich Mechaniker", bot sich Peppone großmütig an. „Wenn ihr mir ein Überkleid gebt, bin ich gern zur Mitarbeit bereit."

Der Genosse Oregow fand an dem Vorschlag höchsten Gefallen. Er antwortete, daß er das Angebot Peppones im vollen Umfang würdige.

Die Genossin Nadia übersetzte und schloß: „Du wirst das Überkleid sofort haben, Genosse Senator."

„Zwei Überkleider", verbesserte Peppone und zeigte auf Don Camillo. „Wir werden einen kräftigen Gehilfen brauchen können, und der Genosse Tarocci – auch ein Fachmann der Mechanik – ist unser Mann."

Der Genosse Oregow genehmigte den Ar

beitsplan. Dann fuhr er mit dem Motorrad nach Drewinka, wo es ein Telefon gab, um die zuständige Behörde von der nötigen Umstellung des Programms zu unterrichten.

„Genossin", sagte Peppone zu Petrowna, „jetzt geht die Befehlsgewalt über meine Männer an dich. Wenn jemand seine Pflichten vernachlässigen sollte, so handle ohne Mitleid. Ich empfehle den Genossen Scamoggia deiner besonderen Aufmerksamkeit. Überwache ihn! Du weißt, er ist gefährlich!"

„Ich habe die ganze Nacht über den Schimpf, den er mir angetan hat, nachgedacht", gestand die Genossin Petrowna. „Das ist eine unverständliche Sache, und er wird mir Rechenschaft geben müssen."

In den Augen der Genossin Petrowna lag kalte Entschlossenheit. Zudem – und das war schlimm – hatte der neapolitanische Kolchoser ihren Zorn benützt, um ihr Dauerwellen zu machen, die wie aufgemalt erschienen.

Die Überkleider kamen; Don Camillo und Peppone kletterten zu Stephan in die Kabine, und der Lastwagen fuhr ab.

Der Drohblick der Genossin Nadia hatte Peppone aufs tiefste beunruhigt.

„Dieses Weib", teilte er Don Camillo vorsichtig mit, „befindet sich in einer gefährlichen Gemütsverfassung. Ich glaube, wenn sie das

Nötige hätte, würde sie nicht zögern, sich die Lippen zu bemalen und die Nägel zu lackieren."

„Ich bin ganz deiner Meinung, Genosse", antwortete Don Camillo. „In der Politik sind die Frauen immer Extremisten."

Während der Fahrt schwieg Stephan und tat so, als verstehe er nicht, was Peppone und Don Camillo sagten. Der Genosse Chauffeur vom Autobus war hinten aufgestiegen; er hockte unter der Plane, die die Ladebrücke des Lastwagens bedeckte, aber Stephan wollte klugerweise kein Risiko eingehen.

Stephan hatte alle nötigen Geräte und Werkzeuge mitgebracht, und als man beim Autobus angelangt war, der auf dem einsamen Sträßchen verlassen dastand, machte er sich sofort ans Werk. Das Hinterteil des Wagens wurde rasch gehoben, aber man sah sogleich, daß der Bretter oder Balken brauchte, um die Sache so zu richten, daß der Wagenheber nicht Gefahr lief, auf dem gefrorenen Boden zu rutschen.

Der Chauffeur, der gebeten wurde, unter den Autobus zu kriechen, um das Ausgleichsgetriebe abzumontieren, weigerte sich. Er hatte tausendmal recht, und Peppone wunderte sich, daß Stephan darauf beharrte und mit dem Jüngling eine lange Diskussion begann. Dieser versuchte, etwas zu erwidern, aber der andere schenkte ihm kein Gehör und fuhr mit Schimpfen fort. Der Genosse Chauffeur gab nicht nach, er wandte schließlich Stephan den Rücken und nahm den Weg zur Kolchose unter die Füße.

„Geh zur Hölle!“, knurrte Stephan, kaum war der Jüngling verschwunden.

„Unrecht hat er nicht“, bemerkte Peppone mit Anstand. „Es ist gefährlich, darunterzukriechen.“

Es war die einzige Möglichkeit, ihn loszuwerden“, erklärte Stephan augenzwinkernd. Die Seitenwände des Lastwagens erwiesen sich als ausgezeichnete Stützen. Die Arbeit begann.

Während Stephan sich damit abplagte, verrostete Schraubenmuttern zu lösen und Bolzen zu entfernen, sprach er leise zu Peppone und Don Camillo, die ihm halfen.

„Hier“, erzählte er, „ausgerechnet in dieser Gegend, fand die berühmte Schlacht von Weihnachten 1941 statt. Die Russen glichen Ameisen, so zahlreich waren sie, und die Italiener mußten sich zurückziehen, wobei sie einen Berg von Toten liegenließen. Ein Trupp von ungefähr dreißig Mann, Bersaglieri und Artilleristen, wurde umzingelt und gefangengenommen. Viele waren verwundet oder krank. Man brachte sie in einen Lagerschuppen der Kolchose Tifiz und schloß sie ein. Am 26. Dezember eroberten die Italiener die Ortschaft zurück und fanden alle tot. Die Russen hatten sie mit dem Maschinengewehr niedergemetzelt. Ich habe die Leichen gesehen. Es war ein entsetzliches Schauspiel."

Don Camillo und Peppone arbeiteten weiter, und der rauhe Wind ließ ihnen die Finger gefrieren.

„Wir sammelten alle Toten und begruben sie", fuhr Stephan fort. „Wenn ihr auf dieser Straße anderthalb Kilometer weit nach Norden marschiert, findet ihr einen Karrenweg, der auf der rechten Seite abzweigt. Hundert Meter, bevor ihr zum Karrenweg kommt, immer auf eurer Rechten, beginnt ein Entwässerungskanal, der auf dem linken Ufer eine große wilde Hecke hat. Wenn ihr der Hecke entlang etwa hundert Schritte tut, kommt ihr zu einer großen Eiche, deren Stamm dicht mit Efeu bedeckt ist. Dort ist der Friedhof der italienischen Soldaten, in dem Viereck, das als Seiten hundert Meter dieser Straße hat, hundert Meter des Karrenwegs, hundert Meter Kanal und hundert Meter der Linie, die parallel zur Straße von der Eiche zum Karrenweg reicht."

Alle drei arbeiteten eifrig ungefähr eine halbe Stunde lang. Sie redeten nichts.

„Jetzt kann ich 's allein machen", sagte dann

Stephan in einem geeigneten Augenblick. „Im Falle der Gefahr rufe ich euch mit der Hupe. Wenn ihr die Efeuranken hebt, werdet ihr etwas finden."

Don Camillo startete ohne einen Augenblick des Zögerns in Richtung Norden, und Peppone mußte ihm folgen.

Der Himmel war finster, und der eiskalte Wind brauste über die grenzenlose, verlassene Ebene.

„Wenn der Wind nachläßt", bemerkte plötzlich Don Camillo, „gibt es Schnee."

„Möge eine Lawine herunterkommen, um Euch zu begraben!" antwortete Peppone keuchend.

Jetzt rannten sie, und auf einmal sahen sie zu ihrer Rechten den Entwässerungskanal und die große Hecke. Das Wasser im Kanal war gefroren, und das Eis war dick. Don Camillo ließ sich in den Graben gleiten und lief auf die große Eiche zu, die das Geflecht der nackten Äste zum Himmel hob. Peppone folgte. Als sie zu Füßen der Eiche angelangt waren, stiegen sie am Ufer des Grabens hinauf und bemerkten eine Öffnung in der Hecke. Gleich darauf sahen sie ein großes Feld vor sich und auf der braunen Erde den grünen Flaum des Winterweizens.

Beide waren beim Anblick der verzweifelten Düsterkeit bestürzt. Dann raffte sich Don Camillo auf, kehrte sich gegen den dicken Stamm der Eiche und löste mit zitternder Hand die Efeuranken, die im Stamm verwurzelt waren.

Vor achtzehn Jahren hatte man etwas in die Rinde geritzt: ein Kreuz und das Datum „27. Dezember 1941". Und ein kurzes Wort: „Italia".

Er legte die Efeuranken wieder zurecht.

Peppone hatte langsam die Mütze abgenommen; er betrachtete das Kornfeld, indem er an die nicht mehr vorhandenen hölzernen Kreuze und an die in der kalten Erde verwesten Toten dachte. Die schneidende Kälte des Windes drang in sein Herz.

„*Requiem aeternam dona eis Domine et lux perpetua luceat eis …*"

Er fuhr auf und wandte sich um. Zu Füßen der uralten Eiche zelebrierte Don Camillo die Totenmesse.

Eine Messe unter dem Kreuz, das vor achtzehn Jahren Stephans Hand in die Rinde der alten Eiche eingegraben hatte!

„*Deus, cuius miseratione animae fidelium requiescunt: famulis et famulabus tuis, e omnibus hic et ubique in Christo quiescentibus, da propitius veniam peccatorum; ut a cunctis reatibus ab-*

soluti, tecum sine fine laetentur. Per eumdem Dominum ..."

Der Wind brauste über die große verlassene Ebene hinweg, und die zarten Weizenpflänzchen zitterten.

„*Mein Sohn, wo bist du?*"

Peppone erinnerte sich plötzlich eines elenden Blättchens, das er auf einem Spaziergang herumliegen gesehen hatte, und an den verzweifelten Anruf seines Titels: „*Mein Sohn, wo bist du?*" ...

Stephan arbeitete wie wild, aber er lauschte auf jedes Geräusch und wurde nicht überrascht, als jemand von der Kolchose her nahte. Der Mann war noch fast einen Kilometer weit weg, doch sofort verkündete ein Hupensignal Don Camillo und Peppone die Gefahr.

Es war nicht der Genosse Chauffeur, wie Stephan befürchtet hatte, sondern einer der italienischen Genossen, der mit den Elefantenohren. Er ging langsam, und kaum war er in der Nähe, entschärfte ihn Stephan.

„Du Genosse, geh mir zur Hand, bis die andern kommen."

Der Genosse Tavan zog den Mantel aus und machte sich sogleich wortlos ans Werk. Inzwischen kehrten Peppone und Don Camillo eilends zur Basis zurück.

Nach einer Viertelstunde waren sie da, und Peppone trat selbstsicher vor:

„Laß mich das machen!“ befahl er brüsk dem Genossen Tavan.

Der Genosse Tavan reinigte sich mit einem Lumpen die Hände und zog den Mantel wieder an. Er schwänzelte ein wenig um Don Camillo herum, der seinen halben Toskano rauchte; dann faßte er Mut und blickte ihm ins Auge.

„Genosse“, sagte er halblaut, „wenn du nichts zu tun hast, möchte ich mit dir sprechen.“

„Jetzt sind die Techniker an der Reihe“, antwortete Don Camillo. „Reden wir miteinander, Genosse!“

Sie schlugen langsam den Weg nach Norden ein.

„Genosse“, begann der Genosse Tavan sichtbar verwirrt, „du sagst richtige Sachen, und ich gebe dir recht. Hingegen irrst du, wenn du die Bauernklasse in Bausch und Bogen verdammst. In der Stadt arbeiten die Arbeiter gemeinsam, sind mit dem Fortschritt und dem politischen Leben in Kontakt. Auf dem Land arbeiten die Bauern voneinander abgesondert und können daher nicht den gleichen Gemeinschaftssinn haben. Sie zum Verständnis gewisser Dinge zu bringen, ist eine harte Sache, und nicht immer sind sie des Verstehens fähig. Aber es gibt solche, die verstanden haben, worum es geht."

Der Genosse Tavan erregte mit seinem knochigen und dunklen Gesicht und seinen großen Ohren ein wenig Mitleid, und Don Camillo fühlte sich entwaffnet.

„Ich weiß, daß du ein tüchtiger Genosse bist", erwiderte er. „Vielleicht habe ich unklug gesprochen, weil ich nicht bedachte, daß ich deinen Klassenstolz verletzen könnte."

„Du hast gut gesprochen", stellte der Genosse Tavan fest. „Die Bauernklasse ist so, wie du es sagst, aber sie wird sich ändern. Jetzt ist es unmöglich, weil noch die Alten da sind. Und die Alten zählen viel auf dem Land. Sie haben den Kopf voll falscher Ideen, aber wie kann man ihnen widersprechen? Sie haben doch schließlich ihr Leben mit knochenzermürbender Arbeit verbracht! Die Partei hat recht, doch die Alten befehlen. Die Partei spricht zum Gehirn, die Alten sprechen zum Herzen, und oft, selbst wenn echte Ideen vorhanden sind, bringt das Herz das Hirn zum Schweigen."

„Genosse, ich bin von Bauern geboren und begreife dich", antwortete Don Camillo. „Das ist die wahre Schwierigkeit auf dem Land. Und deshalb müssen wir die Propaganda verstärken."

Sie gingen eine Weile still nebeneinander her.

„Genosse", sagte auf einmal der Genosse Tavan. „Ich, meine Frau und meine Kinder, wir leben mit meinem Vater, der fünfundsiebzig Jahre alt ist, und meiner dreiundsiebzigjährigen Mutter auf einem Hof inmitten der Ebene, den unsere Familie seit hundertfünfzig Jahren gepachtet hat. Meine Mutter und mein Vater begeben sich einmal im Jahr ins Dorf, und in der Stadt waren sie ein einziges Mal. Was kann ich ihnen erklären? Und erst noch nach dem, was vorgefallen ist?"

Don Camillo schaute ihn fragend an.

„Genosse", ermutigte er ihn, „wenn du etwas zu sagen hast, so sag es ruhig. Ich höre dich als Mensch an, nicht als Parteimann."

Der Genosse Tavan sah ihn an.

„Ich hatte einen Bruder, der um fünf Jahre jünger war", erklärte er. „Der Krieg hat ihn uns genommen. Mein Vater hat sich damit abgefunden, hingegen meine Mutter nicht. Als sie hörte, daß ich hierher kommen würde, hat sie mir keine Ruhe mehr gelassen. Und ein Dutzend Mal habe ich schwören müssen, das zu tun, was sie sagte."

„Wo ist er gestorben?" fragte Don Camillo.

„Er ging dorthin, wohin man ihn schickte, der arme Junge. Er ist hier gefallen. In der Schlacht von Weihnachten 1941."

Der Genosse Tavan hatte eine lebendige Katze im Leib und befreite sich jetzt von ihr.

„Meine Mutter hat mich gezwungen zu schwören, daß ich mein Möglichstes versuche, um sein Grab zu finden und dieses da vor sein Kreuz zu setzen."

Er hielt Don Camillo ein Wachskerzchen hin.

„Ich begreife dich, Genosse", sagte er. „Aber wie willst du auf den zweiundzwanzig Millionen Quadratkilometern der Sowjetunion das Flecklein Erde finden, wo dein Bruder begraben ist?"

Der Genosse Tavan zog eine abgewetzte Brieftasche aus seinem Rock und suchte fieberhaft in ihrem Innern.

„Da ist sie", keuchte er und reichte Don Camillo eine vergilbte Fotografie. „Der Feldgeistliche hat sie meiner Mutter gegeben. Sie zeigt das Kreuz mit dem Namen meines Bruders. Auf der Rückseite stehen der Name der Ortschaft und ein genauer Plan der Gegend."

Don Camillo kehrte die Aufnahme um, dann gab er sie dem Genossen Tavan zurück.

„Verstehst du, Genosse?" keuchte der andere. „Das Grab ist ausgerechnet hier, in dieser Gegend, und ich muß mein Möglichstes tun, um es zu suchen. Aber wie kann ich diese Leute fragen, wo sich der Soldatenfriedhof der Italiener befindet?"

Während sie sprachen, hatten sie eine schöne Strecke zurückgelegt, und schon sah man die Hecke und die große Eiche.

Diese große Eiche war auf der Rückseite der Fotografie mit der Skizze des Feldgeistlichen deutlich zu sehen.

„Beeile dich!“ befahl Don Camillo und beschleunigte seine Schritte. Als sie beim Kanal angelangt waren, hielt er an.

„Dies ist die Straße auf deiner Skizze. Dort ist der Karrenweg, das ist die Hecke längs des Grabens, und dort ist die Eiche.“

Er lief abermals, gefolgt vom Genossen Tavan, den vereisten Graben entlang und stieg die Böschung bei der großen Eiche hinauf.

„Da ist der Friedhof“, erklärte er und deutete auf das Feld mit den zarten Kornpflänzchen. „Hier ist dein Bruder begraben.“

Er lüftete den Efeubehang, zeigte ihm das Kreuz, das Datum und das in die Rinde gegrabene Wort.

Der Genosse Tavan blickte auf das Kornfeld und die Hand, die das Kerzchen umklammerte, zitterte.

Don Camillo tat ein paar Schritte in das Kornfeld, beugte sich nieder und machte ein Loch in der Erde. Der andere begriff, und nachdem er bei ihm war, stellte er das Kerzchen in das Loch und zündete es an. Als er sich wieder erhoben hatte, betrachtete er das Lichtlein ein Weilchen, mit der Mütze in der Hand.

Don Camillo zog sein Messer aus der Tasche und stach eine winzige Scholle mit drei zarten Weizenpflänzchen aus der harten braunen Erde.

In der Tasche hatte er den Aluminiumbecher, der ihm als Kelch diente. „Ich werde einen anderen finden", dachte er, während er ihn mit der Scholle füllte.

„Bring ihn deiner Mutter nach Hause", sagte er zum Genossen Tavan, während er den Becher in dessen Hand gab.

Sie kehrten an den Rand des Feldes und der Eiche zurück.

„Bekreuzige dich nur, Genosse", sagte Don Camillo zum Genossen Tavan. „Auch ich bekreuzige mich!"

Sie bekreuzigten sich. Und das Flämmchen der Kerze, das in seiner Nische vor dem Winde geschützt war, zuckte.

Ein Hupenzeichen brachte sie auf den Rückweg.

Ehe sie den Autobus erreichten, hielt Don Camillo an.

„Genosse", sagte er mit ernster Stimme, „deine Mutter wird zufrieden sein, doch die Partei könnte dem, was wir taten, nie zustimmen."

„Das kümmert mich keine Laus“, erwiderte mit fester Stimme der Genosse Tavan.

Und er hielt das Becherchen, das die Erdscholle und die drei Getreidepflänzchen barg, mit unendlicher Sorgfalt fest, als habe er zwischen seinen groben Fingern etwas Weiches und Lebendiges.

Die Zelle beichtet

In dem Zug nach Moskau befand sich wenig Volk. Don Camillo war allein im Abteil, weil sich Peppone, als er sah, daß jener sein bekanntes rotes Büchelchen „Maximen Lenins“ hervornahm, fortgeschlichen hatte, um mit der Genossin Nadia Petrowna und dem Genossen Oregow zu plaudern, die ihr Büro im ersten Abteil des Wagens eingerichtet hatten.

Don Camillo legte sein Zwergbrevier weg und zog sein Notizbuch aus der Tasche, um seine Reisebemerkungen zu ergänzen: „*Donnerstag, acht Uhr, Kolchose Tifiz, Stephan, Friedhof, Totenmesse, Genosse Tavan. – 15 Uhr Abfahrt mit der Eisenbahn ...*“

Donnerstag? Erst Donnerstag?

Es schien ihm nicht möglich zu sein, aber er blätterte in seinem Kalenderchen und mußte sich überzeugen, daß er sich erst seit neunundsiebzig Stunden in Rußland befand.

Der Abend dämmerte. Kein Baum, kein Haus durchbrach die Eintönigkeit der ungeheuren, gewellten, vom Wind gepflügten Ebene. Man sah nur Kornfelder, die sich unendlich aneinanderreihten und die man sich unschwer als ein wogendes Meer goldener Ähren vorstellen konnte. Aber nicht einmal die leuchtendste Sonne der Phantasie vermochte das von Traurigkeit durchfrorene Herz Don Camillos zu erwärmen.

Don Camillo dachte an sein Tiefland; an den Nebel, an die vom Regen getränkten Felder, an die schlammigen Straßen. Das war eine andere Traurigkeit. Unten im Tiefland vermochte kein Wind, kein Frost jene menschliche Wärme auszulöschen, die aus allen vom Menschen berührten Dingen drang.

Selbst ein unten im Tiefland inmitten der Landschaft verlorener und im dichtesten Nebel begrabener Mensch fühlt sich nie von der Welt abgesondert. Ein unsichtbarer Faden bindet ihn immer an die andern Menschen und an das Leben, das uns Wärme und Hoffnung vermittelt.

Hier in Rußland band kein Faden den Menschen an die andern Menschen. Hier war ein Mensch wie ein Backstein: Zusammen mit den andern Menschen bildete er eine Mauer, war notwendiger Teil eines festen Gefüges. Wenn man ihn aus der Mauer brach und wegwarf, war er nichts mehr, wurde er eine unnütze Sache.

Hier war der abgesonderte Mensch verzweifelt allein.

Don Camillo erschauerte. „Wo hat sich dieser unglückliche Kerl nur versteckt?“ sagte er zu sich und dachte an Peppone.

Die Schiebetüre des Abteils quietschte, und der Genosse Tavan trat ein.

„Störe ich?“ erkundigte er sich.

„Setz dich, Genosse“, antwortete Don Camillo.

Tavan setzte sich ihm gegenüber; er hielt eine Art Papptüte in der Hand und zeigte Don Camillo nach einigem Zögern den Inhalt.

„Es handelt sich noch um ein paar Tage“, sagte er, „und sie sollen nicht darunter leiden.“

Wer nicht darunter leiden sollte, waren die drei Weizenpflänzchen, die zusammen mit ihrem „Topf“ in der Kartontüte untergebracht waren.

„Sie können atmen“, ergänzte der Genosse Tavan, „oben ist die Tüte offen. Glaubst du, daß ich auch unten ein paar Löcher machen sollte?“

„Das scheint mit nicht nötig zu sein“, antwortete Don Camillo. „Das Wichtigste ist, daß sie nicht zuviel Wärme bekommen.“

Der Genosse Tavan stellte seinen Schatz vorsichtig auf den Polstersitz, wobei er die Tüte an die Rückwand lehnte, damit die Pflänzchen aufrecht blieben.

„Und nachher?“ fragte er.

„Nachher? Wann?“

„Wenn ich wieder daheim bin.“

Don Camillo zuckte die Achseln.

„Genosse, ich sehe nicht ein, welche Schwierigkeiten es böte, drei Getreidehalme zu verpflanzen.“

„Die Schwierigkeit besteht aus meiner Mutter“, brummte der andere. „Was soll ich ihr sagen? Soll ich ihr sagen: ‚Das ist der Weizen, der . . .‘“

Er unterbrach sich und sah zum Fenster hinaus.

„Zweiundzwanzig Millionen Quadratkilometer“, sagte er gedrückt, „und ausgerechnet dieses Fleckchen Erde hatten sie nötig, um Weizen zu säen!“

Don Camillo schüttelte den Kopf.

„Genosse“, antwortete er, „ein Land, das im Krieg zwanzig Millionen Tote hatte, stellt die fünfzig- oder hunderttausend Toten, die der Feind in seinem Hause ließ, nicht groß in Rechnung.“

„Das kann ich meiner Mutter nicht sagen.“

„Das mußt du auch nicht. Begnüge dich damit, daß deine Mutter an das Holzkreuz denkt, das sie auf dem Bilde gesehen hat. Und mit diesen drei Pflänzchen mache, was dein Herz dir eingibt. Wenn du sie am Leben erhältst mit dem Samen, den sie dir geben werden, dann ist es, als ob du deinen Bruder lebendig halten würdest."

Der Genosse Tavan hörte finster zu.

„Genosse", fragte ihn Don Camillo, indem er ein anderes Register zog, „warum verführst du mich zu diesen Reden, die von bürgerlicher Gefühlsduselei nur so triefen?"

„Weil es mir Freude macht, dir zuzuhören", antwortete der Genosse Tavan, ergriff seine Tüte und stand auf.

Bevor er hinausging, sah er nochmals durchs Fenster hinaus. „Zweiundzwanzig Millionen Quadratkilometer Boden", knurrte er, „und ausgerechnet dieses Nastuch voll Erde hatten sie nötig ..."

Don Camillo blieb nicht lange allein. Es vergingen nur fünf Minuten, bis die Seitentüre sich wieder öffnete. Diesmal erschien der Genosse Bacciga.

Er nahm Don Camillo gegenüber Platz, und da er ein harter und rasch entschlossener Kerl war, brachte er sofort seine Sache vor.

„Genosse", sagte er, „ich hab's mir überlegt und gebe zu, daß du recht hattest. Es war nicht der Ort, um einen Handel dieser Art zu betreiben. Mir tun auch die Dummheiten leid, die ich dir auf der Treppe gesagt habe."

„Ich müßte dir erwidern, daß auch ich gefehlt habe, indem ich die Angelegenheit der Zelle vorlegte, anstatt mit dir persönlich, von Mann zu Mann, zu reden. Tatsache ist, daß der Genosse Oregow den Handel im Warenhaus gesehen hat, und ich mußte eingreifen, damit nicht er dazu den Anstoß gab."

Der Genosse Bacciga brummte etwas Unverständliches, dann bemerkte er:

„Immerhin hat er meine Stola eingesackt, obwohl sie aus einem unerlaubten Handel stammte!"

„Dafür ist die Sache nun erledigt", tröstete ihn Don Camillo. Der Genosse Bacciga war Genuese, und für ihn war die Partei etwas für sich, und die Geschäfte waren etwas ganz anderes.

„Aber wer hat dabei die Federn gelassen? Der Genosse Bacciga!" erwiderte er.

„Wer zerbricht, bezahlt, Genosse", ermahnte ihn Don Camillo.

„Richtig! Doch das wird die Person, die mir die Nylons gegeben hat, damit ich ihr die Pelzstola bringe, nicht überzeugen."

Don Camillo schwieg.

Der Genosse Bacciga murmelte etwas vor sich hin und fuhr dann fort:

„Genosse, reden wir offen, von Mann zu Mann. Während des gestrigen Festes habe ich den Streich, den dir der Chef gespielt hat, gesehen und habe gehört, daß du eine schreckliche Frau hast. Nun, wenn deine Frau schrecklich ist, meine Frau ist es zehnmal mehr. Sie hat mich gezwungen, mich mit den Nylons zu stopfen, weil sie eine Pelzstola will. Wenn ich ihr die Stola nicht bringe, wird mich nicht einmal Togliatti retten. Genosse, wenn deine Frau die Fotos von gestern abend sieht, wird sie dir solche Augen machen. Gut, das ist deine Sache. Aber wenn ich die Stola nicht mitbringe, bestraft mich meine Frau mit vier solcher Augen, obwohl sie nur zwei hat. Und ich kann sie nicht einmal vor die Quartiergruppe zitieren, denn sie ist eine dreckige Faschistin. Und auf ihrer Seite stehen auch die beiden Töchter, die noch viel verrückter sind."

„Auch sie Faschistinnen?" erkundigte sich Don Camillo.

„Schlimmer!" brüllte der Genosse Bacciga. „UDI! Aber von jenen Sturmtrupp-‚Udinen', die einem Glatzkopf die Haare sträuben können!"

„Ich verstehe dich", sagte Don Camillo. „Wie kann ich dir helfen?"

„Genosse, ich verkehre mit dem Hafenvolk, denn ich arbeite im Hafen von Genua, und wer da zu tun hat, findet immer ein paar Dollars im Sack. Ich habe einige mitgenommen, denn Dollars sind überall nützlich, auch wenn

Amerika eine Schande ist. Hab' ich's richtig gesagt?"

„Bis zu einem gewissen Punkt."

„Genosse, um ruhig nach Hause kehren zu können, bin ich bereit, meine Dollars zu opfern. Darf ich das tun, oder begehe ich dann wieder einen Verstoß?"

„Nein! Wenn du in Dollars bezahlst, dann nicht, denn die Sowjetunion hat Dollars nötig, um ihre Ankäufe im Ausland zu bezahlen."

„Das dachte ich mir", rief der Genosse Bacciga aus. „Nun, da wir schon bei der Sache sind: Hast du eine Ahnung vom Kurs?"

Don Camillo war völlig auf dem laufenden.

„Zum offiziellen Kurs geben sie dir für einen Dollar vier Rubel. Zum Touristenkurs bekommst du für einen Dollar zehn. Die reaktionäre Presse behauptet, daß auch ein schwarzer Dollarmarkt existiert, und daß sie dort für einen Dollar sogar zwanzig Rubel zahlen. Aber du wirst wohl verstehen, daß es sich da um die gewohnte schmutzige antisowjetische Propaganda handelt."

„Natürlich", stimmte der Genosse Bacciga zu. „Dann kann ich also, wenn wir in Moskau sind, ruhig handeln?"

„Du bist in deinem vollen Recht, Genosse."

Der Genosse Bacciga ging befriedigt hinaus, aber Don Camillo gelang es nicht, wie er gewollt hätte, sein Notizbuch herauszunehmen, um die letzten Ereignisse zu vermerken, da sogleich der Genosse Salvatore Capece erschien.

Die kalten Umschläge hatten ihre Wirkung gezeitigt, und der Kreis um sein linkes Auge wies nur noch ein sehr abschattiertes Blau auf.

„Genosse", sagte er, indem er sich Don Camillo gegenüber niederließ, „der Wodka ist etwas, das man wie Grappa hinter die Binde gießen kann; hingegen ist es Wodka. Dann geschieht, was geschieht! Aber wenn es geschehen ist, ist es geschehen. Habe ich es klar gesagt?"

Don Camillo bejahte.

„Genosse", fuhr der andere fort, „der Chef hat mir gesagt, daß wir später abrechnen werden. Ich habe einen Schlag aufs Auge gekriegt, und hinten am Kopf habe ich eine Beule, groß wie eine Nuß. Warum wollt ihr mich noch ins Unglück bringen? Meine Frau ist in der Partei und besucht die Zelle. Wenn man in der Zelle von dieser Dummheit spricht, bekommt sie es sicher zu wissen. Sie ist jung und eifersüchtig . . . Du wirst mich begreifen, Genosse, denn laut Chef versteht auch deine Frau keinen Spaß."

„Geh ruhig, Genosse", beschwichtigte ihn Don Camillo, „ich werde alles mit dem Chef in Ordnung bringen."

Der andere sprang auf die Füße, und sein Gesicht hellte sich auf.

„Salvatore Capece!“ rief er aus, packte Don Camillos Hand und schüttelte sie. „Wenn du zufällig nach Neapel kommst, so frage nach Salvatore Capece. Mich kennen alle.“

Die Dinge hatten sich so rasch entwickelt, daß Don Camillo unbedingt ein paar Notizen hinwerfen mußte, um sich an jede Einzelheit zu erinnern, aber das Schicksal wollte es, daß es ihm nicht gelang, das gesegnete Notizbuch aus der Tasche zu ziehen.

Tatsächlich: Kaum war der Genosse Salvatore Capece draußen, trat der Genosse Peratto ein.

Da er ein echter Piemontese war, kam er ohne Umschweife zum „Also“:

„Genosse“, rief er aus, kaum daß er Don Camillo gegenüber Platz genommen hatte, „gestern abend hat man ein bißchen Spaß gemacht. Das geht immer so, wenn man allzu Starkes trinkt. Aber jetzt haben sich die Wodkadünste verflüchtigt. Der Chef kann sagen, was er will: Ich bin Berufsfotograf und kenne meine Pflichten. Hier hast du die Spule mit allen Fotos, die ich gestern geknipst habe, während du tanztest. Mach damit, was du willst.“

Don Camillo nahm das Röllchen, das der andere ihm reichte.

„Ich bin dir dankbar, Genosse“, antwortete er. „Das ist eine sehr sympathische Geste.“

Der Genosse Peratto stand auf.

„Es ist eine Frage der Berufsmoral“, stotterte er, „und der Solidarität. Auch ich habe eine Frau, die, je älter sie wird, desto eifersüchtiger und verständnisloser ist. Ich werde dem Chef sagen, die Spule habe Licht bekommen.“

Er ging, und als er draußen war, lenkte Don Camillo seine Augen zum Himmel.

„Herr“, sagte er, „nach dem, was geschehen ist, schäme ich mich fast, keine alte und eifersüchtige Frau zu haben.“

Dann riß er Hals über Kopf sein Notizbuch heraus und schrieb: „Die Frau ist das Opium der Völker.“ Er konnte nichts anderes beifügen, weil genau in diesem Augenblick der Genosse Scamoggia auftauchte.

Er flegelte sich auf den Sitz, der dem von Don Camillo gegenüberlag, zündete eine Zigarette an und schob sie in die äußerste Ecke des verbitterten Mundwinkels.

Er war schrecklich ernst, und man sah, daß tiefe und quälende Gedanken seinen Geist beschäftigten.

Don Camillo schaute ihn ein schönes Weilchen an; dann zog er, da der andere nicht aus seiner Zurückhaltung heraustrat, das Notizbuch aus der Tasche und schickte sich an, seine Notizen zu ergänzen.

„Genosse!"

Don Camillo legte das Notizbuch hin.

„Irgendein Kummer?" ermutigte er ihn.

„Genosse, du weißt, was gestern abend geschehen ist."

„Mach dir darüber keine Gedanken", beruhigte ihn Don Camillo. „Capece war vor einer Minute da. Alles in Ordnung."

„Capece? Was hat der damit zu tun?" fragte erstaunt der Genosse Scamoggia.

„Er hat damit zu tun, weil du ihm ein blaues Auge geschlagen hast", rief Don Camillo aus. „Außerdem hat er eine dicke Beule am Hinterkopf."

„Ah!" murmelte Scamoggia. Er erinnerte sich nicht mehr. „Nicht von dem wollte ich reden."

„Dann verstehe ich weniger als nichts", erklärte Don Camillo, der tatsächlich völlig im dunkeln tappte.

Scamoggia machte einige Lungenzüge.

„Gestern abend", beichtete er, „hatte ich einen Augenblick der Schwäche, und da ist mir eine Ohrfeige ausgerutscht."

„Wem gegenüber?"

„Ihr."

Da Don Camillo von dieser Sache nichts

wußte, blieb er einen Augenblick stumm. Er mußte die Erklärung erst verdauen.

„Du hast die Genossin Petrowna geohrfeigt?“ stammelte er schließlich. „Und warum?“

Scamoggia breitete trostlos die Arme aus.

„Die Genossin Petrowna ist eine gescheite Frau und wird sich bewußt sein, daß du zuviel Wodka getrunken hattest“, meinte Don Camillo.

„Ich hatte nicht getrunken“, stellte Scamoggia richtig, „und sie weiß es ganz genau. Das ist der Haken.“

Scamoggia warf die Zigarette auf den Boden und zertrat sie. Er war ganz deprimiert und erregte Don Camillos Mitleid.

„Nicht dramatisieren, Genosse! Sie muß ein gutes Geschöpf sein . . .“

„Sie ist es!“ bestätigte Scamoggia ermuntert. „Sie ist schön, gut und brav, und ich kann sie nicht behandeln wie irgendein Lottchen. Ich kann sie nicht täuschen.“

Rußland ist entsetzlich weit von Rom entfernt, und Don Camillo, ein armer und einfacher Priester aus dem Tiefland, verstand die besondere Denkart eines Bullen aus dem Trastevere nicht.

„Täuschen?“ stammelte er. „Und warum?“

„Freund!“ schrie Scamoggia. „Scherzen wir?

Wenn Nanni Scamoggia einem Mädchen eine Ohrfeige gibt, tut er das nicht nur so zum Spaß. Oder scheint dir, Nanni Scamoggia sei einer jener Halunken, denen es Freude macht, die Frauen schlecht zu behandeln?"

Don Camillo schüttelte ernst den Kopf.

„Jetzt verstehe ich! Im Grunde hast du Angst, das Mädchen denke, es interessiere dich."

„Jawohl."

„Hingegen interessiert dich das Mädchen gar nicht. Aber du hast nicht den Mut, es zu enttäuschen."

„Eben."

„Dann ist alles einfach: Du beläßt es bei der Täuschung, und wenn sie dich demnächst abreisen sieht, wird sie sich dreinschicken."

„Sie ja! Aber ich werde mich nicht dreinschicken."

Don Camillo war sich des Ernstes der Lage völlig bewußt.

„Freund", rief er aus, „wenn es so steht, weiß ich dir keinen Rat."

„Natürlich weißt du einen", erwiderte Scamoggia. „Du hast einen klaren Kopf und kannst mich auf den richtigen Weg verweisen. Wir haben heute nacht, nach dem Tanzen, lange miteinander gesprochen ... Ich konnte sie nicht so verlassen, ohne jede Erklärung!"

„Richtig!"

„Sie wird in einigen Monaten nach Rom kommen, weil sie als Übersetzerin eine Gruppe Funktionäre auf einer Bildungsreise begleiten muß. Und dann ..."

Scamoggia zögerte.

„Freund", sagte er, indem er Don Camillo in die Augen blickte, „kann ich mich dir anvertrauen?"

„Als ob du zu einem Beichtvater sprächest."

„Nie werde ich einem Priester meine Privatsachen erzählen!" erwiderte Scamoggia.

„Daran tust du gut, Genosse. Trotzdem hat es Priester gegeben, die sich lieber töten ließen, als daß sie verraten hätten, was ihnen im Beichtstuhl anvertraut worden war. Wenn ich Priester wäre, würde ich zu diesen gehören. Sprich!"

„Sie kommt nach Rom", fuhr Scamoggia leise fort, „und wäre bereit, nicht mehr heimzukehren, um bei mir bleiben zu können. Dürfte man so etwas machen?"

Don Camillo schüttelte den Kopf.

„Nein", sagte er entschieden, „das wäre feiger Verrat, und der Genosse Scamoggia kann sich nicht als Verräter benehmen. Schon deshalb nicht, weil es eine viel natürlichere und saubere Lösung gibt."

„Und die wäre?"

„Das Mädchen ist tüchtig und hat zweifellos wichtige Freunde in der Partei. Morgen früh werden wir in Moskau sein, und es wird ihr keine Mühe machen, dir die Erlaubnis zu verschaffen, hierzubleiben und irgendeine Arbeit zu finden. Viele haben das getan. Die Sowjetunion hat tüchtige Techniker und zuverlässige Genossen nötig. Wenn du erst einmal hier niedergelassen bist, wird alles andere leicht. Und du wirst mit deinem Herzen und deinem Gewissen in Ordnung sein, weil du ein armes, braves, verliebtes Mädchen nicht in ein verrücktes Abenteuer ziehst!"

Das Gesicht Scamoggias verklärte sich.

„Mein Gehirn denkt nicht mehr vernünftig, und du hast mich auf den rechten, dazu einfachsten Weg zurückgebracht!" rief er aus. „Wahrlich, ich bereue es nicht, mich dir anvertraut zu haben. Ich danke dir, Genosse!"

Er ging, nachdem er ihm aufs kräftigste die Hand gedrückt hatte.

„Herr", flüsterte Don Camillo, indem er die Augen nach oben wandte, „die Aufgabe des Genossen Guter Hirt besteht darin, die Genossin Verirrtes Schaf wieder aufzufinden, um sie in den Pferch der Partei zurückzubringen."

„Du irrst dich", antwortete ihm die Stimme Christi, „das ist die Aufgabe des Genossen Teufel."

Aber vielleicht war das nicht die Stimme Christi; vielleicht war es der Wind, der über die verlassene und trostlose Ebene brauste. Don Camillo ging der Sache nicht auf den Grund; er ließ sie in der Schwebe. Auch, weil in diesem Augenblick Peppone ankam.

„Warum seid Ihr nicht gekommen, um ein wenig mit uns zu plaudern, statt hier zum Fenster hinauszublicken?“ fragte er.

„Genosse“, antwortete Don Camillo, „ein Zellenchef hat immer viel zu tun, wenn er auf der Höhe der Aufgabe, die ihm die Partei anvertraute, bleiben will.“

Peppone betrachtete ihn mit Verdacht; dann zuckte er die Schultern.

„Himmel“, dachte er, „selbst wenn es sich um den Teufel persönlich handelte, welches Unheil kann ein einzelner Priester, eingeschlossen in einem Abteil des Zuges, der durch das Herz des sowjetischen Rußland gondelt, anstiften?“

Im Vorzimmer der Hölle

Endlich war er da, der große Tag des Genossen Peppone. Sie hatten eine riesige Traktorenfabrik und eine denkbar gut ausgerüstete Kolchose besucht. Darauf waren sie zwanzig geschlagene Stunden an Bord des Zuges gefahren, inmitten eines Ozeans von ertragreichen, gut gepflegten Feldern, so daß sie ein Bild von dem ungeheuren landwirtschaftlichen Reichtum und der administrativen Wirksamkeit der Sowjetunion erhalten hatten. Aber das war nicht das Rußland, das den Westen verblüffen konnte.

Bis zu diesem Augenblick hatte der vom Zufall schändlich begünstigte Westen, vertreten durch Don Camillo, leichtes Spiel gehabt, doch jetzt war der Freßnapf leer. Jetzt blieb dem Westen nichts anderes übrig als vor lauter Wundern die Augen aufzureißen und das dreimal verfluchte Maul geschlossen zu halten.

Der moderne, komfortable und majestätische Autobus, der sie durch die breiten und höchst schmucken Straßen Moskaus spazierenfuhr, glich nicht einmal von fern dem großen Karren, auf dem sie über die lehmigen Sträßchen der Ukraine gefahren worden waren. Und durch die breiten Fenster hindurch sah man keine strohbedachten Isbas, wohl aber Wolkenkratzer von hundertfünfzig und auch von zweihundert Metern Höhe.

Der Westen schaute stumm umher, und ab und zu schluckte er leer.

„Ihr dürft euch nicht beeindrucken lassen", flüsterte Peppone dem Westen ins Ohr. „Das ist alles Propaganda! Immerhin, wenn es euch nach einer Prise Luft gelüstet, könnt ihr um den Kreml herum einen Rundgang machen, das sind kaum fünf Kilometer."

Peppone wiederholte dem Don Camillo genau und sehr aufgeregt die Erklärungen der Genossin Nadia Petrowna, und in seiner Stimme zitterte soviel Stolz, daß man annehmen mußte, Moskau sei von ihm erbaut worden.

Der Genosse Yenka Oregow freute sich über jedes Bewunderungsgeheul, das Peppone und seine Genossen ausstießen. Der Genosse Oregow war kein gefrorener und gleichgültiger Bürokrat, und für die tausend armseligen Rubel, die er monatlich vom Staat erhielt, gab er der Sache für mindestens zehntausend Rubel Glauben und Begeisterung. Er fühlte sich winzig, jedoch nötig wie einer der hunderttausend Backsteine, aus denen das große Gebäude mit den massigen Mauern zusammengesetzt ist.

„Es braucht hundert Kopeken, um einen Rubel zu machen, und tausend mal tausend Rubel, um eine Million Rubel zu machen. Die Kopeke ist nur der hundertmillionste Teil der Million, aber wenn meine Kopeke fehlt, wird man nie zur Million Rubel gelangen." So dachte der Genosse Oregow, und seine Überlegung war nicht abseitiger Art, denn wenn er auch nur sein bescheidenes Kapital von einer Kopeke eingelegt hatte, fühlte er sich doch als Millionär. Der Genosse Oregow bebte daher aus berechtigtem Stolz jedesmal, wenn Peppone und Genossen ihrer Bewunderung lauten Ausdruck gaben, und als er begriff, daß die Gäste nun doch der schönen Dinge satt waren, teilte er ihnen durch die Genossin Nadia mit, daß der erste Teil des Stadtbesuchs als erledigt zu betrachten sei.

„Der Genosse Oregow sagt", erklärte die Petrowna, „daß es ratsam wäre, zu Fuß zum Hotel zurückzukehren, damit ihr euch die Beine vertreten könnt. Es sind nur wenige hundert Meter."

Sie stiegen auf einem Platz aus, der von majestätischen Gebäuden umgeben war, und machten sich auf den Weg.

Als ob er sich in der letzten Minute einer Einzelheit von zweitrangiger Bedeutung, die ihm entgangen war, erinnere, rief der Genosse

Oregow auf einmal aus: „Ah!“ um dann, nach einer raschen Wendung, den Eingang einer Art großen und niederen Kioskes, der sich in der Mitte des Platzes erhob, zu betreten.

Die anderen folgten ihm. Eine Rolltreppe nahm sie auf und trug sie zu den Eingeweiden der Erde hinunter.

„Das ist eine Untergrundbahnstation“, erklärte die Genossin Nadia, als alle vor der Rolltreppe gelandet waren.

Moskaus Untergrundbahn ist der Stolz der Sowjetunion, und um eine Ahnung zu bekommen, wie sie sich präsentiert, muß man an einen assyrisch-babylonischen Albdruck denken: Marmor, Kristall, Lüster, Porzellane, Mosaike, Stukkaturen, Fresken, Hochreliefs, Tiefreliefs, Statuen, Bilder, Stiche, Bronzen, Silber und Gold. Man wundert sich, daß die Fahrgäste nicht Nerzmäntel tragen.

Peppone und Konsorten waren wie vom Blitz getroffen, und der Genosse Kopeke spiegelte sich in ihrer Begeisterung.

Der erste, der wieder zu sich kam, war Scamoggia.

„Genossin“, vertraute er leise der Petrowna an, „nach dir ist dies die schönste Sache, die ich in der Sowjetunion sah.“

Die Genossin Petrowna, so unversehens

überrumpelt, war etwas perplex, hatte sich jedoch sogleich wieder in der Gewalt.

„Genosse“, warnte sie, „angesichts dieses riesigen Werkes sowjetischer Arbeit und Kunst darf man nicht spaßen!“

„Genossin“, erwiderte Scamoggia, „ich spaße nicht.“

Die Art und Weise, wie er es sagte, bewies, daß Scamoggia im Ernst sprach, und die Genossin Nadia vergaß für einen Augenblick ihre Pflichten eines Parteifunktionärs und lächelte wie irgendeine Bürgersfrau.

Unterdessen hatte sich Peppone an die Fersen Don Camillos geheftet. „Genosse“, rief er grinsend aus, „kannst du dir denken, was ein gewisser Hochwürden aus unserer Bekanntschaft, wenn er hier wäre, sagen würde?“

Die Untergrundbahnstation war von Leuten überfüllt: Die gewohnten Männer und die gewohnten Frauen, eingemummt in schlecht gemachte und verbrauchte Kleider. Die gewohnten traurigen Gesichter.

„Wenn er hier wäre“, erwiderte Don Camillo, „würde er sagen, daß es besser ist, ein Beefsteak von einem Tonteller zu essen als eine Zwiebel von einem Goldteller.“

„Das ist niedriger Materialismus“, stellte Peppone vernichtend fest. Aber er dachte an das Beefsteak.

Es waren die Tage der Entspannung. Die Sowjetunion schaute nicht auf die Spesen und hatte für die Gäste das schönste und größte Hotel der Stadt gewählt – eine Sache nach Art der Untergrundbahn, mit mehr als tausend Zimmern und großen Sälen und Salons und Salönchen und Lifts und so fort.

Nach dem Mittagessen ließ sich Don Camillo in einem Polstersessel der Halle nieder, um das Schauspiel der Leute, die kamen und gingen, zu genießen. Es war ein außerordentliches Schauspiel, denn es schien, als hätten sich alle Rassen der Welt hier ein Stelldichein gegeben. Man sah gelbe, schwarze, braune, graue, grünliche, weißliche Gesichter mit allen Zwischentönen, und man hörte hundert Sprachen reden.

Natürlich ließ Peppone Don Camillo nicht lange allein; er kam herbei und setzte sich neben ihn.

„Es ist ein wahres Babel", bemerkte nach einem Weilchen Don Camillo.

„Scheint so", erwiderte Peppone. „Doch obwohl sie verschiedene Zungen haben, verstehen sich diese Menschen vollkommen, weil sie alle in der gleichen Art und Weise denken. Und das ist die Kraft des Kommunismus. Habt Ihr heute morgen Lenins Mausoleum gesehen mit den zahllosen Leuten, die warten, bis die

Reihe an ihnen ist? Eine endlose Schlange, und das ist immer so, jeden Tag, vom Morgen bis zum Abend, denn wer immer nach Moskau kommt, spürt das Bedürfnis, dem Manne, der das Licht in die Welt der Finsternis gebracht hat, Ehre zu erweisen. Und alle diese Menschen, vom Kongolesen zum Chinesen, vom Italiener zum Grönländer, sind erleuchtet worden."

Don Camillo schaute Peppone ehrlich begeistert an.

„Genosse", sagt er, „als du noch Bürgermeister warst, hast du von diesen Dingen nichts gewußt."

„Ich wußte das alles, wie ich es jetzt weiß. Aber ich wußte nicht, daß ich es wußte. Dann hat sich die Einsicht eingestellt, und ich habe sie gefunden und gefeilt. Im Grunde geschieht mit Lenin dasselbe, was mit Christus geschah, als er Mode war. Mit dem Unterschied, daß es sich im Fall Christi um Aberglauben handelte. Hier aber handelt es sich um den gesunden Menschenverstand. Die Wahrheit lag vor unseren Augen, war jedoch im Dunkel versteckt. Lenin hat die Fackel entzündet, die sie ins Licht gesetzt hat, so daß alle sie sehen konnten. Darum spürt jeder, der nach Moskau kommt, das Bedürfnis, Lenin seine Dankesschuld zu entrichten."

„Aber ist da nicht noch ein anderer Mann im Mausoleum, zusammen mit Lenin?" erkundigte sich Don Camillo.

„Er ist es und ist es nicht", antwortete Peppone. „Wie dem auch sei, das Volk steht vor dem Mausoleum Schlange, um Lenin zu huldigen. Übrigens werdet Ihr das sehen."

Don Camillo schüttelte den Kopf.

„Ich werde es nicht sehen", sagte er.

„Wir werden hernach alle zum Mausoleum gehen", erwiderte Peppone. „So haben wir es mit dem Genossen Oregow beschlossen."

„Ich habe keine Dankesschuld zu bezahlen", erklärte Don Camillo. „Ich folge der Mode nicht, und für mich ist die Offenbarung Christi noch gültig."

Peppone grinste.

„Ein Zellenchef hat seine bestimmten Pflichten, denen er sich nicht entziehen kann."

„Aber ein Pfarrer hat noch bestimmtere Pflichten", entgegnete Don Camillo.

Indem er sich eben dieser Pflichten erinnerte, entnahm er der Tasche eine Karte, zog ein Tischchen zu sich und schickte sich an, zu schreiben.

„Ich hoffe, daß Ihr mir keine dummen Streiche macht!" brummte Peppone besorgt.

„Darf ein Genosse in seiner Heimatstadt

nicht einen Freund haben, der auf dem Platz des Bischofssitzes wohnt?"

„Aber auf dem Platz des Bischofssitzes ist nur der Sitz des Bischofs!" rief Peppone aus.

Don Camillo streckte ihm die Karte hin.

„Wie du siehst", erklärte er, „habe ich den Umstand, daß am Bischofssitz nur der Bischof sitzt, dazu benutzt, um die Karte an einen nicht näher bezeichneten ‚Herrn', der den gleichen Vornamen und Namen wie der Bischof trägt, zu adressieren."

Peppone nahm die Karte, warf einen Blick auf die Adresse und hielt sie Don Camillo hin.

„Ich will nichts von Euren persönlichen Geschäften wissen."

„Genosse", riet ihm Don Camillo, „wenn ich an deiner Stelle wäre, würde ich meine Unterschrift hinsetzen."

„Ihr seid ja verrückt!" erwiderte Peppone.

„Und wenn morgen Christus wieder Mode würde?" warf Don Camillo listig ein.

Peppone nahm die Feder, kritzelte seinen Namen unter denjenigen Don Camillos und gab die Karte zurück.

„Ich tue es", erklärte er, „weil Euer Bischof, obwohl ein Priester, ein sympathischer Mann ist. Aus keinem andern Grunde."

Don Camillo stand auf, ging zu dem Briefkasten, der an einem Pfeiler der Halle befestigt war, und warf die Karte hinein. Als er an seinen Platz zurückkam, war die ganze Mannschaft komplett da.

„Auf euren Wunsch hin", erklärte die Genossin Nadia, „werden wir jetzt Lenins Mausoleum besuchen."

Don Camillo setzte sich mit den andern in Bewegung, gelangte aber nicht einmal zum Hotel hinaus, denn er strauchelte und vertrat sich einen Fuß.

Er versuchte, trotzdem der Mannschaft zu folgen, aber wenn Peppone ihn nicht aufgefangen hätte, wäre er der Länge nach hingefallen.

„Bleibt und laßt den Hotelarzt rufen", sagte die Genossin Nadia. „Es wird sich wohl nur um eine leichte Verstauchung handeln."

Don Camillo war so niedergeschlagen und zeigte seinen Kummer so deutlich, daß der Genosse Oregow sich genötigt fühlte, ihm mittels der Übersetzerin lang und liebreich zuzusprechen, um ihn zu trösten.

„Du wirst Gelegenheit haben, das Mausoleum zu besuchen, wenn du zu uns zurückkehren wirst", ließ er ihm zum Schlusse sagen.

Darauf beruhigte sich Don Camillo und hinkte zu seinem Polstersessel zurück.

Dort massierte er sich leicht den Knöchel, und da er nur getan hatte, als ob er strauchle, fühlte er sich sofort besser. Er zog das berühmte Büchlein mit den Maximen Lenins aus der Tasche und vertiefte sich in die Lektüre.

Don Camillo vergaß für ein Weilchen, daß er der Genosse Tarocci war, weil er so eine gute halbe Stunde in Gedanken versunken verbrachte. Ausgerechnet in diesem Augenblick rief ihn eine leise Stimme an:

„Hochwürden!"

Wie von einem Schlag getroffen, fuhr er herum. Er war wie eine Amsel in die Falle gegangen und versuchte nicht einmal, den Schaden gutzumachen.

Im Polsterstuhl nebenan, wo vorher Peppone gesessen hatte, hatte ein magerer brauner Mann von etwa fünfundvierzig Jahren Platz genommen. Es war ein bekanntes Gesicht, und der Name kam Don Camillo unwillkürlich auf die Lippen:

„Athos Comassi!"

Der Mann hielt die „Prawda" vor sich ausgebreitet. Er neigte sich zu Don Camillo hinüber und tat, als ob er ihm einen Artikel der ersten Seite übersetzte und erklärte. Das geschah mit großer Natürlichkeit, und Don Camillo machte die Komödie mit.

„Kaum hier eingetreten", sagte der Mann, „habe ich Euch erkannt, obwohl Ihr zivil gekleidet seid."

„Mich interessiert es, Moskau zu sehen“, legte Don Camillo dar, „aber ich konnte kaum im Priesterkleid hierher kommen.“

„Ach“, stotterte der Mann, „seid Ihr noch Priester?“

„Gewiß! Was sollte ich sonst sein?“

„In letzter Zeit sah man so viele Leute den Mantel nach dem Winde hängen.“

„Mein Mantel ist aus einem Stoff, den man nicht kehren kann. Und du, wieso bist du hier?“

„Ich bin mit einer Kommission tschechoslowakischer Genossen auf der Durchreise hier. Ich arbeite in Prag. Morgen reise ich ab.“

„Nachdem du mich als Spion des Vatikans angezeigt hast?“

Der Mann schüttelte den Kopf.

„Don Camillo, Ihr wißt, daß ich kein Halunke bin!“

Die Comassi von Castelletto waren brave Leute und kirchlich gesinnt. Nur der junge Athos hatte sich verirrt.

Die Geschichte des jungen Comassi glich tausend anderen: Am 8. September 1943 war er, nachdem er die Uniform weggeworfen hatte, heimgekehrt. Er war zweiundzwanzig Jahre alt, und als der Befehl kam, sich neuerdings zu den Waffen zu melden, versteckte sich der Bursche. Man wußte nichts mehr von ihm. Er tauchte erst im April 1945 wieder auf, als die Partisanen von den Bergen stiegen, und viele, die unten verblieben und schlau genug waren, sich den Bart wachsen zu lassen, reihten sich bei ihnen ein.

Der junge Comassi kehrte mit einem großen roten Taschentuch um den Hals ins Dorf zurück, und da er inzwischen Chef geworden war, übernahm er die Befehlsgewalt über die heimischen Partisanen, deren Tätigkeit hauptsächlich darin bestand, die Grundbesitzer aus ihren Höhlen zu treiben und sie zu überreden, zwei oder drei Tausendernoten je Hektar ihres Grundstückes für die Bewegung zu stiften.

Dabei setzte es Prügel ab, und es brauchte nicht viel, so passierten große Schweinereien.

Inmitten der Ebene von Castelletto stand – weltverloren – ein alter Palast, der den Grafen Mossoni gehörte. Dort hauste seit Jahren zurückgezogen der letzte dieses Geschlechts mit den Seinen. Im ganzen waren es ihrer vier: der Graf von fünfundsiebzig Jahren, die Gräfin, siebzig, eine Magd, fünfzig, und ein Hündchen unbestimmten Alters.

Eines Morgens zog der Pächter, der wie gewohnt den Milchkrug zum Palast der Mossoni brachte, umsonst den Glockenzug. Da die Türe halboffen war, drückte er sie auf und trat ein. Er fand keine lebende Seele.

In der großen Küche befand sich nur das Hündchen, das in einer Ecke liegend heulte und sich nicht von der Stelle rührte. Es kamen noch andere Leute, und als man das Hündchen mit Gewalt fortschleppte, entdeckte man, daß es die Falltüre eines alten Ziehbrunnens verteidigt hatte.

Im Brunnen fand man den Grafen, die Gräfin und die Magd. Jemand hatte in der Nacht den Kassenschrank geleert, der hinter einem großen Gemälde des Salons versteckt war, und Herrschaft und Dienerschaft erledigt.

Mindestens zehn Personen hatten den jungen Comassi zusammen mit drei seiner Bullen in einem schwarzen Fiat, den ein Fremder lenkte, bei Nacht und Nebel aus dem Dorf abfahren gesehen.

Andere hatten ihre Ankunft beim Palast des Grafen Mossoni beobachtet. Die drei Bullen waren als Aufpasser draußen geblieben und hatten sich nicht vom Fleck gerührt. Nur Comassi und der Wagenlenker hatten den Palast betreten. Sie hatten dort nicht viel Zeit verloren. Zwanzig Minuten später fuhr die ganze Mannschaft mit dem Auto wieder ab. Und am folgenden Morgen entdeckte man das, was geschildert wurde.

Im Tiefland herrschte damals dicke Luft. Wer etwas gesehen hatte, vergaß aus guten

Gründen, etwas gesehen zu haben, und so versandete die traurige Missetat.

Aber im Januar 1948, als das propagandistische Bombardement für die Aprilwahlen begann, erschienen plötzlich an den Häusern des Dorfes große Plakate, die haargenau die Ermordung des Grafen Mossoni schilderten, mit Nennung gar vieler Namen, um zu zeigen, welcher Rasse die Roten waren, die an die Macht wollten.

Die drei Bullen wußten weniger als nichts und bewiesen durch Zeugen, daß sie den Palast nicht einmal betreten hatten. Keiner von ihnen kannte den Chauffeur, einen Kerl von auswärts. Und so sehr man den Chef der Bande suchte – er wurde nicht gefunden. Er war verschwunden, als hätte ihn die Erde verschluckt.

Und jetzt, nach elf Jahren, war er da, saß an Don Camillos Seite.

Don Camillo musterte den Comassi.

„Was tust du in Prag?“ fragte er.

„Anscheinend habe ich eine schöne Stimme; deshalb läßt man mich am Radio die Nachrichten der Sendungen für Italien lesen.“

„Ein schöner Beruf!“ knurrte Don Camillo. „Und wissen es die Deinen?“

„Niemand weiß es, aber ich möchte, daß

meine Mutter und mein Vater meine Stimme hörten", sagte der Mann.

„Schöner Trost für die Ärmsten. Laß sie dich wenigstens tot glauben!"

Der Mann schüttelte den Kopf.

„Sie sollen wissen, daß ich lebe", rief er aus. „Deswegen habe ich mich Euch genähert, kaum daß ich Euch sah. Gott sendet Euch!"

„Gott! Jetzt erinnerst du dich an Gott. Als du jene Ärmsten umbrachtest, hast du dich nicht an Gott erinnert."

Der Mann wandte sich wie geschlagen ab, als wollte er gehen. Dann überlegte er es sich anders.

„Ich verstehe", sagte er. „Ich kann nicht verlangen, daß Ihr mir glaubt. Doch seid Ihr ein Priester und könnt Euch nicht weigern, einen Christen anzuhören, der zu beichten begehrt."

In der großen Hotelhalle kamen und gingen die Leute jeder Rasse und Sprache. Gelbe Gesichter, schwarze Gesichter, Gesichter von der Farbe der Schokolade redeten laut. Die Halle schien das Vorzimmer der Hölle zu sein, aber Gott war auch da. Vor allem da. Das ist so wahr, daß die Stimme Christi im Ohr des Don Camillo widerhallte:

„Pulsate et aperietur vobis . . ."

Don Camillo bekreuzigte sich, und es bekreuzigte sich auch der Camossi. Sie bekreuzigten sich mit absichtlicher Langsamkeit, denn hundert spähende Augen lagen hinter dem papierenen Vorhang der „Prawda" auf der Lauer.

„*O Gott von unendlicher Majestät, hier zu Euren Füßen der Verräter, der zurückgekehrt ist, Euch zu beleidigen, jetzt aber erniedrigt Eure Verzeihung sucht ... Herr, verjagt mich nicht. Verachtet nicht ein Herz, das sich erniedrigt ... Cor contritum et humiliatum non despicies ...*"

Nach und nach wiederholte Comassi mit leiser Stimme die Worte, die Don Camillo flüsterte, um ihm das Gebet in Erinnerung zu rufen.

Dann sagte er, was er sagen mußte, und es schien, er entnehme die Worte der Zeitung, während er sie aus seinem Herzen nahm.

„... wir traten ein und bedrohten sie mit der Pistole. Sie wollten das Versteck nicht verraten; dann verrieten sie es. Der andere befahl mir, in den Salon zu gehen, in den ersten Stock, um Geld und Gold zu nehmen, während er die beiden Frauen und den Alten in Schach halten würde. Als ich zurückkam, war der andere allein. Er nahm alles an sich. Das Geld diente der Sache ... Dann, am Tage, da die Geschichte ruchbar wurde, verhalfen sie mir zur Flucht."

„Warum hast du dich nicht gestellt und gerechtfertigt?"

„Ich konnte nicht, der andere war ein Bonze der Partei."

„Warum rechtfertigst du dich nicht jetzt?"

„Ich kann nicht! Daß ich schweige, ist noch wichtiger geworden. Für die Partei wäre es ein riesiger Skandal."

„Und nach allem, was geschehen ist, nimmst du noch Rücksicht auf die Partei?"

„Nein! Aber ich habe Angst. Öffnete ich den Mund, würden sie mich erledigen."

„Der Name?"

Comassi zögerte, dann sagte er den Namen, und es handelte sich um einen so großen Namen, daß Don Camillo der Atem wegblieb.

„Niemand darf etwas wissen von dem, was ich gesagt habe, aber ich will, daß meine Mutter und mein Vater erfahren, daß ich kein Mörder bin. Ihr könnt sie überzeugen! Ich möchte, daß sie mich hören! Nicht wegen der Dinge, die ich sage, sondern um meine Stimme zu vernehmen. Ich werde mir wieder lebend vorkommen, während ich jetzt wie ein Toter bin, der in der Wüste spricht."

Er stöberte in der Innentasche seiner Joppe herum und zog einen versiegelten Umschlag heraus, den er vorsichtig in Don Camillos Tasche schob.

„Hier ist die ganze Geschichte, von mir unterzeichnet. Ihr sollt den Umschlag nicht öffnen. Sorgt dafür, daß der andere erfährt, daß Ihr mein Geständnis habt und daß ich heimkehren will!"

Comassi war bleich geworden und Verzweiflung zitterte in seiner Stimme.

„*Ego te absolvo ...*"

Comassi hatte seine Ruhe wiedergewonnen. Er faltete die Zeitung zusammen und streckte sie Don Camillo hin.

„Behaltet sie als Andenken. Nie hatte ich einen seltsameren Beichtstuhl. Vergeßt, was ich Euch hinsichtlich des Briefes sagte; es war eine Anwandlung der Schwäche. Da ist nichts zu machen. Niemand kehrt zurück."

„Das ist nicht gesagt, Genosse", antwortete Don Camillo. „Wenn ich nicht irre, hat Gott auch in Prag eine Filiale. Gott ist gut organisiert. Dein Vater und deine Mutter werden dich hören. Auch ich werde dich hören. Nicht wegen der Dummheiten, die du sagen wirst, aber um deine Stimme zu vernehmen."

Comassi stand auf. „Gott!" flüsterte er. „Wer hätte gedacht, daß jemand in dieser Hölle mir von Gott sprechen würde."

„Gott hat überall Filialen, Genosse", wiederholte Don Camillo, „auch in Moskau. Gott ist gut organisiert, alte Firma, doch immer noch tüchtig."

Der süße Kaffee der Genossin Nadia

Genosse, ich bin in der Patsche", sagte Scamoggia.

„Jedermann hat sein besonderes Kreuz, und er muß es ertragen", antwortete Don Camillo.

„Es handelt sich nicht um *mein* Kreuz", erklärte Scamoggia. „Man hat eine Erbse in den Schuh geschoben, und ich muß sie dir weitergeben, der du mein direkter Vorgesetzter bist. Dann wirst du sie dem Chef zuschieben, und der Chef wem er will, gemäß der Rangordnung der Partei."

Don Camillo, von dem Babylon der Halle schließlich gelangweilt, hatte sich in sein Zimmer zurückgezogen. Da er sich aufs Bett geworfen hatte, richtete er sich auf:

„Wenn es sich um eine offizielle Sache handelt", sagte er, „dann setze dich und sprich!"

Scamoggia hob seine Schultern.

„Ich berichte dir, wie die Dinge stehen. Dann wirst du entscheiden, ob es sich um eine offizielle Sache handelt oder nicht. Kennst du den Genossen Gibetti?"

„Natürlich kenne ich ihn", rief Don Camillo.

In Wirklichkeit wußte Don Camillo vom

Genossen Gibetti nur das, was er im Marschbefehl Peppones gelesen hatte: „Toskaner, vierzig Jahre, Elektrotechniker, Chef einer Partisaneneinheit mit vielen bedeutenden Aktionen als Aktivposten, ein äußerst geschulter, tüchtiger und zuverlässiger Aktivist."

Viel und nichts, weil der Genosse Gibetti einer der drei „Erkürten" war, die ihre Karten nie aufgedeckt hatten. Wie der Sizilianer Friddi Li und der Sarde Curullu war der Genosse Gibetti stets sehr zugeknöpft gewesen, indem er jede seiner Gebärden und jedes seiner Worte überwachte.

„Gibetti gefällt mir", fuhr Scamoggia fort. „Er ist senkrecht wie du und ich, ein Mann der Tat, der wenig schwatzt. In den Bergen hat er Großes geleistet und tausendmal die Haut riskiert."

„Ich weiß es", versicherte Don Camillo.

„Weißt du auch, daß er während des Krieges hier, in der Umgebung von Stalino, gekämpft hat?"

„In Anbetracht dessen, wie er sich vom September 1943 an aufgeführt hat", rief Don Camillo aus, „hat das nichts zu bedeuten."

„Einverstanden, Genosse", entgegnete Scamoggia, „im allgemeinen bedeutet es nichts. Doch im Fall Gibetti bedeutet es etwas."

„Zum Beispiel?" fragte Don Camillo.

„Zum Beispiel, daß er zu jener Zeit dreiundzwanzig Jahre zählte und trotz der Propaganda mit dem Feind zu fraternisieren begann. Und da der Feind aus einem herrlichen Stück Mädchen von siebzehn Jahren bestand, wirst du begreifen, daß es im Handumdrehen mit dem Fraternisieren zu weit kam. Kurz und gut: beide übertrieben! Dann kam der Rückzug und adieu dem Freßnapf!"

Don Camillo breitete die Arme aus.

„Genosse, das ist keine schöne Geschichte, aber der Krieg ist voll von solch traurigen Geschichten. In allen Teilen der Welt haben aus diesem oder jenem Grund Mädchen ein bißchen allzusehr mit fremden, auf dem Durchmarsch befindlichen Soldaten fraternisiert."

„Stimmt", gab Scamoggia zu, „doch scheint es mir schwer, unter diesen Durchmarsch-Exsoldaten einen zu finden, der nach siebzehn Jahren verzweifelt an das fremde Mädchen denkt, mit der er während des Krieges fraternisiert hat. Gibetti ist eine dieser seltenen Erscheinungen."

Der Genosse Scamoggia betrachtete schweigend den Rauch seiner Zigarette, dann fuhr er fort:

„Er hat mir alles erzählt. Er wollte seine Sonja mit sich nehmen. Er verkleidete sie als Soldat, und mit Hilfe seiner Kameraden war es beiden gelungen, schon eine schöne Kilometerzahl hinter sich zu bringen. Dann mußte er das Mädchen nach hinten schicken, weil die Russen seine Abteilung einzukesseln drohten und er nicht wollte, daß das Mädchen Gefahr lief, eine Kugel zu erhalten. Er gab ihr allen Zwieback und die Fleischkonserven, die er bei den Kameraden erbetteln konnte, und ließ sie in einer zerfallenen Isba, indem er ihr befahl, sich allda zu verstecken und zu warten. Wenn es ihnen gelänge, sich aus dem Kessel zu befreien, käme er, sie wieder mit sich zu nehmen. ‚Wenn du aber siehst, daß sie uns umbringen oder gefangennehmen', sagte er, ‚dann warte, bis alles ruhig ist und kehre nach Hause zurück. Entdecken sie dich, so erzähle, daß die italienischen Soldaten dich geraubt haben.'

Die Schlacht dauerte drei Tage und war eine harte Sache, doch am Schluß mußten die Russen zurück, um nicht ihrerseits eingekesselt zu werden. Gibetti fand die Isba wieder, aber das Mädchen fand er nicht. Er kehrte nach Italien zurück, das Mädchen ins Gehirn genagelt. Nach dem 8. September ging er in die Berge, wo er, wie wir wissen, Heldentaten vollbrachte, immer mit dem Gedanken an seine Sonja im Kopf und mit dem Vorsatz, zurückzukehren und sie zu suchen. Nach dem Krieg handelte es sich um ein schwieriges Vorhaben, obwohl er den Krieg gegen Rußland nicht gewollt hatte. Es gelang ihm bloß, von Moskau vier oder fünf Briefe abschicken zu lassen, indem er dazu irgendwelche Genossen benützte, die nach Rußland gingen. Vielleicht sind die Briefe nicht abgegangen, vielleicht haben sie ihre Bestimmung nicht erreicht. Tatsache ist, daß er nie eine Antwort bekam. Schließlich hatte er Gelegenheit, nach siebzehn Jahren selbst nach Rußland zu kommen, und dazu mit günstigen Aussichten, denn im ersten Programm war ein Besuch von Stalino vorgesehen. Das Mädchen wohnte seinerzeit in einem Dorf bei Stalino, und Gibetti hatte bei unserer Abreise die Zuversicht, dorthin zu gelangen. Dann wurde das Programm geändert, und er steckte bis zu den Augen im Sumpf. Deshalb hat er sich mir anvertraut. Er hat mir die ganze Geschichte erzählt. ‚Du stehst mit der Genossin Nadia auf vertrautem Fuß', sagte er mir zum Schluß. ‚Schau zu, ob sie mich empfehlen kann. Ich möchte hierbleiben: Ich bin zu allem entschlossen, nur um dieses Mädchen zu finden!'

Ich habe ihm geantwortet, er möge mich machen lassen, und gleich darauf hätte ich mir gerne die Zunge abgebissen. Ich habe der Genossin Nadia alles berichtet, von A bis Z. Sie ist eine Genossin mit dem Kopf am rechten Fleck, und sie stellte fest, daß man vor allem die Lage des Mädchens kennen müsse. Ich habe ihr den Namen und die Adresse des Mädchens gegeben, und sie hat sofort einem Freund, der in Stalino ein Bonze ist, geschrieben."

Scamoggia unterbrach sich. Er zog ein mit der Maschine beschriebenes Blatt aus der Tasche und reichte es Don Camillo.

„Heute ist die Antwort eingetroffen", fuhr er dann fort.

Don Camillo drehte das Blatt in den Händen und schüttelte den Kopf.

„Für mich ist das soviel wie nichts", brummte er. „Ich kann nicht Russisch."

„Da ist auch die italienische Übersetzung", fügte Scamoggia bei, und gab ihm ein anderes, mit Bleistift beschriebenes Blatt. Es besagte mit wenig Worten viel. Sonja war in einer Isba nahe den feindlichen Linien von einer motorisierten sowjetischen Abteilung entdeckt worden. Sie trug einen italienischen Militärmantel und erklärte, es wäre ihr gelungen, den Italienern, die sie auf ihrem Rückzug vom Dorfe K. verschleppt hätten, zu entfliehen. Sie wurde nach K. zurückgebracht und dem Dorfchef übergeben. Da man dort Bescheid wußte, hatte man Sonja angeklagt, dem Feind aus freiem Willen gefolgt zu sein. Sie wurde wegen Kollaboration mit dem Feind verurteilt und erschossen.

Scamoggia versicherte entschlossen:

„Ich werde es dem Gibetti bestimmt nicht sagen. Halt es, wie du willst, Genosse. Wenn du es als angezeigt erachtest, dann bring ihm bei, daß ihm die Russen seine Sonja ermordet haben; sag es ihm. Wenn du es ihm nicht sagst, so sei dir bewußt, daß er zu allem entschlossen ist, auch zum Ausreißen, bloß um hier zu bleiben. Ich wasche meine Hände in Unschuld."

Der Genosse Scamoggia ging und ließ ihn allein.

Niemand wird sich vorstellen, daß ausgerechnet in der Sowjetunion keine kleinen Sendlinge des Teufels im Umlauf sind!

Don Camillo fand sofort einen zu seinen Füßen, der ihn am Saum der Kutte zog, die er im Geiste immer trug, einen vermaledeiten Schwätzer, der sich abplagte, ihm zuzuflüstern: „Mut, Hochwürden, erledige auch den Genossen Gibetti!"

Don Camillo befreite sich mit einem Fußtritt von dem kleinen Satanas, und da in diesem Augenblick Peppone ins Zimmer trat, gab er ihm die beiden Blätter in die Hand. Dabei sprach er:

„Genosse, *ubi maior, minor cessat.* Wie man mir die Erbse gab, gebe ich sie weiter."

Dann erzählte Don Camillo, da die beiden Blättchen nicht genügten, den Sachverhalt klarzulegen, dem Peppone die Geschichte haargenau.

Als er fertig war, verschloß Peppone die Türe doppelt und machte sich Luft:

„Zehn!“ brüllte er. „Zehn, die die allerbesten der besten sein sollten! Rondella kommt nach Rußland, um Erbsen zu säen und läßt sich nach Hause schicken. Scamoggia kommt mit Parfüm in der Tasche, um den Casanova zu spielen; Capece, um ihm Konkurrenz zu machen; Bacciga, um am schwarzen Markt Geschäfte zu machen; Tavan, um das Licht auf das Grab des Bruders zu stellen; Peratto soll Fotografien für die ‚Unità‘ machen und macht andere, um sie den dreckigen kapitalistischen Zeitungen zu verkaufen; er glaubt mich zu hintergehen, aber ich habe es gemerkt! Und jetzt deckt auch Gibetti, der ein idealer Genosse schien, die Batterien auf! Ist es möglich, daß nicht einer der zehn gekommen ist, nur zum Zwecke, die Sowjetunion zu sehen? Alle haben also verfluchte Privatinteressen!“

Don Camillo versuchte, ihn zu trösten:

„Du bist ungerecht, Genosse. Curullu und Friddi Li scheinen völlig verläßliche und uneigennützige Genossen zu sein.“

„Schöne Sache! Zwei Affen, die nie das

Maul aufmachen und dir nicht einmal ‚Guten Tag‘ sagen, um sich keine Blöße zu geben.“

„Du vergißt den Genossen Tarocci“, stellte Don Camillo frecherweise fest.

„Tarocci?“ knurrte Peppone wie aus den Wolken gefallen. „Was für ein Tarocci?“

Dann erinnerte er sich, und indem er sich breitbeinig vor Don Camillo hinpflanzte, schwenkte er einen Zeigefinger, der vor Empörung bebte, unter dessen Nase.

„Ihr“, keuchte er, „Ihr werdet machen, daß ich herzkrank nach Hause komme!“

Der Atem versagte ihm, und er fiel aufs Bett.

„Ihr habt mich erpreßt“, stammelte er, „Ihr habt mich in eine schmutzige Sache verwickelt, und ich würde, wenn man es zu wissen bekäme, vor der ganzen Welt lächerlich dastehen. Seit ich Euch auf dem Tram in Rom begegnet bin, erlebe ich die schlimmsten Stunden meines Lebens. Seit jenem Augenblick steht jedesmal, da ich sehe, daß Ihr den Mund auftut, mein Herz still. Das Essen bleibt mir wie Zement im Magen liegen. Nachts geht es von einen Albdruck zum andern, und am Morgen stehe ich mit zermürbten Knochen auf.“

Peppone trocknete sich den Schweiß, der von der Stirne tropfte.

„Wenn Ihr mich in den Dreck werfen wollt,

um Euch zu vergnügen, so werft mich hin: Ich bin schon im Dreck!“

Don Camillo hatte Peppone nie so außer Fassung gesehen. Er hatte auch nie gedacht, daß Peppone derart aus der Fassung geraten würde, und er verspürte Mitleid.

„Gott ist mein Zeuge, daß ich dir nie Schlimmes zufügen wollte“, rief er aus.

Peppone wischte sich immer noch den Schweiß ab.

„So? Warum habt Ihr mich dann gezwungen, diese dreckige Komödie aufzuführen? Es gibt längst keinen Eisernen Vorhang mehr! Ihr habt Ausländer jeder Rasse herumreisen gesehen. Konntet Ihr Euch nicht als Mann verkleiden und auf eigene Faust als Tourist herkommen? Das Geld? Das hätte ich Euch gegeben! So wie die Dinge liegen, hat mich die Erpressung, obwohl ich kein Geld auslegen mußte, hunderttausendmal mehr gekostet. Und noch ist es nicht zu Ende. Oder wolltet Ihr die Genugtuung haben, auf Kosten der Sowjetunion hierherzukommen?“

Don Camillo schüttelte den Kopf.

„Nein, ich wollte Rußland nicht mit den Augen des Touristen sehen. Mich interessierte es, Rußland mit deinen Augen zu sehen. Mit euren Augen! Es ist nicht das gleiche, eine Oper vom Balkon oder vom Parkett aus anzusehen oder sie inmitten der Komparsen des Chors zu betrachten. Genosse, zwei Fälle sind möglich: Entweder hast du dein Gehirn, als du Senator wurdest, dem Parteiganzen verschrieben, oder du mußt zugeben, daß ich aus einem ehrlichen Grund, nicht aus Bosheit, so gehandelt habe."

Peppone erhob sich und näherte sich der Bank, auf der sein Koffer stand. Er streckte die Hand aus, um ihn zu öffnen, zog sie aber sogleich wieder an sich und kehrte betrübt an den Ausgangsort zurück.

„Ihr habt mich sogar der Tröstung durch den Kognak beraubt", rief er verbittert aus. „Was glaubtet Ihr zu gewinnen, als Ihr dem Genossen Oregow meinen Kognak schenktet?"

„Nichts", bekannte Don Camillo. „Im Gegenteil, ich habe dabei verloren, weil ich dir jetzt von meinem geben muß."

Eine Flasche alten Kognaks kam aus dem Koffer Don Camillos hervor, und nachdem Peppone ein gutes Glas hinuntergestürzt hatte, überwand er seine Krise.

„Und nun?" erkundigte sich Don Camillo; dabei wies er auf die beiden Blätter. „Wozu hast du dich entschlossen?"

„Bringt das selber in Ordnung", antwortete Peppone. „Ich weiß nichts und will nichts wissen."

Don Camillo ging hinaus und fand den Genossen Gibetti allein auf seinem Zimmer. Er machte keine Umschweife.

„Der Genosse Scamoggia sollte dir eine schlimme Mitteilung bringen und fühlte sich dazu nicht imstande. So bringe ich sie dir."

Gibetti, der auf dem Bette lag, sprang auf die Füße.

„Vergiß diese Sonja", sagte Don Camillo. „Sie ist verheiratet und hat fünf Kinder."

„Unmöglich!" rief Gibetti aus.

„Genosse, du kannst Russisch, nicht wahr?"

„Nein!"

„Wie hast du es dann angestellt, mit dem Mädchen zu fraternisieren?"

„Man verstand sich ohne zu reden."

„Und wie hast du es mit den Briefen gehalten?"

„Ich wußte, wie sich ihr Name und der ihres Dorfes schreibt und ließ mich belehren, wie man ‚Ich denke immer an dich. Ich komme wieder. Antworte mir!' schreibt. Sie hatte meine Adresse."

Don Camillo nahm das maschinengeschriebene Blatt aus der Tasche und reichte es ihm.

„Das ist der Bericht, den man von dort geschickt hat", erklärte er. „Du kannst ihn dir übersetzen lassen, und du wirst darin finden, was ich dir gesagt habe."

Gibetti durchging gierig die paar Zeilen.

„Der Name ist richtig, und auch der Name des Dorfes stimmt“, rief er aus.

„Auch das übrige ist richtig, was ich dir gesagt habe. Auf alle Fälle, wenn du es nicht glauben willst, kannst du es leicht zu Hause überprüfen lassen.“

Gibetti faltete das Blatt sorgsam und tat es in seine Brieftasche.

„Ich werde nichts überprüfen lassen“, rief er aus. „Ich habe Vertrauen zu dir. Es erscheint mir unmöglich – aber wenn eine Frau mir den Kopf verdrehen sollte, werde ich dieses Blatt anschauen, und alles geht vorbei.“

Er lächelte traurig.

„Genosse“, fuhr er nach einigem Zaudern fort, „kennst du meinen Rang in der Partei?“

„Jawohl.“

„Gut. Ich will dir etwas im Vertrauen sagen. Alles, was ich getan habe – und viele Dinge hätte ich nicht tun sollen –, habe ich getan, um mir das Recht zu erwerben, hierher zurückzukehren und das Mädchen zu suchen. Wie soll ich mich jetzt verhalten? Was meinst du?“

„Du fährst fort, für die Sache zu kämpfen.“

„Meine Sache heißt Sonja und gehört mir nicht mehr, sondern einem andern.“

Don Camillo hob die Schultern.

„Überleg dir das mit größter Ruhe, Genosse.

Ich rate es dir! Auf jeden Fall habe ich als Freund zu dir gesprochen, nicht als Parteigenosse. Der Genosse weiß nichts von dieser Angelegenheit."

„Das Unglück ist, daß ich es weiß", murmelte Gibetti und ließ sich aufs Bett zurückfallen.

Sie fanden sich zum Abendessen am Tisch wieder, und es waren alle da, ausgenommen Gibetti, der sagen ließ, er leide am Magen.

Der Genosse Oregow war sehr zufrieden, weil der Besuch des Mausoleums bestmöglich abgelaufen war.

Der Genosse Bacciga, der neben Don Camillo saß, fand in einem passenden Augenblick Gelegenheit, ihm in vertraulichster Weise zuzuflüstern:

„Gemacht, Genosse!"

„Und wie bringst du es fertig, in Italien den Zoll zu passieren?" fragte mit der gleichen Zurückhaltung Don Camillo. „Es scheint mir schwierig, eine Nerzstola als männliches Kleidungsstück durchzubringen."

„Ich nähe sie an den Mantelkragen. Millionen von Männermänteln haben Pelzkragen. Übrigens noch eines: Die reaktionären Zeitungen erzählen wie gewöhnlich Märchen."

„Ich ziehe das nicht in Zweifel", antwortete

Don Camillo, „nur begreife ich nicht, was das mit deinem Geschäft zu tun hat."

„Du hast mir gesagt, daß die reaktionäre Presse behauptet, in Moskau seien für einen Dollar zwanzig Rubel zu haben. Nun, das ist Schwindel. Man hat mir sechsundzwanzig Rubel für den Dollar gegeben!"

Der Wodka begann zu kreisen, und die Unterhaltung wurde je länger je lebhafter.

„Genosse Tarocci", sagte in einem passenden Augenblick Scamoggia zu Don Camillo, „du hast viel verloren, daß du nicht mit uns kamst. Der Besuch von Lenins Mausoleum war eine unvergeßliche Sache."

„Er hat recht", bestätigte der Genosse Curullu, der in der nächsten Umgebung saß. „Sich dort zu befinden, wo Stalin ruht, macht einen großen Eindruck."

Nur nicht von Stalin reden im Hause der Entstalinisierung! Don Camillo intervenierte mit diplomatischem Geschick:

„Das ist begreiflich", rief er aus. „Ich erinnere mich an den Eindruck, den mir das Grab Napoleons in Paris hinterließ. Und Napoleon war nur ein armer Kerl, verglichen mit einem Koloß wie Lenin."

Der Genosse Curullu, der von dem Genossen Wodka Rückendeckung bekam, war nicht gesonnen, seine Ansicht preiszugeben.

„Stalin", antwortete er finster, „Stalin, das war ein Koloß."

„Gut gesagt, Genosse", rief noch finsterer Genosse Friddi Li aus. „Wirklich ein Koloß! Stalin hat die Sowjetunion groß gemacht. Stalin gewann den Krieg."

„Inmitten der Arbeiter, die heute auf den Zutritt zum Mausoleum warteten", verkündete der Genosse Curullu, nachdem er abermals ein Glas Wodka hinuntergeschüttet hatte, „befanden sich auch amerikanische Touristinnen. Sie waren gekleidet als ob Karneval wäre. Sie schienen die Uraufführung der Marilyn Monroe zu erwarten. Blöde Klatschbasen!"

„Gut gesagt, Genosse", pflichtete ihm Friddi Li wieder bei. „Ich empfand geradezu Ekel. Moskau ist nicht Monte Carlo. Man geht nicht nach Moskau, wie man nach Capri geht."

„Unter Stalin hätten diese Krähen nicht kommen dürfen, um hier zu krächzen", stellte der Genosse Curullu fest. „Unter Stalin zitterten die Kapitalisten vor Angst."

Obwohl Peppone – löblich unterstützt von der Genossin Nadia – versuchte, den Genossen Oregow durch ein Gespräch zu fesseln, spitzte der Genosse Oregow in einem schönen Moment doch die Ohren, und die Genossin Petrowna mußte ihm erklären, worüber die Genossen auf der andern Seite diskutierten.

Daraufhin preßte der Genosse Oregow die Kinnbacken aufeinander, paßte genau auf und befahl der Genossin Nadia, ihm alles, Wort für Wort, zu übersetzen.

Peppone sandte mit den Augen ein SOS zu Don Camillo.

„Genossen", griff Don Camillo ruhig ein, indem er sich an die beiden Insulaner wandte: „Niemand zieht die Verdienste des Mannes in Zweifel. Aber es ist nicht zweckmäßig, gerade jetzt von ihm zu reden."

„Es ist stets zweckmäßig, die Wahrheit zu sagen!" rief der Genosse Curullu hartköpfig. „Und die Wahrheit ist heute, obwohl die Sowjetunion den Mond erobert hat, daß in unserer Partei nicht mehr jener revolutionäre Elan vorhanden ist, den es früher gegeben hat, und so haben wir zweihundertfünfzigtausend Eingeschriebene verloren."

„Die Politik hat sich stets der besondern Lage des Augenblicks anzupassen", erwiderte Don Camillo schüchtern. „Man muß das Endergebnis betrachten."

„Das Endergebnis ist, daß Stalin erhielt, was er wollte, ohne einzuwilligen, die von der Sowjetunion besetzten Gebiete herauszugeben", stellte der Genosse Curullu fest.

Don Camillo hielt den Mund. Jetzt redete der Wodka, nicht mehr die Genossen, und der

Wodka hat keine Vernunft. Überdies hatte das Heimweh nach Stalin nicht nur die Genossen Curullu und Friddi Li, sondern allmählich alle andern erfaßt, ausgenommen Peppone, der mit Wut in den Augen und gespannten Nerven das Platzen der Bombe erwartete.

Und auf einmal platzte die Bombe.

Nachdem der Genosse Oregow aufgeregt mit der Genossin Nadia gesprochen hatte, tat er einen mächtigen Faustschlag auf den Tisch und sprang auf die Füße. Seine Augen blitzten. Er war totenbleich und machte allen Angst.

Das Gerede verstummte sogleich, und mit einem gebrochenen, aber nur allzu verständlichen Italienisch rief der Genosse Oregow in die Stille hinein:

„*Viva il grande Stalin!*"

Er hob sein mit Wodka gefülltes Glas, und alle sprangen auf die Füße und hoben das Glas.

„*Viva!*" antworteten alle einstimmig.

Der Genosse Oregow schluckte den Wodka in einem Zug, und die andern taten es ihm nach.

Er zerbrach das Glas, indem er es auf den Boden schmetterte, und die andern machten es auch so.

Dann sagte die Genossin Nadia:

„Der Genosse Oregow wünscht den italienischen Genossen gute Nacht."

Das war alles, und die Versammlung löste sich wortlos auf.

Während Don Camillo und Peppone als letzte der Bande auf die Treppe zugingen, trat ihnen die Petrowna in den Weg.

„Genossen", sagte sie, „würdet ihr mir die Ehre erweisen, eine Tasse Kaffee bei mir zu trinken?"

Beide schauten sie verwirrt an.

„Ich werde versuchen, einen Kaffee nach italienischer Art zu bereiten", erklärte lächelnd die Genossin Nadia. „Meine Wohnung ist nicht weit von hier."

Hinter den kaiserlichen Palästen und den amerikanischen Wolkenkratzern befand sich das proletarische Moskau, und die Genossin Nadia wohnte im dritten Stock einer trostlosen Arbeiterkaserne mit halbdunklen Treppen, die nach Kohl und Windeln stanken.

Die Wohnung bestand aus einem Zimmer mit zwei Liegesofas, einem Tisch, vier Stühlen, einem Schrank und einem Tischchen, auf dem ein Radioapparat thronte.

Ein Vorhang, ein Lampenschirm mit Quasten, ein Bild, ein Teppich bemühten sich, den allgemeinen Eindruck zu verbessern, doch umsonst.

„Das ist die Genossin, die mit mir lebt", erklärte Nadia und stellte Peppone und Don Camillo eine Frau vor, die die Türe geöffnet hatte. Sie war bejahrter, massiger und gröber als die Petrowna, schien aber in der gleichen Presse hergestellt zu sein.

„Es ist die Übersetzerin fürs Französische", fügte Nadia bei, „versteht aber auch das Italienische vollkommen und spricht es ziemlich gut."

Die Kaffeemaschine stand schon inmitten des Tisches auf dem Spirituskocher bereit.

„Wir machen den Kaffee hier", erklärte die Genossin Nadia, „weil wir die Küche mit einer andern Familie teilen; um dorthin zu gelangen, müssen wir den Treppenabsatz überqueren."

Der Kaffee erwies sich als unerwartet gut, und die Genossin Nadia schien für die Lobsprüche Peppones und Don Camillos sehr zugänglich zu sein.

„Ich hoffe, daß unser großes Rußland euch gefallen hat", sagte die Genossin Nadia, nachdem das Thema Kaffee erschöpft war.

Begeistert begann Peppone alle Wunderwerke aufzuzählen, die er gesehen hatte, bis ihn die Freundin Nadias auf einmal lachend unterbrach:

„Wir kennen das alles", rief sie aus. „Warum erzählt ihr uns nicht von Italien?"

Peppone breitete die Arme aus.

„Genossinnen", sagte er, „Italien ist ein kleines Land, das schön wäre, wenn die Priester und die Kapitalisten es nicht verpesteten."

„Gibt es denn dort wirklich keine Freiheit?" erkundigte sich die Genossin Nadia.

„Scheinbar ist es ein freies Land", erklärte Peppone, „aber alles wird von den Priestern kontrolliert, die überall ihre Spione haben. Wenn wir zurückkehren, werden die Priester nach Punkt und Faden wissen, was wir hier getan und gesprochen haben."

„Ist das möglich?" verwunderte sich die Freundin der Genossin Nadia.

„Reinste Wahrheit", gab Don Camillo ehrlich zu, „ich schwöre es."

„Das ist ja schrecklich", rief die Genossin Nadia aus. „Und wie lebt der durchschnittliche Arbeiter? Zum Beispiel ein Arbeiter von der Sorte Scamoggias, wieviel verdient der?"

„Scamoggia ist nicht als durchschnittlicher Arbeiter zu betrachten", stellte Peppone klar. „Der Genosse Scamoggia ist ein spezialisierter Mechaniker; er hat seine eigene kleine Werkstatt und eine große Kundschaft; er verdient gut."

„Wieviel etwa?" fragte Genossin Nadia gleichgültig.

Peppone stellte im Geist Berechnungen an; dann antwortete er:

„Den Rubel zu dreißig Lire gerechnet ungefähr siebentausend Rubel im Monat."

Die beiden Mädchen sprachen ein wenig auf russisch miteinander; dann sagte die Genossin Nadia:

„Alles hängt von der Kaufkraft der Lire ab. Wieviel kostet in Rubeln ein Anzug für Männer? Wieviel ein Paar Schuhe?"

„Das hängt von der Qualität der Ware ab", erklärte Don Camillo. „Ein Paar Schuhe zwischen siebzig und dreihundertfünfzig Rubel, ein Anzug zwischen siebenhundert und tausendvierhundert."

Peppone trug einen fabelhaften blauen Doppelreiher, wie sich das für einen Senator gehört, und die Freundin der Genossin Nadia betastete den weichen Stoff eines Ärmels.

„Was kostet dieser zum Beispiel?" erkundigte sie sich.

„Vierzigtausend Lire", antwortete Peppone.

„Ungefähr tausenddreihundertfünfzig Rubel", erläuterte Don Camillo.

„Aber Scamoggia", fing Peppone wieder an, „ist ein besonderer Fall. Scamoggia ist kein gewöhnlicher Arbeiter. Scamoggia . . ."

„Scamoggia, Scamoggia!" rief lachend die Freundin der Genossin Nadia. „Immer Scamoggia! Ist das zufällig jenes schreckliche Individuum, das sich in der Kolchose Tifiz so schlecht betragen hat? Ich kann nicht verstehen, daß ein so schlechter Mensch in der Partei bleiben darf."

„Er ist nicht schlecht!" wehrte Peppone ab. „Er ist ein gescheiter, tüchtiger und zuverlässiger Genosse. Sein Verhalten täuscht."

„Dann trägt also eine schlechte Erziehung schuld, die er in einer schlechten Familie erhalten hat", bestand die Freundin der Genossin Nadia auf ihrer Ansicht.

„Nein", stellte Peppone entschieden fest. „Seine Familie besteht aus äußerst braven Leuten. Ihr könnt das nicht begreifen, weil ihr Rom nicht kennt. Die römischen Männer machen auswärts den Eindruck von dreimal Verdammten. Aber zu Hause öffnen sie nicht einmal den Mund, weil sie eine fürchterliche Angst vor der Gattin haben."

„Hat auch Scamoggia Angst vor der Gattin?" fragte die Freundin der Genossin Nadia.

„Nein", Peppone kicherte, „noch nicht, weil er nicht verheiratet ist. Aber wenn er heiratet, wird er sich wie alle andern verhalten."

Die Genossin Nadia fuhr dazwischen und verlangte genauen Bericht über die italienische Schwerindustrie und über die Produktion an Südfrüchten. Peppone war ausgezeichnet im Bild und schoß haufenweise Ziffern.

Die Genossin Nadia lauschte ihm mit äußerster Aufmerksamkeit und wollte um jeden Preis einen zweiten Kaffee zubereiten.

Sie anerbot sich schließlich, die Gäste zum Hotel zurückzubringen, aber sie schlugen das ab und kehrten allein zur Basis zurück.

Unterwegs meinte Peppone, in Italien würde man schwerlich Frauen von soviel politischer Reife wie die Genossin Nadia und ihre Freundin finden.

„Was bedeuten den italienischen Frauen die Schwerindustrie und die Obsterträge der Sowjetunion?“ rief er aus.

„Nichts“, erwiderte Don Camillo. „Die italienischen Frauen wollen nur wissen, ob der junge Mann, der ihnen den Hof macht, verheiratet ist oder nicht, was er tut und was er verdient, was für einen Charakter er hat, aus welcher Familie er kommt und ähnliches dummes Zeug.“

Peppone hielt an, von einem Verdacht gepackt.

„Wollt Ihr damit vielleicht sagen, daß ...“

„Ich denke nicht einmal daran!“ unterbrach ihn Don Camillo. „Stellst du dir vor, ich nähme an, ein kommunistischer Senator käme nach Moskau, um den Heiratsvermittler zu machen? Er ist hier, um der Sache zu dienen, keineswegs aber Genossinnen, die einen Mann wollen.“

„Jawohl", brüllte Peppone, „das stimmt ganz genau! Weder ledigen Genossinnen noch verheirateten Genossinnen, obwohl ich, wenn es nach meiner Frau ginge, die Gelegenheit benützen müßte, um einen Pelz, wie ihn die Genossin Nilde Jotti hat, nach Hause zu bringen."

Das war eine Sache, die ihm seit langem auf dem Magen lag, und jetzt, da er sie gekotzt hatte, war ihm leichter.

Es war zehn Uhr abends. Ein eisiger Wind fegte durch die leeren Straßen, und Moskau erschien als die Hauptstadt der sowjetischen Traurigkeit.

Der Untergang des Genossen Oregow

Sie verließen Moskau in der Morgendämmerung, und während sie mit dem Autobus Richtung Flughafen fuhren, sahen sie nur Frauen, die mit der Straßenreinigung betraut waren. Sie wuschen den Asphalt mit kräftigen Wasserstrahlen und vollendeten mit den Besen das Werk der modernen Fegemaschinen, die ebenfalls von Mädchen und Familienmüttern gehandhabt wurden.

Don Camillo machte Peppone leise darauf aufmerksam, wie diese Frauen in jeder Gebärde die innere Genugtuung offenbarten, gleiche Rechte wie die Männer erobert zu haben.

„Es ist ein tröstliches Schauspiel", schloß Don Camillo, „das man nur in der Sowjetunion genießen kann."

„Jenes, das man eines Tages bei uns genießen wird", gab Peppone vertraulich zurück, „wird noch tröstlicher sein, denn wir werden diese Arbeit den Priestern zuweisen."

Ein eisiger Wind, der nach Sibirien roch, lief herrschsüchtig durch die großen verlassenen Straßen, aber auf dem grenzenlosen Roten Platz fand er Nahrung für sein Wolfsgebiß.

Im ersten Augenblick hatte man den Eindruck von Lumpenbündeln, die in Erwartung des Kehrichtwagens hier aufgereiht worden waren. In Wirklichkeit handelte es sich um Pilger, die auf die Öffnung des „Heiligtums" warteten.

Leute, die aus Usbekistan, aus Georgien, von Irkutsk oder von weiß Gott wo aus allen sowjetischen Republiken gekommen und mitten in der Nacht am Bahnhof von Moskau ausgeschüttet worden waren, lagerten vor dem Mausoleum Lenins und Stalins und warteten geduldig, indem sie auf ihren Reisesäcken saßen und sich wie Schafe, die auf der Weide nächtigen müssen, aneinanderdrängten.

„Genosse", vertraute Don Camillo dem Peppone an, „wie ganz anders ist das als zu den erbärmlichen Zeiten, da die armen Muschiks, die aus allen Teilen Rußlands auf ihren rohen und langsamen Karren eingetroffen waren, in der Umgebung des kaiserlichen Palastes biwakierten, wo sie oft tagelang warteten, um den Zar oder die neue Zarin zu sehen."

„Eines ist der Sklave, der kommt, um dem Tyrannen seine Unterwerfung zu bezeugen", stellte Peppone halblaut fest, „etwas anderes der freie Bürger, der kommt, dem zu danken, der ihn befreit hat."

„Ohne jene vielen zu zählen", fügte Don Camillo bei, „die vielleicht kommen, um sich zu vergewissern, daß Lenin und Stalin wirklich tot sind."

Peppone kehrte sich lächelnd um und erklärte Don Camillo mit halber Stimme:

„Wenn ich daran denke, daß ich Euch morgen gegen Mitternacht am Bahnhof in Mailand ausladen werde, muß ich mich zwicken, um mich zu überzeugen, daß ich nicht träume. Vergnügt Euch nur; es bleiben Euch bloß noch wenige Stunden!"

Denn nunmehr war das Abenteuer beinahe zu Ende. Um neun Uhr würde ein Flugzeug sie in S. absetzen. Hier würden sie um Mittag, nach dem Besuch der Werft, an Bord eines Schiffes gehen, um die Stadt O. zu erreichen. Dort sollte um siebzehn Uhr das Flugzeug nach Berlin starten.

Der Einfall der Schiffsreise war dem Genossen Oregow gekommen; die italienischen Genossen waren im Flugzeug, im Zug, im Auto, im Tram, mit der Untergrundbahn und zu Fuß gereist. Um ihnen einen Begriff von allen Möglichkeiten des sowjetischen Verkehrs zu geben, fehlte nur noch eine Reise auf dem Meer. Der Vorschlag war von der zuständigen Behörde genehmigt worden, was der Genosse Oregow mit berechtigtem Stolz quittiert hatte.

Genau um neun Uhr landete das Flugzeug auf dem Flugplatz von S., einem Feld, das der geringen Bedeutung von S. entsprach. Es war eine Kleinstadt, deren Dasein nur durch die Schiffswerft gerechtfertigt wurde. Im großen und gut geschützten Hafen, der den zu reparierenden Schiffen als Unterkunft diente, lag jede Art Schiff auf Dock, und der Genosse Bacciga, Genuese und Seemann, der sich endlich in seinem Element befand, zeigte eine Gelöstheit der Zunge, die bisher nie in Erscheinung getreten war.

Unter den Schiffen jeden Alters stach ein funkelnagelneuer Petroltanker hervor. Der Genosse Bacciga stellte den Tonnengehalt und andere technische Besonderheiten mit soviel Sicherheit fest, daß der Genosse Oregow zur Überzeugung kam, die Gäste kämen vorerst sehr gut ohne ihn zurecht. Deshalb übergab er sie der Obhut der Genossin Nadia und ging zur Werft, um die Einzelheiten des Besuchs abzumachen.

Der Genosse Bacciga war großartig. Er wußte auf jede Frage der Genossen eine genaue Antwort. Von Zeit zu Zeit rief er aus:

„Schiffe zu fabrizieren ist unser Handwerk, aber auch sie, Donner und Doria, verstehen sich darauf!“

Don Camillo belauerte ihn, und in einem

passenden Augenblick, als der Genosse Bacciga den Kehrreim wieder anstimmte, fuhr er dazwischen:

„Jawohl, sie verstehen sich darauf", versicherte er. „Und das haben sie nicht erst jetzt gelernt. Schaut dort rechts den Dreimaster! Ist das nicht ein Kleinod? Kommt mit!"

Die Genossen folgten Don Camillo und gingen der Mole entlang bis zu einer Stelle, von der aus das Segelschiff ganz überblickt werden konnte. Hier hielten sie an und erkannten, daß Don Camillo tausendmal recht hatte. Ein kostbarer alter Stich schien dem Erbauer als Muster gedient zu haben.

Man hatte das Schiff soeben weiß lackiert –, und es leuchtete so sehr, war so schmuck und fein, noch in der kleinsten Einzelheit, daß es nagelneu zu sein schien.

„Diese Liebe der Sowjets für alles, was die edle Vergangenheit des großen Rußlands bezeugt, ist bewundernswert", begeisterte sich Don Camillo. „Genossen, genügt dieser Segler vielleicht nicht, um die glorreiche russische Tradition auf dem Gebiet des Schiffsbaus zu beweisen?"

Don Camillo verharrte einige Augenblicke schweigend, um das funkelnde Kleinod zu bewundern; dann wandte er sich an den Genossen Bacciga.

„Genosse Seemann, seit Jahrhunderten sind wir Meister in der Herstellung von Schiffen. Man muß jedoch ehrlich zugeben, daß wir in die Sowjetunion kommen mußten, um ein Kunstwerk dieser Art zu sehen."

Die Genossin Nadia kreuzte auf. Sie hatte Informationen bei einem gerade vorübergehenden Arbeiter eingeholt.

„Es ist ein Schulschiff der Kadetten der Sowjetmarine", erklärte sie. „Es heißt ‚Towarisch'. Viertausend Tonnen."

„Dreitausend Tonnen", verbesserte der Genosse Bacciga, wandte sich blitzschnell um und schaute die Petrowna mit strengem Ausdruck an: „Es hieß früher ‚Christoforo Colombo' und war ein Schulschiff der Kadetten der italienischen Marine."

Die Genossin Nadia errötete.

„Entschuldige, Genosse", stammelte sie. Da gerade der Genosse Oregow mit einem Funktionär der Werft ankam, entfernte sie sich rasch, um Befehle einzuholen.

Peppone faßte Don Camillo bei einem Ellenbogen und zog ihn auf die Seite.

„Ist es möglich", sagte er verbissen, „daß es Euch nie gelingt, Euren ruchlosen Mund verschlossen zu halten? Ihr habt eine schöne Dummheit gemacht!"

„Das war keineswegs eine Dummheit", erwiderte Don Camillo ruhig. „Ich wußte ganz genau, daß das Schiff da unsere ‚Christoforo Colombo' ist. Als die Russen es uns zusammen mit der ‚Giulio Cesare' fortnahmen, hat sich mir der Magen umgedreht!"

Zum Glück war der Genosse Bacciga in der Nähe, und Peppone machte sich ihm gegenüber Luft:

„Konntest du nicht still sein?" warf er ihm halblaut vor.

„Chef, wie konnte ich? Ich hatte das Schiff wiedererkannt!"

„Ein braver Genosse hätte vermieden, es wiederzuerkennen", versicherte Peppone kategorisch.

„Außer einem Genossen bin ich auch Seemann", erklärte Bacciga.

„Was soll das heißen?"

„Wasser ist Wasser, Genosse", murrte Bacciga, „aber das Meer ist etwas anderes als der Po, und ich kann die ‚Colombo' nicht anschauen, wie du einen Kahn betrachten würdest."

„Die Matrosen des Panzerkreuzers ‚Potemkin' dachten anders als du", bemerkte Peppone spöttisch.

„Die Matrosen des Panzerkreuzers ‚Potemkin' waren keine Genuesen", entgegnete der Genosse Bacciga.

Um elf Uhr verließen Peppone und Genossen die Werft. Sie hatten den Schädel voll statistischer Angaben. Es fehlte noch eine Stunde bis zur Abfahrt des Schiffes. Die Bande, geführt von der Genossin Nadia, machte einen touristischen Rundgang durch die kleine Stadt. Der Genosse Oregow, der Genosse Peppone und der Genosse Don Camillo aber zogen sich in die rauchige Arbeiterkantine des Hafens zurück, der erste, um seinen Bericht zu schreiben, die beiden andern, um sich geistig auf die Überfahrt vorzubereiten, die nichts Gutes versprach, da plötzlich von weiß Gott wo ein gräßlicher Wind aufgekommen war, während sich besorgniserregende Wolken zusammenzogen.

Die Kantine war schmutzig, aber der Wodka war ausgezeichnet, und bei der zweiten Runde ging Peppone aus sich heraus.

„Ich habe Angst vor der Seekrankheit! Und Ihr?"

„Ich denke nicht einmal daran", antwortete Don Camillo. „Seit fast zweitausend Jahren durchqueren die Priester die schrecklichsten Stürme, und sie sind immer sehr gut davongekommen."

„Ich werde ja sehen, ob Ihr noch den Geistreichen spielt, wenn Ihr auf dem Meer seid", entgegnete Peppone finster.

Don Camillo zog „Lenins Maximen“ aus der Tasche.

„Hier drin ist alles“, erklärte er, „auch das Rezept gegen die Angst.“

Der kalte Wind brachte die Bande nach kurzer Zeit zum Stall zurück. Sie sahen nicht aus wie Leute, die sich sehr vergnügt haben, aber am mürrischsten von allen war der Genosse Curullu.

Alle nahmen am Tisch Platz. Nachdem der Genosse Curullu auf dem Grund eines ansehnlichen Glases Wodka den Gebrauch der Zunge wiedergefunden hatte, leerte er den Kropf:

„Genosse“, sagte er zu Don Camillo, „weißt du, woher wir kommen?“

Don Camillo legte sein Brevier weg und sah ihn an.

„Von einer Kirche!“ erklärte der Genosse Curullu, „und weißt du, was man in dieser Kirche tat?“

Don Camillo hob die Schultern.

„Zwei Unglückliche verheirateten sich!“ rief erregt der Genosse Curullu. „Sie heirateten unter Mitwirkung eines Pfaffen und der dazugehörenden Albernheiten.“

Er wandte sich an den Genossen Scamoggia.

„Und du bist hierhergekommen, um den Trost zu haben, nie einem Pfaffen zu begegnen!“ spottete er. „Was für ein Pfaffe! Schön fett und besser geschmückt als unsere! Und die Brautleute? Beide in Wichs, mit verschlungenen Händchen und dem engelsgleichen Lächeln wie zwei Affen der Katholischen Aktion. Zum Kotzen!"

„In der Sowjetunion eine solche Widerwärtigkeit!" brüllte der Genosse Friddi Li empört. „Als ob wir uns im hintersten Kaff Siziliens befänden!"

Er wollte Antwort von Don Camillo, und dieser erwiderte:

„Genosse, die sowjetische Verfassung gestattet dem Bürger, jene Religion auszuüben, die ihm am meisten zusagt. Und die Priester sind in der Ausübung ihres Berufes frei, wenn sie die Gemeinschaft mit dem religiösen Unterricht der Jugend bis zu achtzehn Jahren nicht stören. Das ist keine Neuigkeit. Der Vatikan hat die Geschichte vom Kampf gegen die Religion und andere ähnliche Erfindungen in Umlauf gesetzt."

Der Genosse Oregow spitzte die Ohren, und mit Hilfe der Genossin Nadia folgte er aufmerksam der Unterhaltung.

Don Camillo kehrte sich zu ihm und warf ihm einen flehentlichen Blick zu.

„Der Genosse Tarocci", erklärte die Genossin Nadia, nachdem sie mit dem Genossen Oregow Rücksprache gehalten hatte, „ist im

Recht. Artikel 124 der Verfassung wird genau respektiert. Der Rat für die Angelegenheiten der Orthodoxen Kirche und der Rat für die Angelegenheiten der religiösen Kulte kontrollieren die religiösen Organisationen und helfen ihnen, ihre Probleme zu lösen."

„Demnach ist alles klar", schloß Don Camillo, nachdem er die offizielle Erklärung vernommen hatte. „Die Priester tun nicht, wie bei uns, was sie wollen, sondern das, was ihnen die Verfassung erlaubt. Die Lage ist ganz anders!"

„Die Substanz ist die gleiche", murrte Genosse Friddi Li. „Die Pfaffen sind immer Pfaffen."

Don Camillo begann zu lachen: „Genosse, in einem grenzenlosen Land wie der Sowjetunion gibt es nur sechsundzwanzigtausend Kirchen und ungefähr fünfunddreißigtausend Priester!"

„Zuviel", schrie der Genosse Curullu. „Zu viele Kirchen und zu viele Pfaffen!"

„Bedenke, daß 1917 in Rußland über sechsundvierzigtausend Kirchen mit fünfzigtausend Priestern bestanden, daß es aber 1935 nur noch viertausend Kirchen und fünftausend Priester gab."

Der Genosse Curulla wandte sich ungläubig an den Genossen Oregow.

„Ist das wahr?" fragte er.

Nach der gewohnten Rücksprache antwortete die Genossin Nadia:

„Die Angaben entsprechen tatsächlich der Wirklichkeit. Priester und Kirchen leben ausschließlich aus dem Opfer der Gläubigen. Während des Krieges hat die orthodoxe Kirche ihren patriotischen Geist bewiesen, indem sie sich der Anstrengung des Landes zur Seite stellte. Die Partei führt nicht mit Gewalt, sondern mit Überredung einen siegreichen Feldzug gegen den Aberglauben."

Der Genosse Curullu hatte eine Enttäuschung erlebt, die der Wodka noch brennender machte.

„Genossin", sagte er angewidert zu Petrowna, „wenn die Pfaffen im Laufe der letzten zehn Jahre von viertausend auf fünfunddreißigtausend anstiegen, wie kann man da von einem siegreichen Feldzug reden?"

Die Genossin Nadia zögerte, dann übersetzte sie die Worte, und der Genosse Oregow lauschte ihr mit gesenktem Kopf, als wenn er des Verrats schuldig wäre. Dann hob er, nachdem er eine Zeitlang nachgedacht hatte, den Kopf, schaute den Genossen Curullu an und breitete verzweifelt die Arme aus.

Diesmal war Nadia nicht zum Übersetzen gezwungen.

Das Gespräch hörte damit auf; der Genosse

Oregow machte sich wieder an seine Berichterstattung, und die andern redeten von anderen Dingen.

Der Saal war voller Rauch, und Don Camillo verspürte das Verlangen nach etwas frischer Luft. Er begab sich hinaus, und Peppone folgte ihm. Der Wind hatte sich gelegt. Sie gingen Seite an Seite hin und her. Sie schwiegen, bis Peppone auf einmal stehenblieb.

„Fünfunddreißigtausend Priester!" brüllte er. „Nach einer Revolution, die Ströme von Blut gekostet hat, und nach zweiunddreißig Jahren entsetzlicher Opfer!"

„Erzürne dich nicht, Genosse", beruhigte ihn Don Camillo. „Versteife dich nicht auf die Anzahl der Priester! Es sind keine Priester in unserem Sinne, sondern sowjetische Funktionäre, die vom Papst wie von einem Feind des Friedens sprechen. Ihr früheres Oberhaupt, dem das heutige genau entspricht, war jener Patriarch Alexius, der Stalin ‚bògom dànnyi', den Gottgesandten, nannte. Auf dem Felde der Religion hat der Kommunismus den Krieg verloren, jedoch nicht den gegen die Priester. Er hat den Krieg gegen Gott verloren. Der Kommunismus kann die Priester entfernen oder, noch schlimmer, sie kontrollieren, aber er kann Gott nicht entfernen oder kontrollieren. Drei wichtige Kriege hat das sowjetische Regime verloren: den gegen Gott, den gegen die Bauern und den gegen das Bürgertum. Nach zweiunddreißig Jahren blutiger Kämpfe hat das Sowjetregime den Mond und den atomischen Weltrekord erobert. Es hat mit der wissenschaftlichen Erklärung jeder natürlichen und übernatürlichen Erscheinung den Aberglauben zermürbt. Es ist unbeschränkter Herrscher Rußlands, der Russen und ich weiß nicht wie vieler Satellitenländer geworden. Es hat das Bürgertum ausgerottet. Aber heute suchen die Russen Gott und opfern ihre mühsam verdienten Rubel, um Kirchen zu öffnen und Priester zu bezahlen. Die Landwirtschaft war noch nicht imstande, die Produktion vor der Reform zu erreichen, und um die Bauern zum Arbeiten zu bringen, mußte man ihnen ein Stück privaten Bodens und den freien Markt für die Erzeugnisse dieses Bodens überlassen. Ein neues Bürgertum übernimmt den Platz des alten und wird immer umfassender und mächtiger. Erzürne dich nicht, Genosse Proletarier. Mit deinem prächtigen blauen Doppelreiher und deinem doppelten Lohn als Senator und Funktionär der Partei bist du doch auch ein Bürger, mit einem Konto auf der Bank und einem blitzenden ‚1800'!"

„Was ‚1800'!" wehrte sich Peppone. „Ein gewöhnlicher ‚1100' aus zweiter Hand."

Don Camillo schüttelte den Kopf.

„Genosse", sagte er streng, „was hier zählt, sind nicht die Zylinder, sondern das Prinzip."

An diesem Punkte angekommen, zog Peppone ein ledernes Etui aus der Tasche und entnahm ihm eine wundervolle toskanische Zigarre.

Don Camillo, der seit zwei Tagen mit offenen Augen von einer toskanischen Zigarre träumte, riß die Augen auf und rief, nachdem er einen Seufzer, der einem Tornado glich, ausgestoßen hatte, voll Bitterkeit:

„Und während das Bürgertum praßt, leidet das Volk!"

Peppone brach wütend die Zigarre entzwei und streckte eine Hälfte aufgebracht Don Camillo hin.

„Fünfunddreißigtausend Pfaffen sind nicht genug!" murrte er. „Auch Euch brauchte es noch!"

Man hörte die Sirene des Schiffes.

Das Schiff hieß „Partisan". Es war ein modernes und kräftiges Schiff, doch leicht gebaut, weil nur für Küstenfahrten bestimmt. Dieser Aufgabe wurde es herrlich Meister, und die erste Stunde Fahrt verging auf die denkbar beste Art.

Unglücklicherweise mischte sich der Teufel

drein, denn plötzlich verdunkelte sich der Himmel, und der Wind wurde zum Sturm. Immer größere Wogen begannen das Meer aufzuwühlen.

Die Geschichte sah böse aus. Um der Gefahr, daß eine Grundwelle das Schiff packte und auf die Küste warf, zu entgehen, fuhr der Kapitän aufs offene Meer hinaus und suchte besseres Wasser.

Er fand keines, und da die Heftigkeit des Sturmes sich steigerte, gehorchte das Schiff bald dem Steuer nicht mehr. Es war eine Angelegenheit von Minuten. Die Passagiere befanden sich unter Deck, und auf einmal erschien ein Matrose mit einem Armvoll Sachen, die er auf den Boden warf, wobei er irgend etwas schrie.

„Der Kapitän befiehlt, die Rettungswesten anzuziehen und an Deck zu kommen", übersetzte die Genossin Nadia.

An Deck herrschte die entfesselte Hölle. Vom Himmel wahre Wassergüsse und vom Meer her die wilden Keulenschläge der Wellen gegen den Schiffsrumpf.

Und als ob das nicht genügte, das grausame Heulen des Sturmes und pechschwarze Finsternis!

Die Schraube drehte sich im Leeren, und eine Woge riß die beiden Rettungsboote weg.

Alle starrten zum Kapitän empor, der sich an das Geländer der Kommandobrücke klammerte. Der Mann fühlte diese ängstlichen Augen, tat jedoch, als ob er sie nicht bemerkte, und fuhr fort, auf das stürmische Meer zu spähen.

Es schien das Ende zu sein. Nach wie vielen Minuten, in wie vielen Sekunden würde das Schiffchen vom Anprall zermalmt werden?

Eine Welle verkeilte sich unter das Achterschiff und hob das Heck. Es schien, als müsse der Kahn im Meer versinken.

Das Wasser wusch das Deck von vorn nach hinten. Als es sich verlaufen hatte und das Schiff sich wieder aufrichtete, sah jedermann sich um und zählte die Genossen.

Noch waren alle da: Peppone, die neun „Erkürten", die Genossin Nadia, der Genosse Oregow, der Kapitän und die sechs Männer der Besatzung. Indem sie sich verzweifelt an jede mögliche Stütze klammerten, einer neben dem andern, hatten sie wie durch ein Wunder diesem ersten schrecklichen Angriff widerstanden. Würden sie auch dem zweiten widerstehen?

Das Schiff rutschte auf der Flanke einer riesengroßen Woge hinunter, tauchte in einen Abgrund und schien dazu bestimmt zu sein, dort zu verbleiben. Trotzdem kam es wieder nach oben. Aber dann ging der Deckel einer Ladeluke in Trümmer, und das Schiff begann sich mit Wasser zu füllen.

Da war nichts mehr zu hoffen, und Peppone neigte sich zu Don Camillo.

„Ihr! Ihr! Tut etwas, um Gottes willen!" brüllte er vor Wut und Verzweiflung.

Don Camillo raffte sich auf.

„Herr", sagte er, „ich danke Euch, daß Ihr mir die Gnade erwiesen habt, als demütiger und treuer Soldat Gottes."

Er vergaß das Meer und den Sturm und dachte nicht mehr daran, daß er für alle diese Leute, Peppone ausgenommen, nur der Genosse Tarocci war. Er riß sich die Mütze vom Kopf und suchte in seinen Rockfalten nach seiner fingierten Füllfeder. Sie war noch da. Er zog das kleine Kruzifix hervor und hielt es in die Höhe.

Nun knieten alle, den Kopf entblößt, vor Don Camillo. Auch die Genossin Nadia, auch der Kapitän und die sechs Männer der Besatzung.

Alle, ausgenommen der Genosse Oregow, der – an die Treppe zur Kommandobrücke geklammert – auf den Füßen geblieben war und, die Mütze bis zu den Ohren gezogen, mit aufgerissenen Augen das unglaubliche Schauspiel bestaunte.

„Herr", betete Don Camillo, „habe Mitleid mit diesen Unglücklichen ..."

Eine Welle ließ daß Schiff krängen, und eine andere verstärkte die Schlagseite.

„*Ego vos absolvo a peccatis vostris, in nomine Patris et Filii et Spiritus Sancti . . .*“ Er zeichnete ein großes Kreuz in die sturmgepeitschte Luft. Und alle bekreuzigten sich, und alle küßten das kleine Kruzifix.

Alle außer dem Genossen Oregow, der einem Stück Gußeisen glich.

Ein Wasserberg schlug über dem Deck zusammen, als wollte er die kleinen Menschen bezerquetschen. Aber Gott hatte es anders beschlossen. Der höllische Tanz ging weiter, doch trafen die Wellen den Schiffsrumpf nicht mehr mit der früheren Gewalt.

Sie fanden sich alle aufrecht stehend wieder und hatten auf einmal das Gefühl, das Schlimmste wäre vorbei.

Alle hatten gesehen, daß der Genosse Oregow nicht niedergekniet war und auch die Mütze nicht gelüftet hatte; aber erst jetzt dachten sie an ihn und sein Verhalten.

Sie blickten zur Treppe hin, und der Genosse Oregow war noch dort. Er hatte die Zähne zusammengepreßt, und das, was er nicht mit dem Mund sagte, sagte er mit den Augen.

Die Genossin Nadia, der Genosse Kapitän und die Genossen Besatzung bemerkten das bedrohliche Licht, das in seinen Augen brannte; sie erschauerten. Peppone und die andern jedoch nicht. Sie waren allzu froh, sich lebend wiedergefunden zu haben, als daß sie sich um die Drohung bekümmerten, die in den Augen des Genossen Oregow zu lesen war.

Das Meer schüttelte das Schiff immer noch, aber es gehorchte wieder dem Steuer. So konnten sich die Männer der Besatzung endlich an den Pumpen zu schaffen machen. Und die Reisenden konnten daran denken, ihre durchnäßten Kleider zu wechseln. Sie gingen unter Deck. Der Genosse Oregow wurde vergessen.

Je mehr sich das Meer besänftigte, desto normaler wurde das Leben an Bord. Zwei Stunden später hatte jeder sein Alltagsgesicht zurückgewonnen.

Schließlich war nichts Außergewöhnliches geschehen. Ein etwas erzürntes Meer, ein paar Wassergüsse, ein zertrümmerter Lukendeckel, zwei verlorene Rettungsboote – alles Dinge, die jedem Seefahrer zustoßen können.

Der Genosse Oregow war vergessen worden. Er kehrte allen ins Gedächtnis zurück, als das Schiff im Hafen von O. anlegte, und es war die Genossin Nadia, die die andern an ihn erinnerte.

Der Landungssteg war an Bord geschoben worden, und Peppone, gefolgt von den Genossen, war im Begriff, an Land zu gehen, als sich die Genossin Nadia vor ihm aufpflanzte.

„Man wird den Genossen Oregow abwarten müssen", erklärte sie.

Sie war bleich, und Furcht zitterte in ihrer Stimme.

Der Kapitän kam dazu, sprach mit Nadia und ging mit ihr in seine Kajüte.

Sie kehrten nach wenigen Minuten zurück, und der Kapitän verabschiedete sich lächelnd von Peppone und den anderen „Erkürten".

„Kak trevòga, tak do Bòga", sagte er zu Don Camillo, während er ihm die Hand drückte.

„Wir können aussteigen", erklärte die Genossin Nadia. „Leider hat eine Welle den Genossen Oregow noch ganz zuletzt ins Meer gerissen, während wir uns unter Deck befanden. Die Partei hat einen treuen und gescheiten Funktionär verloren, Rußland einen wertvollen Soldaten."

Sie stiegen aus, und als sie an Land waren, wandte sich Don Camillo dem Meere zu, indem er auf den noch stürmischen Wogen und im finstern und bedrohlichen Himmel die Seele des Genossen Oregow suchte.

„Daß Gott auch deine Sünden vergebe!" flüsterte er, und Angst umschnürte sein Herz. Er versuchte verzweifelt, sich zu überzeugen, daß man dem Genossen Kapitän glauben müsse.

Wenn der Kapitän ins Bordbuch geschrieben hatte, der Sturm hätte zwei Boote und den Genossen Oregow fortgerissen, gab es keinen Grund, dem Genossen Kapitän zu mißtrauen.

Der Sturm hatte den Start des Flugzeugs für Berlin verzögert, und im Autobus, der sie zum Flughafen brachte, saß Don Camillo dem Genossen Scamoggia gegenüber.

„Also, Genosse", sagte er, „jetzt heißt es voneinander Abschied nehmen. Wir reisen ab, und du bleibst."

„Nein", antwortete Scamoggia. „Auch ich reise ab."

„Ist es der Genossin Nadia nicht gelungen, dich zum Bleiben zu bewegen?"

„Ich habe mit ihr darüber nicht einmal gesprochen", erklärte Scamoggia. „Ich habe mir überlegt, daß die kommunistische Partei Italiens mich noch nötig hat."

„Bravo, Genosse", drückte Don Camillo sein Wohlgefallen aus. „Wer sein Herz zum Schweigen bringt, um auf die Stimme der Pflicht zu hören, ist ein guter Soldat der Sache."

Der Genosse Scamoggia seufzte und begann, zum Fenster hinauszublicken.

Der Flugplatz!

Der Autobus hielt vor dem Gitter, und alle stiegen aus. Die Genossin Nadia betrat das

Büro zusammen mit dem Genossen Peppone und wies die Reisepapiere vor. Der Kommandant der Grenzpolizei prüfte die Papiere; dann gab er das Verzeichnis der „Erkürten“ einem Übersetzer-Unteroffizier, der mit lauter Stimme die Litanei begann:

„Bacciga Pietro ...“

Bacciga trat ein.

Der Offizier schaute Peppone an, der durch Kopfnicken bejahte; dann sagte die Genossin Nadia: „Stimmt!“

„Capece Salvatore.“

„Ja.“

„Stimmt.“

Die Geschichte wiederholte sich, als die Genossen Gibetti, Friddi Li, Peratto dran waren.

„Rondella Walter.“

Der in Gedanken versunkene Peppone erinnerte sich nicht, daß der Genosse Rondella mit einer amtlichen Bescheinigung zur Basis zurückbefördert worden war. Als er sich daran erinnerte, war es zu spät. Der verdammte Neapolitaner-Rumäne, den er in der Kolchose Tifiz getroffen hatte, stand vor ihm mit einem außergewöhnlich frechen Gesicht.

Und schon hatte Peppone mit dem Kopf bejaht.

„Stimmt“, sagte ohne zu zögern die Genossin Nadia.

Als die Reihe an den Genossen Tarocci kam, hatte Peppone verrückt Lust, „Nein“ zu sagen, aber das dauerte nur eine Sekunde.

„Zehn angekommen, zehn ausgereist“, rief lachend der Übersetzer aus und reichte Peppone die Papiere.

Während sie sich zum Flugzeug begaben, näherte sich Don Camillo der Nadia Petrowna und fragte sie, was die Abschiedsworte des Kapitäns bedeuteten.

„Du hast es mit eigenen Augen gesehen, Genosse: ‚Wenn man in Gefahr schwebt, erinnert man sich an Gott.‘“

„Alte Sprichwörter überholter Zeiten“, brummte Don Camillo.

Dann war es Zeit, an Bord zu gehen, und die Genossin Nadia drückte den „Erkürten“, einem nach dem andern, wie sie die Treppe betraten, die Hand. Sie drückte auch dem Rumänen aus Neapel die Hand und platzte beinahe vor Lachen. Aber nach ihm kam der Genosse Scamoggia, und das Lächeln gefror auf ihren Lippen.

Der letzte, der einstieg, war Don Camillo.

„Addio, Genossin“, sagte Don Camillo.

„Bete für mich, Genosse“, antwortete mit einem Hauch von Stimme die Genossin Nadia, während zwei große Tränen aus ihren Augen sickerten.

Eine Zeitlang sah Don Camillo während des Fluges nur diese Augen voll verzweifelter Traurigkeit. Dann erblickte er durch die Fensterluke die grenzenlosen, vom Nebel verschleierten Felder, und ihm kam ein russischer Satz in den Sinn, den er irgendwo gelesen und im Büchlein mit Lenins Maximen notiert hatte:

„*Spasitjel mìra, spaì Rossìu!* – Retter der Welt, rette Rußland!"

Ende einer kleinen Geschichte, die nie endet

Herr" – Don Camillo wandte sich an den gekreuzigten Christus auf dem Hauptaltar – „schon seit zwei Wochen weile ich wieder im Schatten meines Glockenturms, und immer noch spüre ich den Kummer, der mich auf meiner ganzen Reise begleitet hat, auf dem Herzen lasten. Kummer, Herr, nicht Furcht. Es gab keinen Grund, Furcht zu haben. Ich hatte nur Anlaß, mich meiner selbst zu schämen. Ich fühlte die Demütigung des alten Soldaten, der, sonst an offenes Visier gewöhnt, die Uniform des Feindes trägt und sich in seine Reihen schleicht, um seine Bewegungen auszuspionieren oder Fallen zu stellen. Was für eine Qual: das Kruzifix mit den faltbaren Armen, das im Füllfederhalter versteckt war, das als ‚Maximen Lenins' getarnte Brevier, die heimlichen Messen, die ich vor dem Tischchen meines Hotelzimmers gelesen habe. Was für eine Qual ...!"

„Don Camillo, quäle dich nicht", antwortete Christus sanft, „du hast nicht aus Feigheit so gehandelt oder um deinen Nächsten hinterrücks zu überfallen, sondern um deinem Nächsten zu helfen. Wenn dein Nächster vor Durst stirbt – verzichtest du dann vielleicht darauf, ihm den Schluck Wasser, der ihm das Leben wiedergeben wird, zu reichen, nur darum, weil du dein Wesen verleugnen und dich vor dir selber lächerlich machen müßtest? Das Heldentum des Soldaten Christi ist die Demut, und sein wahrer Feind ist der Stolz. Glücklich die Demütigen!"

„Herr", widersprach Don Camillo, „Ihr redet von der Höhe dieses Kreuzes, das der stolzeste Thron des Weltalls ist und das Ihr erobert habt, indem Ihr mit offenem Visier kämpftet. Nie habt Ihr Euer Wesen verheimlicht. Nie habt Ihr Euch der Menge in den Gewändern des Teufels gezeigt!"

„Don Camillo, ist es vielleicht nicht Demut für den Gottessohn, wie ein Mensch zu leben und ans Kreuz genagelt zu sterben, zwischen zwei Schächern? Don Camillo, sieh deinen Gott! Sieh sein armes, gemartertes, entblößtes Fleisch und die schändliche Dornenkrone, die er auf seinem Haupte trägt. Ist das vielleicht nicht ein armer Christus?"

„Herr", bestand Don Camillo auf seinen Worten, indem er die Augen zum gekreuzigten Christus hob, „ich sehe Euch, aber meine Augen sehen nur das göttliche Licht Eures erhabenenen Opfers. Hingegen erhellt kein Licht, nicht einmal das dünne Flämmchen eines Zündhölzchens, die traurige Gestalt des ‚Genossen Don Camillo'."

Christus erwiderte:

„Und die Flamme, die du in den Augen der alten Frau von Grevinec entzündet hast? Und die andere, die du in den Augen des verirrten Soldaten, seiner Frau und seiner Kinder angezündet hast? Don Camillo – als der Sturm wütete und du auf dem Schiff dein kleines Kruzifix hervorzogst und es den Unglücklichen zeigtest, die sich schon an der Schwelle des Todes glaubten, und du von Gott die Verzeihung ihrer Sünden erflehtest – warum hat da keiner es lächerlich gefunden, daß der Genosse Tarocci sich wie ein Diener Gottes aufführte – warum sind alle niedergekniet und haben sich bekreuzigt und diesen armen Christus mit den biegsamen Armen geküßt? Hast du dich nie gefragt, wie das sich ereignen konnte?"

Don Camillo war verwirrt.

„Ich", stotterte er, „ich habe mich aufgeführt, wie jeder andere Diener Gottes sich aufgeführt hätte."

„Ja, Don Camillo, doch wußte außer Peppone niemand, daß du ein Diener Gottes bist. Für die andern warst du nur der Genosse Tarocci. Also?"

Don Camillo breitete die Arme aus. Erst jetzt dachte er an diese seltsame Tatsache, und sie erschien ihm unglaublich.

„Also", fuhr Christus sanft fort, „das bedeutet also, daß ein bißchen Licht auch vom Genossen Don Camillo ausstrahlt."

Don Camillo war seit zwei Wochen zu seiner Basis zurückgekehrt, und seit zehn Tagen versuchte er, aufs Papier zu setzen, was alles er auf seiner Reise getan und gesagt und gesehen und gehört hatte.

Er wollte, daß der Bischof alles erfuhr, und zwar ganz genau, doch das Unternehmen war nicht leicht, weil der Bischof alt war und sein Gedächtnis ihn oft im Stiche ließ, aber mit der Sprachlehre war er noch vollkommen vertraut.

Von Peppone hatte Don Camillo, nachdem sie sich am Bahnhof in Mailand getrennt hatten, nichts mehr gehört.

Kaum hatten sie den Flughafen Berlin hinter sich, war der rumänische Neapolitaner aus dem Zug verschwunden. In Verona war der Genosse Tavan mit seinen drei Weizenpflänzchen ausgestiegen, und in Mailand hatten die Genossen Bacciga und Peratto, zusammen mit Don Camillo, die Gesellschaft verlassen.

„Warum willst du uns nicht bis Parma oder

Reggio Emilia begleiten?" hatte Scamoggia Don Camillo gefragt, und Don Camillo hatte ihm erklärt, daß er wegen eines wichtigen Geschäftes in Mailand aussteigen müßte. Reine Wahrheit, denn Don Camillo hatte seine schwarze Schale in Mailand zurückgelassen und mußte sie dort holen.

Peppone hatte rasch die Rechnung gemacht. Während Don Camillo sich zum Verlassen des Wagens rüstete, hatte er Scamoggia Geld gegeben mit dem fröhlichen Ausruf:

„Jetzt sind wir bloß noch sechs! Fasse sechs Flaschen Wein, Genosse, eine je Kopf. Ich offeriere!"

Das Gelächter Peppones war Don Camillo in den Ohren geblieben, und in diesen zwei Wochen hatte er sich oft nach dem Grund dieser plötzlichen, lärmigen Fröhlichkeit gefragt.

Peppone selber erklärte es ihm, und das trug sich ausgerechnet am Abend des vierzehnten Tages nach der Heimkehr zu.

Don Camillo mühte sich gerade im Eßzimmer des Pfarrhauses mit seiner Berichterstattung ab, als jemand an die Haustüre klopfte. Es handelte sich um Peppone.

Zunächst hatte ihn Don Camillo nicht wiedererkannt. Er hatte einen senatorialen Peppone verlassen – einen Peppone mit einem weichen Filzhut, mit einer Krawatte aus grauer Seide, einem hellen Hemd aus feiner Popeline und einem majestätischen Zweireiher. Und jetzt fand er vor sich den bäuerischen Peppone der vergangenen Zeiten – einen Peppone mit ungebügelten Hosen, einer Barchentjacke, einem verwegenen Hut, dem Nastuch am Hals und dem Mantel auf den Schultern.

Er betrachtete ihn erstaunt und schüttelte dann den Kopf.

„Ach, mein armes Gedächtnis", rief er aus, „ich vergaß, daß das arbeitende Volk in der Uniform des Senators leidet, wenn es in Rom ist, und in der Uniform des Bürgermeisters, wenn es in sein Dörfchen zurückkehrt. Nehmen Sie Platz! Es muß aber für Sie ein schöner Verdruß sein, stets nachts zu reisen. Bitte, nehmen Sie Platz!"

„Für das, was ich Ihnen zu sagen habe, kann ich auch stehen bleiben", entgegnete Peppone finster. „Ich komme, um meine Schuld zu bezahlen."

Er holte unter dem Mantel eine Kerze hervor und legte sie auf den Tisch.

„Das ist, um dem Ewigen Vater für meine Errettung aus dem Sturm zu danken."

Don Camillo lächelte.

„‚In der Gefahr erinnern wir uns an Gott', sagte der Schiffskapitän ganz richtig beim Abschied zu mir. Aber leider vergißt man Gott nur allzu leicht, wenn die Gefahr vorbei ist. Sie haben ein gutes Gedächtnis, und darüber freue ich mich ehrlich."

„Und das ist, um dem Ewigen Vater zu danken, daß er mich vor einem gewissen Priester, den mir der Teufel an die Fersen geheftet hatte, errettet hat!" erklärte Peppone traurig, zog unter dem Mantel eine zweite Kerze hervor und legte sie auf den Tisch. Es war eine reichverzierte Kerze, ein Meter zwanzig lang und fünfzehn Zentimeter im Durchmesser.

Don Camillo riß die Augen auf.

„Ich mußte sie extra herstellen lassen", erklärte Peppone. „Sie hat schon ein schönes Kaliber, aber um der Gefahr, die jener Priester darstellte, gemäß zu sein, müßte sie sechzehn Meter Höhe und einen Durchmesser von drei Metern haben."

„Sie tun mir zuviel Ehre an", erwiderte Don Camillo. „Ein kleiner Landpriester verdient keine so große Beachtung."

„Es gibt kleine Landpriester, die gefährlicher sind als ein großer Papst", stellte Peppone fest.

Dann warf er ein dickes Päckchen und zwei Briefe auf den Tisch.

„Es sind Sachen, die man an mich adressiert hat, damit ich sie dem Genossen Tarocci übermittle", sagte Peppone. „Diese Geschichte gefällt mir nicht. Ich mache Sie darauf aufmerksam: Wenn noch anderes kommen sollte, werde ich es verbrennen."

Don Camillo öffnete das Päckchen. Es enthielt einen Stoß großer Fotografien und einen Brief, den er rasch überflog.

„Es handelt sich ..."

Peppone unterbrach ihn.

„Ihre Geschäfte kümmern mich nicht, Hochwürden."

„Es sind nicht die Geschäfte des Hochwürden, sondern des Genossen Tarocci. Und der Zellenchef Tarocci hat die Pflicht, seinen direkten Vorgesetzten zu informieren. Der Brief ist vom Genossen Peratto. Er schickt mir eine Reihe Fotos, damit ich darüber verfüge, wie ich es für guthalte. Beachten Sie diese Gruppe, wo Sie und ich im Vordergrund stehen! Ist sie nicht interessant?"

Peppone ergriff das Bild, schaute es an und sagte dann verbissen:

„Ich will hoffen, daß Sie mir kein weiteres Unheil bescheren!"

„Seien Sie beruhigt, Senator. Der Genosse Peratto schickt mir auch eine Serie inoffizieller Fotos und wünscht von mir, daß ich sie unterbringe, ohne den Namen des Fotografen zu nennen. Er hat es nötig, etwas Geld zu verdienen. Es scheint, daß die Partei ihn ziemlich schlecht bezahlt. Ich werde schauen, ihn zufriedenzustellen!"

„Würden Sie tatsächlich eine solche Lausbüberei begehen?" schrie Peppone.

„Wie Sie meinen", antwortete Don Camillo und übergab ihm die Aufnahmen. „Wie aber, wenn wir ihn nicht zum Schweigen bringen, und er dann den Parteizeitungen die Fotos schickt, die auch mich zeigen, und die Zeitungen sie veröffentlichen?"

Peppone ließ sich auf den Stuhl fallen und wischte sich den Schweiß ab, der ihm die Stirne netzte.

„Genosse, ich habe es Ihnen schon gesagt: Ich will Sie nicht in die Patsche bringen. Wählen Sie die Fotos aus, die den Parteizeitungen zu schicken sind, und überlassen Sie das übrige dem Genossen Tarocci."

Während Peppone, nunmehr heiterer, die Aufnahmen durchsah, las Don Camillo den zweiten Brief und berichtete.

„Es ist vom Genossen Tavan. Er bedankt sich, weil er so getan hat, wie ich ihm riet, und seine Mutter ist zufrieden. Die drei Weizenpflänzchen sind gesund und munter angekommen, und er hat sie sofort verpflanzt. Er sagt, er gehe täglich sie anzusehen, manchmal auch zweimal am Tag. ‚Wenn sie sterben sollten', schreibt er, ‚wird mir sein, als ob mein Bruder nochmals sterben würde.' Er bittet mich, den Genossen Senator zu grüßen und ihm zu danken."

Peppone grunzte und sah die Fotos weiter durch.

Der dritte Brief enthielt ein Blatt mit wenigen Zeilen und Geld.

„Er ist vom Genossen Gibetti", teilte Don Camillo mit. „Daheim ist ihm ein Verdacht gekommen, und er hat den Bericht übersetzen lassen. Er dankt uns und schickt tausend Lire, damit ich eine Messe für die Seele des Mädchens lese. Ich werde ihm die tausend Lire zurückschicken und jeden Monat für die Ärmste eine Messe lesen."

Peppone schlug die Faust auf den Tisch.

„Das verstehe ich nicht", rief er aus. „Wer hat diesen Blödianen gesagt, daß Sie ein Priester sind?"

„Niemand. Sie haben es gemerkt."

„Und wie haben sie es angestellt, das zu merken?"

„Das ist eine Sache der Erleuchtung", brummte Don Camillo. „Ich bin kein Fachmann der Elektrizität, und ich könnte es schwerlich erklären."

Peppone schüttelte den Kopf.

„Vielleicht bin ich schuld", rief er aus, „vielleicht habe ich Euch, statt Euch ‚Genosse' zu heißen, einmal als ‚Hochwürden' angesprochen."

„Das scheint mir nicht der Fall zu sein", antwortete Don Camillo.

Peppone hielt ihm eine Aufnahme hin. Ganz im Vordergrund befand sich Yenka Oregow selig.

„Als ich ihn das letzte Mal gesehen habe", sagte Peppone mit gesenktem Kopf, „war der Höhepunkt des Sturms vorbei. Wie ist es möglich, daß eine Woge ihn ins Meer riß? Was ist auf Deck vorgegangen, als wir uns unter Deck befanden?"

„Das weiß nur Gott!" rief Don Camillo aus. „Und nur er weiß, wie oft ich an diesen Mann gedacht habe und wie ich weiter an ihn denke!"

Peppone entließ seiner Brust einen endlosen Seufzer.

„Ich würde diese da gern mitnehmen", sagte er und zeigte auf einen Stoß Fotos.

„Geht in Ordnung", antwortete Don Camillo. „Und was machen wir mit den beiden Kerzen?"

Peppone zuckte die Achseln.

„Die große zündet Ihr für die Rettung vor dem Schiffbruch an", bestimmte er.

„Alle beide also für die Rettung vor dem Schiffbruch", schloß Don Camillo.

„Nein“, schrie Peppone. „Die kleine muß für die Rettung vor dem Priester angezündet werden.“

Peppone ging grußlos weg, und Don Camillo lief in die Kirche. Es gab keinen Kandelaber, der die riesige Kerze fassen konnte, aber in der Sakristei fand er einen großen, schweren Bronzetopf, der dem Zwecke dienen konnte.

Als Don Camillo die Kerzen auf den Altar gestellt hatte, zündete er sie an und sagte dann:

„Herr, Peppone hat sich Eurer erinnert.“

„Auch deiner, wenn ich mich nicht täusche“, antwortete Christus lächelnd.

Als der alte Bischof den langen Bericht gelesen hatte, ließ er Don Camillo kommen.

„Jetzt“, sagte er, als er vor ihm erschien, „erzähle mir alles, was du geschrieben hast, und auch das, was du nicht geschrieben hast.“

Don Camillo erzählte einen halben Tag lang, und am Schluß rief der Bischof aus:

„Das ist nicht möglich! Bekehrung des Genossen Tavan, Bekehrung des Genossen Gibetti, Befreiung des Genossen Rondella, Befreiung des Rumänen aus Neapel, Messe und Kommunion für die alte polnische Frau, Weihe der Ehe ihrer Tochter mit dem Vermißten, Taufe ihrer sechs Kinder, Beichte des Auswanderers und seine Ehrenrettung, Messe für die toten Soldaten auf dem Friedhof. Dazu achtzehn Absolutionen in *articulo mortis.* Damit noch nicht zufrieden, bist du auch Zellenchef geworden! Und das alles in sechs Tagen und im Lande des Antichrists! Das ist nicht möglich!"

„Exzellenz, wenn mein Wort nicht genügt, wenn die Aufnahmen und die Briefe nicht genügen, so ist da auch das Zeugnis des Senators."

„Auch noch das Zeugnis eines Senators!" stöhnte der alte Bischof. „Dann ist das Unglück nicht mehr aufzuhalten!"

Don Camillo sah ihn mit aufgerissenen Augen an.

„Verstehst du nicht, mein Sohn", fuhr der alte Bischof fort, „wenn sich die Dinge so verhalten, werde ich gezwungen sein, dich zum Monsignore zu machen."

Don Camillo kniete nieder.

„Domine, non sum dignus!" sagte er und hob den Blick zum Himmel.

Der alte Bischof schüttelte den Kopf.

„Das gleiche habe ich vor vielen Jahren gesagt. Aber niemand hat mir Gehör geschenkt. Möge Gott dich beschirmen, mein Sohn!"

Ein weiterer Monat ging vorbei, und Don Camillo dachte immer weniger an sein unglaubliches Abenteuer, als er eines Morgens beim Verlassen der Kirche auf den Genossen Smilzo stieß, der mit großem Fleiß ein Plakat auf die Vordermauer des Pfarrhauses klebte.

Don Camillo ließ ihn seine Arbeit fertig machen. Aber als Smilzo von der Leiter gestiegen war und sich wandte, stand er ihm vis-à-vis und erkundigte sich: „Genosse! Wie wäre es, wenn jemand, die Tatsache nützend, daß der Leim noch frisch ist, das Plakat von der Mauer löste und es dich fressen ließe?"

Smilzo lachte.

„Hochwürden, der Mensch, der das fertigbrächte, muß noch geboren werden."

„Nimm den Fall, auf Grund einer verfluchten Hypothese, daß dieser Kerl vor einem Haufen Jahren geboren wäre und sich in diesem Augenblick vor dir befände!"

Don Camillo hatte den Smilzo bei den Armen gepackt und erweckte den Eindruck, ihn nicht mehr loslassen zu wollen.

„Dann", gab Smilzo zu, „wäre die Lage anders."

Don Camillo änderte das Register brüsk.

„Komme ich jemals, um auf die Fassade des Volkshauses Plakate zu kleben?" fragte er drohend. „Also, warum kommt ihr, um die Mauer meines Hauses mit eurem politischen Irrsinn zu besudeln?"

„Es handelt sich nicht um Politik“, berichtigte Smilzo. „Es ist ein Plakat, das sich auf eine neutrale kulturelle Veranstaltung bezieht.“

Ohne seinen Griff zu lösen, schaute Don Camillo nach oben und las, daß am nächsten Abend im Saal des Gemeindetheaters der Senator Giuseppe Bottazzi, von einem Besuch der Sowjetunion zurückgekehrt, über seine Reise sprechen und auf jede Frage, die von den Bürgern an ihn gerichtet würde, antworten wollte.

Don Camillo ließ Smilzo los.

„Das ändert die Sache“, gab er zu. „Du hast recht. Hier handelt es sich um eine kulturelle Kundgebung ohne jeden politischen Hintergedanken. Wo bekommt man die Eintrittskarten?“

„Freier Eintritt für alle“, erklärte Smilzo und rückte Rock und Rippen wieder zurecht. „Jedermann kann intervenieren und Fragen stellen.“

„Auch ich?“

„Auch der Bischof samt der ganzen Kurie“, antwortete Smilzo und sprang vorsichtig ein paar Schritte zurück. „Wir arbeiten vor allem, damit die Priester sich Kultur verschaffen.“

Smilzo war schon aus der Gefahrenzone heraus, doch hatte Don Camillo ganz andere Dinge im Kopf als den Smilzo und ging wortlos ins Pfarrhaus.

Eine halbe Stunde später händigte ein Knabe Peppones Frau einen Brief aus, der wörtlich besagte:

„Lieber Genosse Senator, da mich die kulturelle Kundgebung von morgen sehr interessiert, werde ich unfehlbar kommen. Inzwischen erlaube ich mir, diese Frage an Dich zu richten: Warum suchst Du Unheil? Grüße vom Genossen Tarocci."

Es geschah noch in derselben Nacht, daß Peppone unvermutet nach Rom verreisen mußte.

Und am folgenden Morgen war Smilzo genötigt, den Rundgang durchs Dorf nochmals zu machen, um auf die Plakate einen Streifen zu kleben:

„Wegen unvorhergesehener schwerer Verpflichtungen des Redners wird die kulturelle Kundgebung auf ein späteres Datum verschoben."

Auch diesmal befand sich Smilzo, nachdem er von der Leiter gestiegen war, die er unter dem Plakat an die Mauer des Pfarrhauses gelehnt hatte, vis-à-vis von Don Camillo.

„Schade", bedauerte Don Camillo. „Wer weiß, wie lange der Klerus noch in der Dunkelheit des finsteren Mittelalters verharren muß!"

Nachdem Smilzo die Leiter an sich genommen und die Zone der Sicherheit wiedergewonnen hatte, antwortete er ihm:

„Sorgt Euch nicht deswegen, Hochwürden. Im rechten Augenblick werden wir Euer Hirn aufhellen!“

In der Folge ergab es sich, daß das Datum der Kundgebung nicht neu festgelegt wurde. Der Regen sorgte dafür, daß die Plakate von den Mauern verschwanden, und niemand sprach mehr von der Geschichte.

Sechs Monate später begann Don Camillo, während er im Eßzimmer des Pfarrhauses Papiere ordnete, daran zu zweifeln, daß er sein Abenteuer wirklich erlebt hatte, denn er konnte zu keiner lebenden Seele davon reden. Vielleicht war es ein Traum gewesen.

Aber eines Morgens kam der Mesner und sagte, ein Fremder wolle ihn sprechen. Don Camillo bat ihn, diesen einzulassen, und sah kurz darauf den Genossen Nanni Scamoggia vor sich erscheinen.

Einen solchen Besuch hatte er nie erwartet, und eine Zeitlang fehlten ihm die Worte.

„Wieso bist du hier?“ stammelte er schließlich.

„Weil die Züge auch romaufwärts verkehren“, antwortete Scamoggia. „Ihre Adresse habe ich von dem Genossen Bottazzi erfahren.“

„Ich verstehe", brummte Don Camillo, der nichts verstanden hatte. „Und warum bist du zu mir gekommen?"

Der Genosse Scamoggia war immer noch der gleiche Bulle und bewies es mit der Art und Weise, wie er seine Zigarette anzündete und sich in den Schaukelstuhl beim Kamin hinflegelte. Aber seine Frechheit amüsierte Don Camillo nicht mehr, der die Augen voller Tränen der Genossin Nadia Petrowna nicht vergessen hatte.

„Ich sitze in der Patsche, Genosse ... Hochwürden", erklärte Scamoggia. „Es handelt sich um das bewußte Mädchen."

„Was hat's gegeben?"

„Vor zwei Monaten ist sie in Rom angekommen, zusammen mit einer Delegation sowjetischer Frauen. Sie ist abgehauen und ist geblieben."

„Und du?"

Scamoggia hob die Schultern.

„Als kämpfender Kommunist und Zellenchef konnte ich unmöglich mit einer Genossin, die das sowjetische Vaterland und die Partei verraten hat, verkehren."

„Und dann?" warf Don Camillo ein.

„Dann mußte ich, um sie heiraten zu können, der Partei die Kündigung einreichen", erklärte Scamoggia und warf seinen Stummel weg.

„Ist das die Patsche?“

„Nein“, antwortete Scamoggia, „das Unglück besteht darin, daß ich sie vor einem Monat geheiratet habe, und seit einem Monat raubt sie mir die Ruhe, weil ihr die staatliche Heirat nicht genügt. Sie will auch kirchlich getraut sein.“

Don Camillo schaute ihn aufgeheitert an.

„Wenn das ganze Unglück darin besteht, ist es nicht der Rede wert“, bemerkte er.

„Für Euch nicht. Vielen Dank! Aber für einen wie den Unterzeichneten, dem es den Magen kehrt, wenn er von Priestern reden hört, und der vom ersten bis zum letzten alle aufknüpfen würde, ist das Unglück groß.“

„Verstehe, Genosse“, rief Don Camillo. „Jeder ist frei, zu denken, was er für am besten hält. Aber wenn du so denkst, warum bist du gekommen, um es ausgerechnet mir zu sagen?“

„Damit es wenigstens ein Priester mit einigen Milderungsgründen ist, wenn ich ausgerechnet von einem Priester übers Ohr gehauen werden soll. Schließlich seid Ihr ein Ex-Genosse wie ich, in einem gewissen Sinne. Und in einem gewissen Sinne seid Ihr auch mein Ex-Zellenchef.“

„Ich kann dir nicht unrecht geben“, gab Don Camillo ehrlich zu.

Daraufhin wandte sich Scamoggia zur Türe, schrie „A Na!“ und es erschien die Genossin Nadia Petrowna, die, kaum hatte sie Don Camillo erblickt, sich auf ihn stürzte, um ihm die Hand zu küssen.

Scamoggia sah es mit einer Grimasse des Ekels.

„Welche Schande!“ knurrte er. „Seit zwei Monaten ist sie in Italien, und schon kennt sie die Spielregeln, als ob sie seit ihrer Geburt hier gelebt hätte.“

Sie hatten alle Papiere in Ordnung, und die Ehe zu vollziehen war eine einfache Sache, die ohne Aufsehen erledigt wurde.

Natürlich mußte Peppone die Pille schlukken, als Brautzeuge zu fungieren. Es war jedoch keine zu bittere Pille, und er schluckte sie lächelnd.

Bevor die beiden Eheleute wieder gingen, nahm Don Camillo die Ex-Genossin Nadia Petrowna zur Seite und fragte sie, was dem Genossen Oregow zugestoßen sei.

„Eine böse Geschichte“, antwortete die Frau. „Als wir unter Deck waren, befahl der Genosse Oregow dem Kapitän, alle einzusperren und Euch und den Genossen Bottazzi zu fesseln. Er sprach von einer Untersuchung wegen Verrats durch Spione des Vatikans. Er war wie verrückt. Er beschimpfte und bedrohte auch den

Genossen Kapitän. So wurden sie handgemein, und ein Faustschlag des Kapitäns warf den Genossen Oregow gegen die Reling. In diesem Augenblick schlug eine Woge über Bord und nahm den Genossen Oregow mit. Das ist die Wahrheit, und nur Ihr, der Kapitän und ich kennen sie. Eine traurige Geschichte ..."

Die beiden Neuvermählten gingen. Don Camillo und Peppone blieben, um sich am Feuer, das im Kamin des Eßzimmers brannte, zu wärmen.

Eine Zeitlang schwiegen sie, dann rief Don Camillo aus:

„Nehmen wir Notiz davon, ehe ich es vergesse!"

Er zog das bekannte Notizbuch aus der Tasche und erklärte:

„Ich muß meiner Liste zwei weitere Bekehrungen und eine zweite Heirat anfügen."

„Schreibt nur!" brüllte Peppone. „Ihr werdet alles auf der Rechnung finden, wenn der Augenblick der proletarischen Erhebung kommt. Und Ihr werdet alles bezahlen!"

„Werdet ihr mir nicht einmal einen kleinen Rabatt gewähren? Nicht einmal etwas Rücksicht auf einen Ex-Genossen nehmen?"

„Gewiß", grinste Peppone, „wir lassen Euch wählen, wo Ihr erhängt werden wollt."

„Ich weiß es schon", antwortete Don Camillo, „neben dir, Genosse."

Es war ein kalter Wintertag, und der Nebel, der aus dem großen Flusse stieg, breitete seinen Schleier auch über diese Geschichte, die, kaum daß sie fertig war, schon uralt erschien.

Kapitelfolge